說魂兒

栾保群 著

【第三版】

说魂儿

山西出版传媒集团
山西人民出版社

图书在版编目（CIP）数据

说魂儿 / 栾保群著. -- 太原：山西人民出版社，
2023.7
　ISBN 978-7-203-12843-4

　Ⅰ．①说… Ⅱ．①栾… Ⅲ．①散文集－中国－当代
Ⅳ．①I267

中国国家版本馆CIP数据核字(2023)第093228号

说魂儿

著　　者：栾保群
责任编辑：张小芳
复　　审：李　鑫
终　　审：梁晋华
装帧设计：陆红强
出 版 者：山西出版传媒集团·山西人民出版社
地　　址：太原市建设南路 21 号
邮　　编：030012
发行营销：0351-4922220　4955996　4956039　4922127（传真）
天猫官网：https://sxrmcbs.tmall.com　电话：0351-4922159
E－mail：sxskcb@163.com（发行部）
　　　　　sxskcb@163.com（总编室）
网　　址：www.sxskcb.com
经 销 者：山西出版传媒集团·山西人民出版社
承 印 厂：北京汇林印务有限公司
开　　本：635mm×965mm　1/16
印　　张：20.5
字　　数：250 千字
版　　次：2023 年 7 月　第 1 版
印　　次：2023 年 7 月　第 1 次印刷
书　　号：ISBN 978-7-203-12843-4
定　　价：88.00 元

如有印装质量问题请与本社联系调换

《鬼趣图一》

《鬼趣图 二》

《鬼趣图三》

《鬼趣图 四》

《鬼趣图 五》

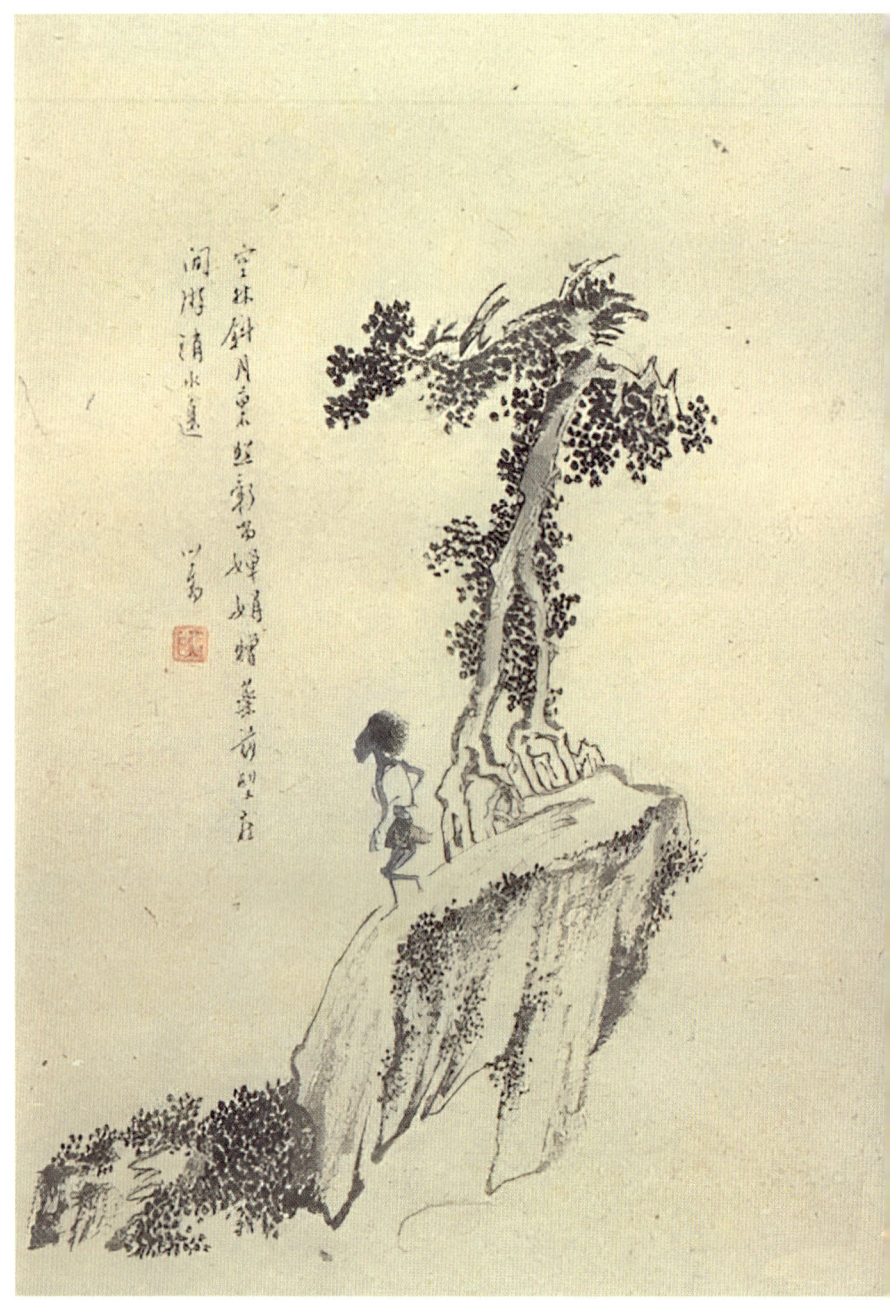

《鬼趣图 六》

雪夜空山
寒塞鴻聚
月黑北風
搖梅影瘦
羅何處埠

雪夜疾行
烏程山中有鬼魅夜出林滑雪而疾行勢如風雨
食邨鷄始盡邨人聚逐之後不曾見 溥儒

《鬼趣图 七》

月照蒲葭扇
風翻薜荔裙
浮魚挂青竹
歸獻洞庭君

丙申臘月書
龍罔象走卒
興安和玩之

《龙罔象》

洞庭君戰士
龍意茫未易
馴氣吞溟渤
起風鷹三千
戰士隨神禹
破桂親安
夏玉津

《洞庭君战士》

《酒鬼窃酒》

《太原小儿》

《钟馗游春》

《钟馗嫁妹》

《钟馗出行》

第三版前言

这一小册中的绝大部分都写于2010年10月至2011年3月之间，只有《中书鬼案》写于2008年10月，《凄惨的"鬼仙"》写于2009年6月。这两篇原收入上海文艺出版社出版的《扪虱谈鬼录》中，江苏凤凰文艺出版社再版时，因为与《说魂儿》比，厚薄相差太大，更主要的是这两篇的内容也恰好都是关于"魂儿"的事，所以就搬到了这里。而这次再版又增加了《十殿阎罗之谜》《无常、皂隶和牛头马面》，理由也与那两篇一样，既然已经说了不少冥差勾魂的事，勾到冥府中也需要有个交代。

读者比较熟悉的十殿阎罗只是冥府的一种形态，没事的闲人看看《十王图》，阎王小鬼，刀山油锅，很是热闹，可是在死人的家属眼里，那真是没完没了的"收费站"。打着佛教招牌的十殿阎罗，真是把死人的事当成大生意来做了，为了开拓这个市场，他们费了不少心机，可是吃相过于难看，所以这生意也做不了多久。对老百姓来说，既然投生都投不起，索性不投也罢，我看你阎罗殿里能装多少。

栾保群
2023年6月

目录

小序　魂到离时方知有　/ 01

伯有闹鬼与子产说魂　/ 001

三魂与七魄　/ 008

形神不复相亲　/ 020

失魂、走魂和叫魂　/ 030

招　魂　/ 042

"脱窍"种种　/ 050

人未死，魂先泣　/ 060

活无常　/ 071

阴山道上勾魂忙　/ 086

封鼻、抽气与其他　/ 102

一个也不能少　/ 111

有鬼一船　/ 120

生魂带索 / 127

当差不误吃饭 / 133

半夜不怕鬼敲门 / 140

死错人的事是常有的 / 156

还魂再生 / 170

还我皮囊 / 193

借　尸 / 201

移魂大法 / 214

凄惨的"鬼仙" / 225

　　樟柳神 / 灵哥灵姐 / 肚仙 / 童哥 / 髑髅神 / 耳报神

　　附：中书鬼案

十殿阎罗之谜 / 261

无常、皂隶和牛头马面 / 293

　　无常 / 皂隶 / 牛头马面

小序　魂到离时方知有

说是谈鬼，但这次只谈中国幽冥文化中的灵魂，所以在最初动笔的时候，是曾想过把书名叫作"说灵魂"的。可是和朋友们一说，无不反对，说这样一来，书店很可能要摆到"论人生"、"谈修养"一类的架子上，容易对有志青年造成误导云云。我开始并不认可，但查了一通辞典，却是茅塞顿开，那就不仅是弄清"灵魂"与"魂灵"的区别，终于明白"灵魂"这二字是不好随便乱说的而已了。

在古代，"魂灵"与"灵魂"这两个词或许可以换着使用，但在现代汉语中却是不能随便倒替的。几十年前我们就有了一个大约是舶来的"××思想是灵魂"的造句模式，现在仍然为人们所习用，如"管理者的思想是企业的灵魂"，"×长的思想是办×的灵魂"，等等。这个"×长"之"×"，可以把厂、校、园、队随便填入，总不会有人说错。但你试着把"灵魂"二字换成"魂灵"，那就让人听着头皮发麻，因为那就容易理解成"厂长是工厂的魂儿"，进而误解为厂长已经作古了。

所以平时口号标语中的"灵魂"是别有涵义的，这涵义是什么，我在五十年前就懵懂，可惜又没处找什么词典来查。记得当年政治课上，老师把"政治是统帅，思想是灵魂"这句话讲了个通堂，我心中一直惦记着的那个"灵魂"，却还是一团混沌，不知是什么东西。所以当离下课还有一两分钟，老师走过场地询问"谁还有不明白的地方"时，我便举手提问："老师，灵魂是什么？"老师面色突然变得冷峻，语塞的时间并不长，便声色俱厉地迸出一句："灵魂？灵魂就是思想！——坐下！下课！"那年我的政治课得了60分。这是我失足于政治课的第一次。第二次则是在高中时，那失足的后果就严重了，与灵魂无关，不谈也罢。但从此之后就明白，政治课上是最不宜提出疑问的，只管听了背，背了再念给别人听或写给别人看就是。

"灵魂就是思想！"政治老师吼出时虽然有些情绪，但这句话是不错的，《汉语大词典》中对"灵魂"有五个解释，其中一个就是"精神、思想、感情"。但后来再为自以为高明者进一步演绎成"思想是灵魂的种子"、"思想是灵魂的良药"之类的格言之后，就有些让人找不着北了。到底是谁的思想和谁的灵魂啊，总不能说自己的思想是自己思想的种子和良药吧？

话扯得远了。总之一句话，现在常说的那个"灵魂"不是我们听的鬼故事中的"魂儿"，"魂儿"如果想说得文气些，那就是"魂灵"。而"灵魂"在今天应该是词汇中的"重大题材"，读起来应该像广播员那样，从丹田提起一股气，再由鼻腔回荡出深厚沉重的声音才够圆满。至于"魂灵"，不过是倒霉的汉献帝在《逍遥津》里唱的"魂灵儿"罢了。所以本书要说的是这个"魂灵儿"，更贴切些说，就是"魂儿"，而不是"灵魂"。

但这个"魂儿"也不大好说，按照老年间的老说法，人活着有它，死了它还有，我们究竟要谈活人的魂儿（生魂）还是死人的魂儿（鬼魂）呢？

其实，普通人活着的时候，一般不大会关心自己的魂灵，因为有比这更重要的饮食男女之类的问题。朋友相见，寒暄的是身体怎样、精神如何，甚至琐细到眼睛花不花、腿脚灵便否，就是没见问"你的魂儿还好吧"之类的话。只有道德家、宗教家和政治家或为例外，可是他们关心的是别人的魂灵，至于自己的，好像也不大留意。所以往往出现这样的事：善男信女被说教者劝进或骗进了天堂，而说教者本人却下了地狱——那也许是自己不小心滑落，但更多的可能是本来就以为那里更好。

及至人确确实实地死了之后，就除了魂灵什么都没有了，说明确些就是鬼魂或幽灵，其实已是异物，即成了"鬼"。一个在阎王判官案下受审判的魂灵，身不由己，这时再想关心，想净化，想改造，说什么也没有用了。这个魂灵一"异化"为鬼，就带着人世的孽缘，比皮还难揭掉，冥府的刑律只有惩罚，没有改造，而惩罚也永远抵消不了罪孽。如果这魂灵还没喝迷魂汤，想到的总应该是来世好好表现一番以换个好成分吧。

想来想去，魂灵的受人关注，最可能的是在即死尚活、是人非人的那一刻，也就是魂儿跑了溜了丢了，或被偷被拐被抢被抓了，但还没有落实为异物之前的那一段时间。

活着与死去，这是对立的，但有没有一个不死不活的境地呢？活着是人，死去为鬼，但有没有一个不人不鬼的状态呢？长期稳定的肯定没有，短暂一时的则无处不在，诸如昏迷、发疯、出神、丢魂等。魂灵离壳之后，躺在那里的是不死不活的躯体，飘游在外的是若阴若阳的游魂。形神相离，但也没有断绝联系，只要有了适当的条件，它们还会合而为一。这些都是我们想谈的魂灵。

此外还有大批魂灵处于由明入幽的状态，也就是人死之后，他的魂灵已经脱离了躯体，不管是踽踽独行还是与冥界的"公安"相亲相伴，正走在"见阎王"的途中。但他们只要没进入鬼门关，或者进了关却未被录入冥界的户籍，就不算是"合法"的鬼。正如明末某君给阎王殿写的门联，"作事未经成死案，入门犹可望生还"，因为如果一个批文下来，说这是误抓，或者亲友打通了关节，自己遇到了熟人，这魂灵就可能会趁着躯壳未腐而重新做人。这时的状态与其说是死亡，不如说是形神相离，死与生并没有判定，正如人世间的"嫌犯"。这一状态的魂灵，也划在要谈的范围之内。

范围虽然大致确定，但却不是说范围内的东西都要说到。由于涉猎有限，也只能是想到某事且可凑成一篇的，就扯上一通。但也有的题目，比如"梦魂"，做梦的材料自然甚多，只是牵涉面广，远非这本小册子所能牢笼，更不是一篇就能说清，那就暂且放下。当然，也许还有些初未料及而与魂灵有些关联的事，如果觉得有些意思，如比换心洗脑还厉害的"移魂大法"之类，也不妨捎带上，但那便是例外了。

也许有的读者认为谈魂不如谈鬼有趣，其实未必然，如果只谈鬼而不涉及魂，那其实就和看《何典》一样，不过是人间生活换了个场景，把三家店的事移到鬼谷中讲，除了有特殊癖好的人或许从地狱得到一时的快感之外，可以说比人世还要乏味。而一旦有了魂灵介入，那就把阴阳两界沟通起来，三个QQ就一台戏了。

当然正如前面所说，魂的为人所注目，只是因为它离开了躯壳。可是神不守舍，飘游无根，身无魂主，混沌若痴，这对人来说，无疑是个不幸的开端。但正如舞台上的悲剧一样，现实的不幸被艺术一浪漫化，即便是作者毫无"幸灾乐祸"的意思，那结果却是让旁观者感到享受了。所以在一些民间故事和文人创作中，就在这不幸中幻生出美妙的情节，如小说戏曲中的庄生梦蝶、倩娘离魂，从而为我国幽冥文化的阴沉主色调中添了一抹绮丽。

而且不止于此。主要产生于民间的众多幽冥故事中，往往含有一个"人民性"的主题，直到清初方为蒲留仙明白揭出，那就是"生有拘束，死无禁忌"（《鲁公女》）！与专制体制的各种冥府系统相反，在民众的幽冥文化中，鬼魂能享有着远胜于人世生灵的自由，似乎人一旦死去，其魂灵就摆脱了"尘网"，得到了解放，什么门第、礼教、法制对他们已经无从束缚。于是他们可以大胆地恋爱、婚媾，甚至可以无所顾忌地向人世的暴君酷吏们复仇。可以说，在相当一部分鬼故事中，我们反而看到了在"人故事"中难得一遇的真正的"人性"！但随着冥府的建立和逐步完善，和它对世人心灵的侵蚀占领，鬼魂的自由度就越来越小。那种既能摆脱人世的礼教，又未堕入冥府法制的魂灵，最可能的机遇其实只能处于"离魂"这一状态中。

在《聊斋志异》的各种幽冥故事中，离魂的题材大约是最动人的了。多情男女的魂为意牵、生离死合令人情痴，民间壮士出魂走阴、复仇讼冤、百折不挠的豪气令人神旺；而惊魂逸出，为猛虎，为蟋蟀，为鹦鹉，暂且摆脱那副一向为尘网所束缚的皮囊，用非人类的自由来达到人类不能实现的愿望，其想象之奇更是让人心喜。魏晋小说、唐人传奇中可贵的人性，在宋元以来的笔记小说中越来越为道学所侵蚀，直到蒲留仙方才得到尽兴地伸张。

虽说了这些谈魂灵的好处，却并没有为本书做广告的意思。写出的文字在这里实实在在地摆着，这样一个有趣的题目，在想看鬼故事，特别是想看恐怖鬼故事的读者眼里，自然依旧是索然无味。虽然比起《扪虱谈鬼录》多了些情节性的内容，少了些议论和引文，但无可救药的笔拙才涩却是毫无改进；当然讲故事不是本书的用心所在，也是其中一个缘由。所以对那些误把此书当作鬼故事而花了冤枉钱的读者，我只有再次道歉了。

虽然在想要表达感激之情时我总是怯于开口，觉得有些像台上的演员对捧场的观众回报以叫好似的滑稽，但终于还是鼓起勇气，要向对上一本《扪虱谈鬼录》表示关注的书评家和读者朋友表示由衷的谢意。这倒不是由于他们过于宽容的称许，而是让我在他们的评论中感到了心灵相通的愉悦。这当然也是鼓励我把这个题目接着写下去的主要原因。

栾保群

二〇一一年清明

伯有闹鬼与子产说魂

说魂不能离开"魄",虽然平时"三魂七魄"、"魂飞魄散"、"勾魂摄魄"、"招魂复魄"之类的词断不了要说到,但对于"魄"之为物,还是不大留意。

在任何一个民族的幽冥文化中,魂灵及其性质都占有核心的地位。但是这一问题在哲人的诠释中往往并不与这个民族的一般见解相一致。在中国古代思想史中,关于魂灵的最具影响力的是儒学经典中的几段话,虽然引录古文让人心烦,但却是无法回避,那就先从我国文献中最早的一个闹鬼故事开始吧。

春秋鲁襄公三十年,即公元前543年,郑国的执政是伯有。此人专横嗜酒,与其他卿大夫们的关系处得很不和谐。头一年,伯有派遣子晳出使楚国,子晳不肯去,说:"楚国与我们正关系紧张,你让我去楚国,那不是成心要我送死吗?"伯有说:"你们家世代都是搞外交的,你不去谁去?"子晳说:"能去我就去,有危险就不是非去不可,这和我们家世代搞外交有什么关系?"伯有不肯让步,认定了子晳必须去楚国出差。子晳气急了,就想拉出自己的家丁与伯有拼命,多亏众大夫从中调解,这两家总算没动刀子。

到了这年七月的一天,伯有照例在他的地下室里彻夜长饮,到了天明,醉醺醺地上了朝,又提起让子晳出使楚国这事,而且说得斩钉截铁,不容回绝。他发号施令已毕,又爬上车回家喝酒去了。子晳知道这场仗是非打不可了,而现今伯有正烂醉如泥,恰是先发制人的好机会。于是他率领家丁,又联合了其他几家卿大夫,向伯有发难。伯有醉成一摊,哪里能打仗?结果他被子晳打得一败涂地,最后被家丁扶上车,逃出了郑国。跑到半路,他才明白发生了什么事,只好暂到许国去避一下风头。

过了几天,伯有听说郑国的卿大夫们开会结盟,一起反对自己,气得火冒三丈;又听说上卿子皮那天没有参加攻打自己的盟军,觉得自己还是能拉回几个盟友的,于是便带着手下那些残兵杀回郑国。郑国的驷带率领国民迎战,结果伯有败死于羊市上。

转眼七八年过去了,到了鲁昭公七年,即公元前535年,郑国的都城闹起鬼来了。大白天就有人在街上喊叫:"伯有来了!"吓得街上的人乱窜。这事连闹了几次,人们便说起去年二月的一件事,说有人在夜里梦见了伯有,他顶盔贯甲,昂然而来,说:"到下个月的壬子日,我要杀死驷带,明年正月壬寅日,我还要杀死公孙段。"结果这两个伯有的仇人都如期而死了。现在伯有又现形于街市之上,看来事情是越闹越大了。此时的执政已经是有名的贤人子产了。子产便采取"息事宁鬼"之策,他认为"鬼有所归,乃不为厉",伯有所以"为厉",是因为没有把他的后代安排好,让他绝了祭祀,在阴间无处找饭辙,饿了肚子。于是子产就把伯有的儿子良止安排了职位,恢复了贵族身份。结果也怪,伯有的鬼魂就再也没有来捣乱。事情是平息了，但这事却弄得各国都当成了新闻。

不久，子产到晋国进行友好访问，晋国的赵景子就问起此事，说："伯有犹能为鬼乎？"于是博学的子产说"能"，接着就讲了一段"鬼魂论"。这段话堪称儒学中的经典，就是对中国的思想史也是意义重大，可以说一直影响了几千年的知识分子。原文大致如下：

> 人生始化曰魄，既生魄，阳曰魂。用物精多，则魂魄强，是以有精爽至于神明。匹夫匹妇强死，其魂魄犹能冯（凭）依于人，以为淫厉，况良霄（良霄即伯有之名），我先君之胄，子良之孙，子耳之子，敝邑之卿，从政三世矣。……三世执其政柄，其取精也多矣，其族又大，所冯（凭）厚矣，而强死，能为鬼，不亦宜乎！

这一问一答，需要做些说明。

先说赵景子之问。"伯有犹能为鬼乎？"——这伯有死了那么多年，怎么还能闹鬼呢？这不是对人死之后能为鬼而表示怀疑，而是认为：人死了七八年，按常理就不能为厉了，可是为什么伯有却还能为厉呢？这里透露出的一个信息就是：当时人的一般见解是，人死之后会化鬼，会为厉，但只是在死后不久的一段时间内；时间一长，就不会为鬼为厉了。（其实这个看法从古代一直延续到现在，历朝的鬼故事基本上都是谈死去不久的鬼。）

为什么呢？赵景子没有说，是因为这是一个"习惯见解"。所有的鬼故事总不能脱离人们的记忆和情感，人之初死，记忆犹新，哀情未绝，就会产生各种与死者有关的异闻。但人死已久，记忆淡漠，或亲情断绝，就少有为鬼为厉的怪事出现。这种日久则不能为鬼为厉的习惯见解，如果稍归于理性的思考，就容易发展为日久则魂灵消散的解释。《易·系辞》所说的"精气为物，游魂为变"，也就是这个意思。《周易正义》解释"游魂为变"可不是说鬼魂闹乱子，而是"物既积聚，极则分散"，将散之时，那些漂游于虚空中的精魂，就要改变形态，去离物形。朱熹说得更简捷："盖精与气合，便生人物，'游魂为变'，便无了。"而孔子对宰我说的"其气发扬于上，为昭明、焄蒿、凄怆"（《礼记·祭义》），就是人死之后，游魂如烟如气地向天上发散。

下面再说子产的答。子产的意思是，游魂并不是一下子就散尽，而是因人而异的：散得快的，就不会为鬼为厉；暂时不散的，可以一时为鬼为厉，但它终久是要散尽的。

为什么有人的精魂很快就散尽呢？因为他不是"强死"的，而是或因衰老，或因疾病，或因饥饿，逐渐地一点儿一点儿地把体内的精力都耗尽，然后才死掉，这时他的精魂已经如耗干的油灯，正如朱熹所说，此时他的精魂"不是散，是尽了"，还能成什么厉祟？[1]

---

[1] 在此我有必要介绍英国人基思·托马斯在《16和17世纪英格兰大众信仰研究》一书中的一个观点。他在谈为什么鬼魂的"出现"现代比古代相对稀少时说，"其中的一个原因是，现代人的寿命通常都较长，他们多在退休后或不再成为社会的活跃分子后才死去，这就减少了他们死后留下的真空"。"与此相反，在较早的时期，人们在壮年时死去的情况比现在更为常见；他们在其身后留下了一定的社会骚动，而幽灵信仰则有助于消除这种骚动"。基思·托马斯的这一说法有两点与我们要谈的相合。一是死后作为幽灵出现的，壮年死者多于老年死者；二是壮年死者所以成为幽灵出现，与社会上的某种"骚动"相关。伯有鬼魂的出现就是如此，这鬼魂是为了解决生前未能解决的纠纷而出现的，而随着问题的解决，鬼魂就消失了。

但"强死"者则不同，强死就是现在说的"横死"，即朱子说的"是非命死者，或溺死，或杀死，或暴病卒死"。因为是突然死亡，他的精魂尚未消耗，所以就能为厉，这就是子产所说的"匹夫匹妇强死，其魂魄犹能冯（凭）依于人，以为淫厉"。而伯有呢，他不但是"强死"，而且不是一般的"匹夫匹妇"，是本人生前享用精宏，并且从祖先那里遗传来的素质也比较强盛的贵族。这样，他的精魂就要比吃糠咽菜的匹夫匹妇更强壮，所以他不但死后可以为厉，而且在死后七八年还能为厉。当然用不着多说的一句是：就是伯有这样的强魂，也有把精力耗尽的时候，不会永远为厉下去，终归还是要"无了"。

与本题关系较多的是子产下面的一句："人生始化曰魄，既生魄，阳曰魂。用物精多，则魂魄强，是以有精爽至于神明。"这里分别说了魂与魄的关系，但辞简意晦，所以要看唐初大儒孔颖达所做的疏解：

> 人禀五常以生，感阴阳以灵。有身体之质，名之曰形；有嘘吸之动，谓之为气。形、气合而为用，知、力以此而强，故得成为人也。人之生也，始变化为形，形之灵者，名之曰魄。既生魄矣，魄内自有阳气，气之神者，名之曰魂也。魂魄神灵之名，本从形气而有。形气既殊，魂魄亦异。附形之灵为魄，附气之神为魂也。附形之灵者，谓初生之时，耳目心识，手足运动，啼呼为声，此则魄之灵也。附气之神者，谓精神性识，渐有所知，此则附气之神也。是魄在于前，而魂在于后，故云"既生魄，阳曰魂"。

这段孔疏中除了魂魄之外，还谈到形气、灵神等成对的概念，它们之间的关系是否可以做这样的理解：

生人是由肉与灵两部分组成的，肉就是人的形和形中的气，灵就是魂和魄。而这形、气又与魄、魂相对应。形与气不同，所以魄与魂也有异。附于形的灵是魄，附于气的神（这神和灵的意思一样，不过是错落为文而已）是魂。人之初生，手足能够运动，五官能够视听，与这些感性器官相应的就是魄，是魄使得这些器官能够正常运行功能。而随着人的生长，从感性知觉上升到了理性认识，不仅能视听运动，而且有感情、能思维了，这就是气的功用，而与此相应的神就是魂。是魂使得人有了感情和思维。形、气与魄、魂相对，形气为阴，魂魄为阳。但形、气相对，则形为阴，气为阳；魂、魄相对，则魂为阳，魄为阴。这就是"人生始化曰魄"，魄出现之后，其阳为魂，而魄自为阴。

那么这些体、气、魄、魂是从何处而来并"组合"到一起而成为"人"的呢？先秦诸子大多认为是"天地自然"。《管子·内业》云："凡人之生也，天出其精，地出其形，合此以为人。"《淮南子·主术训》云："天气为魂，地气为魄。"其实，凝聚天地之气而生的不仅仅是人，天地之间的众生莫不如此。所以《礼记·乐记》说："地气上齐，天气下降，阴阳相摩，天地相荡，鼓之以雷霆，奋之以风雨，动之以四时，暖之以日月，而百化兴焉。"这种本来很唯物的理论在后世的神仙家手中得到了发展，成仙成神、成精成怪的那些人物就靠的是吸收天地日月精气。

正是由于天气为魂，地气为魄，所以人死之后"魂气归于天，形魄归于地。"（《礼记·郊特牲》）"骨肉（体魄）毙于下阴为野土，其气（魂气）发扬于上，为昭明、焄蒿、凄怆"，所以才"鬼者归也"，从哪里来的还回到哪里去，人既然是大自然所生，死后就该回归于自然，"从生必死，死必归土，此之谓鬼"。

对这一套理论，此后两千多年的儒者中，或认为无鬼，或认为有鬼，或认为有鬼但终于无，或者是一会儿这么说一会儿那么说，但对子产的那段话，却少有人公开反对。即便是在说神道鬼的《聊斋志异》中，蒲松龄也说过"人死则魂散，其千里而不散者，性定故耳"的话（《长清僧》）。而纪昀在《阅微草堂笔记》中专门嘲弄死不信鬼的腐儒，却也要借蔡必昌的话说："人之余气为鬼，气久则渐消。"

再说下去就离魂远、离鬼近了，到此打住。

三魂与七魄

一

人类对于魂灵的想象，显然与人类的做梦现象有极大的关系。梦中的"我"是最容易被人想象为魂灵的。在中国的鬼故事中描写脱离躯壳后的魂灵的活动，往往就是梦境的翻版，这些故事我们在后面将大量地提到。这样人们自然就会产生疑问，既然人的死亡特征之一就是魂灵脱离躯壳，那么在睡梦中那个魂灵四处游荡时，人为什么还能生存呢？是不是在那个魂灵脱离躯壳时，还有另一个魂灵类的东西在看守着躯壳，维持着人的生命呢？这大约就是"魄"的来源。魄依附于体，掌握着人的知觉。在人的身体尚未衰竭的时候，魄也是强壮的，此时即使魂离于体，人却未必会死，因为体还由魄来维持着。[1] 所以魂魄说本

---

[1] 俞樾在《右台仙馆笔记》卷十五中讲到道光年间临平乡间有一妇人，中年以后得一怪疾，口不能言，肢体不能运动，其耳目亦似无所见闻，昼夜卧床，块然似已死者，而肌肤仍温和，口鼻仍有出入之息。使医切其脉，盖无病也。其子妇辈按时以糜粥饮之，尚能下咽，饭则不能咀嚼矣。如是五六年。一日晨起，饮之不受，抚之则冷，始知其已死。俞樾认为"此乃魂去而魄存也"，以现在的知识看，大约就是个植物人吧。

身就可以讲通人在睡梦或疾病昏迷时的生存状态。东晋葛洪《抱朴子·论仙》篇云："人无贤愚，皆知己身之有魂魄，魂魄分去则人病，尽去则人死。"魂与魄对人来说都不能少，如果只有一个看家，这人就要病；如果全走了，这人就死了。这正是古代人们的一般见解。

既然如此，那么又何必生出"三魂七魄"之说来呢？难道怕魂魄请假偷懒，就多养几个备用？

其实"三魂七魄"说不是产生于民间的鬼魂信仰，而是南朝道士们构造自己修炼理论时的创造。

"三魂七魄"一词最早似见于《抱朴子·地真》，那里说到修仙，要想长生，就要服丹药，要想通神，就要"金水分形"，分形之后，"则自见其身中之三魂七魄，而天灵地祇，皆可接见，山川之神，皆可使役也"。

但《抱朴子》言"三魂七魄"仅此一处。（《三洞珠囊》卷三引《太平经》佚文也有"拘三魂，制七魄"之类的话，只是不知是否早于葛洪。）在稍后的《老子化胡经》中虽多处出现"三魂七魄"之类的话，但或说"三魂飞扬渐，七魄入死星"，或说"三魂系地狱，七魄悬著天"，"魂系于天，魄归于地"的常理在那里有些乱套。

对"三魂七魄"的较详叙述见于宋人张君房编辑的《云笈七签》，那里记载了自六朝以来关于"三魂七魄"的各种说法，却与子产等儒家的说法大异其趣了。像《太微升玄经》（《云笈七签》卷十三）说："气绝曰死，气闭曰仙；魄留守身，魂游上天。至百息后，魂神当见。其魄缘是阴神，常不欲人生。"要学仙，就要学闭气，此时魂离体而升天，只留下魄来看守躯体。这是没有错的，但他们却把魄当成了人体内的蟊贼，"常不欲人生"。只要魂不守舍，留下看家的魄就要勾结邪鬼，轻则制造噩梦，重则令人死亡。此说一直为学道者所信，清人陆圻《冥报录》卷上，言钟遇哉因过劳感疾，病情甚危，即自见魂魄离体：其魂高才尺许，在亡母亡妻的扶掖下拜祷求生；而魄则如人身一般高，裸体散发，欢欣跳跃，盖喜其将死，如释重负也。

所以道家的修行就是"炼三魂"，以魂制魄。把人体内的蟊贼制服了，就不会勾结外鬼来侵扰，人就可以长生不死。这与道家的"守三尸"的用心竟是完全相同。这种魂善而魄恶的观点也影响到后世的幽冥文化中，像袁枚《子不语》卷一"南昌士人"一条中就说"人之魂善而魄恶，人之魂灵而魄愚"，像"诈尸"那种邪事，都是尸主的魄干的，与其魂无关。

但同是道书，对魂魄的功用叙述得也有差异。《太平广记》卷五十八"魏夫人"条引《集仙录》及《魏夫人传》论尸解及炼形之术，仍承续了传统魂魄说。修仙者死后尸腐，但仍有"七魄营侍，三魂守宅"，其中三魂营骨，七魄侍肉，经过三年、十年、二十年或三十年，则血肉自生，复质成形。这里的魄就不是蟊贼，而是魂的助手了。

二

严格说来，道教的"三魂七魄"说起因于修炼，通过以阳魂制阴魄来求得长生，本不是"幽冥文化"的范畴，但这一观念也渗透进幽冥文化中，与人有三魂之说同时为鬼故事所采用。比如唐代马总《唐年补录》中的一则故事，当涉及生魂临时被冥府拘去时，人有三魂，冥府就只拘去二魂，留下一魂守着人身，以维持其人的不死。而唐代牛僧孺《玄怪录》卷二"崔环"条说到耽于酒色、不务成家的崔环被冥府捉去，受杖示惩，然后放回，也说"人有三魂，一魂在家，二魂受杖"。

这两位故事中的主角都是被冥司所拘而又放还的，据他们还阳后所述，在被拘时只拘走了三魂中的两魂，还留下一魂看守着身体，所以虽然拘到了冥界，人却没有死。但是这里有个问题：

人有三魂，在道教的修炼术中可以无须考虑这魂的形象问题，虽然有的道书已经谈到了魂魄的形象，但这些魂魄的形象全是一个模子扣出来的，这不是说每一个人的三个魂和七个魄都是同样面目，而是所有人，即使不是"全人类"，起码也是"全民族"，他们的魂和魄也都是一个模样，比如《太微升玄经》所说："魄神七人，衣黑衣，戴黑冠，秉黑玺。魂神三人，各长一尺五寸，衣朱衣，戴朱冠，秉朱玺。"他们好像是一种与个人品质无关的神物，玉皇大帝成批把他们生产、培训出来，然后如三尸神一样把他们派出，依附于每个人的身体中。

但一旦把三魂七魄用于鬼故事，其意义就发生了变化，起码那三个魂灵就个性化，成为魂的主人的代表，这时就不能不考虑这魂灵的形象问题了。在崔环被鬼吏拘录到冥府时，冥府里的崔环显然不是人，他的人身此时尚躺在人世的床上；但他们也不是鬼，因为他还没有死，现在在冥府里的崔环只是他的魂灵。这魂灵的形象是与生人的崔环一模一样的，而且不仅如此，这魂灵除了不是生人之外，他的一切，包括思想、感情、社会关系和个人历史等，全与崔环相同，也就是说，他有充足的代表资格，不但代表崔环为他的所作所为承担一切责任，并且代表崔环挨屁股板子。这一点是毫无疑问的，但问题在于，这个冥府里的崔环明明是一个形象，为什么却由两个魂来代表？既然留在人体中的一个魂可以单独存在，那么冥府里的那两个魂为什么不能分开？如果它们分开，是不是冥府里就会出现两个崔环，那么打板子的时候哪一位脱裤子？

在鬼故事中引进了三魂说，确实在编故事中可以弥缝一些漏洞，比如让魂灵离体而人却能保留着一口气，以便让游遍冥府地狱的魂灵再还到阳世，代表和尚们宣传因果报应的大道理。而且把三魂中的二魂拘到冥府，而只留一个看守着身体，取代或协助了"魄"的职能，这设计也很有思想。为什么不调过来，让两个魂留在人世，让一个魂去到冥府对录呢？因为三魂相聚，人才理智方全，有完整的生命，如果去掉一个，只剩下二魂相聚，那么这人还能维持其理智，所以拘到冥府对簿公堂时还不至于胡说八道。而三魂只剩一魂时，大约就只能让生人昏迷不醒地病在床上了。但是这里也有个不好弥缝的大漏洞。冥府拘录命已告终的人，理应是三魂一齐带走的，"三魂飞出天灵盖"，这人眼见是死了。可是冥府是经常抓错人的，如果这时再让此人还阳，就要带着三魂送回到死尸中。此时三魂的本主没有了一魂看守，早已生蛆，眼见的这冤案就无法平反了。而且还存在着另一种情况，就是本来拘录的只是暂时到冥府作证的证人，所以给本主留下一魂看守着本身，但审问之间，忽然发现这证人其实也是罪犯，那就不能再放他还阳了。但他还有一魂在阳世，这时只好再派冥差把那一魂抓来，这也是很容易搞笑的事。

而且中国的传统看法是，人的魂魄不能散，一散人就死了。一个魂尚且不能散，三个魂天各一方，如果都觉得分开也不错，闹起独立，不肯聚在一起，这人就是被冥司放还，也是不能复活了。于是有人竟生出了这种怪念头，用胶把四散的魂魄粘在一起。

唐代牛僧孺《玄怪录》（《太平广记》卷三五八"齐推女"条引。今本《玄怪录》卷三有"齐饶州"一条，文稍异），讲到要让死去多日而"魂飞魄散"的李某之妻（齐推之女）还阳复生，那方案就是"以具魂作本身，却归生路"。何谓"具魂"？冥吏解释道："生人三魂七魄，死则散离，本无所依。今收合为一体，以续弦胶涂之。大王当街发遣放回，则与本身同矣。"于是另一个冥吏领来七八个女人，都长得和李某之妻一样，把她们推合到李妻身上。又来一人，手拿一器，内盛糖稀似的东西，就往李妻身上抹了起来。原来我以为是用比502的黏合力还强的胶水把七八个魂魄像七合板似的黏起来，看来不过是在李妻身外涂了一层强力保护膜，让关在里面的魂魄不能随便外出了。

这个故事回答了我们前面说的问题，三魂七魄到了阴间，竟然变成了一群同样形貌的"鬼"！而据唐人陈劭《通幽记》"唐晅"一条所云，"人死之后，魂魄异处，皆有所录，杳不关形骸"，魂和魄到了阴府，竟是分别关押在不同地方，正与齐推女的故事相合。

此女除了"本鬼"之外还有七八个魂魄，那么本鬼大约就是尚未离散的"二魂"所成，其他一魂或一魄之鬼是不是就像失去"行为能力"的精神病人一样，不再对本鬼的行为负责了？小说的构想也许有趣，但如果社会承认此说，那带给鬼世界的麻烦可就多了。最简单的一件事，就是借出钱去都不知向谁来讨。续弦胶的黏合度是很强的，把这一群鬼粘在一起，糊成一块，就变成了一个可以复生的人了。但出这个主意的人只顾眼前，不虑将来，被胶粘牢糊死的三魂七魄再也不能分散，那以后还怎么让她再死呢？

另外，为了返魂还阳方便而设计的一魂守尸之说，漏洞更大，因为究竟还魂的事情不多见，绝大多数的死者是没有这种机遇的。那么阴司为此而留下一魂守尸不是自找麻烦吗？而且那些横死的，一刀砍下，脑袋都搬家了，还留下一魂做什么？

但我们古人的故事对此也有答案，只是时代已经到了南宋，早就不管唐代的规矩，变成留下一魂守尸，是为了代表"本鬼"，准备托生的。此说见于洪迈《夷坚支志·戊》卷五"关王池"，里面一个掉了脑袋的鬼魂说："我身首异处，不知几年。……且三魂七魄，久已分散。只一魂守此，又失头颅，是以有所求。……"徐曰："既云身首异处，今口体具足，何耶？"曰："此所谓一魂也。"

这位代表本鬼的一魂，如果不能从快从善地得到安置，就成了作祟扰人的鬼，对人世冥界的治安都有妨碍。于是另外有人想出了个两全之策，就是把守身的这一魂改为寄押在城隍庙，也就是冥间的府县衙门，而不是由他随意在街市上乱逛。当然这城隍庙是专设有魂灵的拘留所的。

元人岳伯川的杂剧《吕洞宾度铁拐李岳》的第三折中，李岳借尸还魂，道："我虽是还魂回来，我这三魂不全，一魂还在城隍庙里，我自家取去。"

这大约是受到当时审理罪犯程序的启发：犯人被捕，先在本地衙门过堂，情节严重，再解往上一级，也就是按照县、州、府直至中央的大理寺，但案底仍然是要留在所在基层衙门的，这案底就是押下的这一魂。后来大约是人口繁衍得太多，州县的城隍庙管不了那么多，住在乡下的亡魂就寄押在更低一级的本乡土地庙里了。清人俞樾《右台仙馆笔记》卷五中的一则故事说：唐西镇人张庆孙，为了避太平军之难，逃到盛泽镇去住。不想在异乡得病死了，他的魂灵就被送到盛泽的土地庙。但盛泽的土地爷认为他不是本乡人，应该回到本地土地庙那里羁押，就又把他送回了唐西。想不到冥界的规矩也是那么严格。

胡朴安《中华全国风俗志》下编记江苏高邮之丧礼云：凡人始死之时，家人必以芦席稻草圈于本村土地祠旁，为魂灵栖留之所。男左女右，谓之"铺堂"。铺堂之后，家人则按中晚两餐备饭一盂，菜两盘，送至祠旁所设之鬼寓，谓之送饭。棺殓之夕，必须僧道念放焰口，家人则以纸轿、纸船、纸马抬至土地祠中，恳请土地暂放死者，领魂随其归家，谓之"招魂看戏"。

亡魂在土地庙也是以嫌犯身份羁留，人死即为冥犯的观念到明清时已经如此根深蒂固了！

三

在"三魂"上作文章的还有不少，也是花样层出，各呈新奇。举几个例子，最早的见于明末钱希言《狯园》卷十二"宋相公"一条：苏州盘门内薪桥堍下，有宋相公庙一小间，不知何年所造。离桥不远有条小弄，住着开店人金世隆，其孙阿二，八岁痘亡。月夜还家，呼其父母隔窗而语曰："儿即在宋相公庙前。死后便有三身，一身庙中驱使，一身常在对河与群儿嬉戏，即又见所死之一身，前日焚化。今伴侣最多，所与阿二游者，皆平居里巷中狎昵群儿,差不寂寞也。"此小儿的三个魂儿,一个被邪神宋相公拐走霸占,成了庙里的小使唤,一个自由自在,随意在外玩耍,另有一个留在尸身之内,随着火化而消失或者是到地府转世去了。现在回家看望父母的则是流荡在外的那一个。

一见于袁枚《续子不语》卷三"梁氏新妇"条:杭州民俗,新媳妇过门时,要手持宝瓶,内盛五谷,到了婆家后,即交给婆家人,把宝瓶放入米柜中。梁家娶妇,新媳妇手执宝瓶过城门时,守城门的讨要红包,结果和迎亲的争吵起来。新媳妇在轿子里吓个半死,等到了婆家,一直是神思恍惚,丢了魂儿似的。叫来巫婆,给她吃了符水,方才神魂略定,说:"我有三魂,一魂失落于城门外,一魂失落于宝瓶中,须向两处招归之。"如言而行,新媳妇才算恢复正常。古代的城管竟能把人的三魂吓得四处乱跑,以至于钻进瓶子里躲藏,可见威风之大不输于而今了。

再一个是清代丁耀亢的《续金瓶梅》,开篇第一回即说道:人身上有三魂七魄,在生前是三尸七情,及至魄散身亡,那三魂就是三个鬼,一个在阴司受罪,一个在阳世托生,还有一个守尸鬼在坟墓边赶浆水、起旋风,不得脱离,甚是牵缠。[1]

人死后三魂分居三处,成了三个鬼,这种奇想看似胡说八道,其实是大有深意存焉。试看世间的孝子贤孙,烧香祈祷,一为死去的祖先早日洗清罪孽,——那不是地狱里有个鬼吗?二祝祖宗投生富贵人家,——这不又是一个鬼魂吗?二祝之余,还是

---

[1] 丁耀亢说三魂即三尸,生为三尸,死为三魂,与《云笈七签》卷八十一《三尸中经》所说颇有关系。《三尸中经》云:"三尸形状似小儿,或似马形,皆有毛长二寸,在人身中。人既死矣,遂出作鬼,如人生时形象、衣服长短无异。"与民间传说中的生魂化为鬼魂颇为一致。所以三尸之说或由生魂之说而想象出来,并非毫无根据。

不忘逢年过节烧纸上供，看来坟头上也有一位享受浆水的鬼魂在。

与此说相同的又有清"伏雌教主"的《醋葫芦》第十三回：

> 地藏道："……但老衲又有一虑：波斯师全身降凡，惟恐堕落，只将三魂之内指出一魂，托生成家，其二魂乞大王复其旧相，暂留地府，与老衲盘桓数年，协力救济，以补思凡之孽。待得阳世那魂转来，然后纠合三魂，以图西返，岂不公私两尽？既可了成氏之俗缘，又不累佛门之规戒，狱中济渡，功不浅鲜，岂不美哉？"

据以上之说，就是当时拘往冥府的是此人的三个魂，审判之后，其中两个魂留在冥府，一个魂投生到人间。那留在地府的二位要接受地藏菩萨的教育，并着排儿听讲受训尚可理解，难道写思想汇报也要一个魂儿写一份？而另外一魂投生人间，自然已经成了新人，这位在襁褓中的小男或小女，又与冥府那位老翁或老妪有何关系呢？若干年后，三魂聚首，面目各别，也是颇让人困惑的。

所以郭则沄《洞灵续志》卷二所说就较为合理一些，那里的三魂是"一入冥，一守主，一居墓"。入冥的那个自去参加冥府的轮回，剩下二位，一个附于祠堂中的牌位上，另一位附于坟墓的尸骨中。此说在和稀泥的手段上颇为高明，不仅让西方与中国的幽冥观两不相犯，而且也把鬼魂是居于墓还是居于庙的争论调解了。但《醋葫芦》中的一个矛盾，在这里还是没有得到解决：既然投生人间的只是一魂，那么新出世的那位身上究竟是有几个魂呢？莫非这一魂也像老子一气化三清似的裂变成三个？如此代代递传，一个变三，三个变九，生生不息，而且其裂变能力男女都一样，阴间更是比阳世加倍增长，这可怎么得了！

"一国三公，吾谁适从？"一房三妻，就是张大千都觉得不妥，只好再娶一个凑成桌麻将，让她们自己去打打和和。好好一个人，怎么也要弄成一体三魂呢？心愈劳而事愈乖，光是死后三魂的安排就出了那么多的蹩脚方案，平日在人身上的政出多门、互相斗法就可想而知了。

至于"七魄"，民间也有说法，虽然不如上引小说中那么离奇，但其间烦琐也颇让阴司头疼。屈大均《广东新语》卷九"作七"条谈到广东的风俗，其丧礼于亡者死后，七日一祭，到七七而终，这一丧俗其实不仅广东，其他地方也有；只是广东在小儿生后，也是七日一祭，七七而终，却为别处所未闻。作者对"作七"的解释是：

> 予谓人生四十九日而魄全，其死四十九日而魄散，始死之七日，冀其一阳来复也。祭于来复之期，以生者之精诚，召死者之神爽，七七四十九日不复，则不复矣，四十九日者，《河图》之尽数。数尽而祭止，生者亦无可如何也。[1]

小儿之生，七日来一魄，四十九天七魄方齐，不知这七魄未入人身之前存于何处？而人之将死，七日去一魄，四十九日七魄

---

[1] 七七魂全之说不始于屈翁山，明人田艺衡、杨用修皆先有此说，应俱取于民间方士。

散尽而人死，尸体都火化了，不知未散之魄又到何处寄形？原以为成就这种理论的多是乡间巫师，不料一些知识分子也跟着蹚浑水，屈翁山在清初的遗民中，学问见识都是很不一般的人，这不连他也把《河图》都拉扯进来了吗。

形神不复相亲

如果不理睬三魂七魄的奇谈怪论，那么人死之后，魂灵就必然脱离了他的躯壳，黄泉青霄，坟墓祠堂，不管去哪儿，总有个归宿。但魂灵离体却并不意味着人一定要死亡，有时那魂灵还与躯壳保持着或强或弱的关系，而它自己则维持着或阳或阴的状态。当然，除了神仙的魂神可以随心所欲地自由出入躯壳之外，这种形与神的相离，对双方来说往往都是一些无可奈何的事。

最平和的离魂当然是梦境，虽然人的入梦未必都要梦魂出窍，佛书中所列四梦，就大多是虚而不实；而中国古有"六梦"之说，虽然没说明白是实是虚，但不管是正梦、喜梦，还是噩梦、惧梦，人们注意的是梦中显示的预兆，而主人公在梦中的出入行止都是不在关心之列的。而此外的离魂则大抵有些激烈了，比如缘于某种事故或疾病，像惊吓、昏厥、财迷官迷而导致的神经病之类。总之，神不守舍，身无魂主，一个是飘游无根，一个是混沌若痴，魂与形的相离，对于主人似乎无疑是件不幸的事了。

但其实却是未必，梁朝陶弘景《答朝士访仙佛两法体相书》中有一段话，专道神、形离合的各种结局形态，好像都还不错：

"形神合时，则是人是物。形神若离，则是灵是鬼。其非离非合，佛法所摄。亦离亦合，仙道所依。"神与形若即若离之际，竟然还是成仙成佛的途径呢。所以正如凡事皆可作两面观，此时游离出躯壳的魂灵，既可以说是无家可归，也可以认作了无羁绊；虽然一时失去了阴阳二界政府的保护，但也可以理解为不受它们的管束。于是此时的魂灵儿便成了流浪汉，成了独行侠，成了迷途的羔羊，成了脱羁的健鹘，成了依附于异类的妖精，成了神游于八表的神仙，境由心造，心随境移，无可而无不可。

这样一来，我们的幽冥故事中就出现了很多由魂灵唱主角的离奇情节。——徒说无益，还是讲故事。

一

离魂故事虽然千奇百怪，但归纳起来，不过两大类：一是"庄生化蝶"，二是"倩娘离魂"。前者是脱窍的魂灵寄形于别类，后者是魂灵独来独往，自在游荡，但在暂且摆脱旧有躯壳的束缚上则是相同的。

对自己的那副旧皮囊如果有些厌倦，暂且换换口味也未尝不可，只是游魂无根，随风飘荡，或落于酒席，或落于藩溷，那口味可就有天壤之别了。唐代李复言《续玄怪录》卷二"薛伟"条，写蜀州青城县主簿薛伟，大病七日，奄然而毙，但心头微暖，家人不忍入殓，环坐伺之。过了二十多天，薛伟忽然长叹一声，坐了起来，上来就说："你们去看一下我那几位同僚，看看他们是不是正在吃生鱼片？如果不差的话，就让他们放下筷子，赶快到我这儿来听听怪事。"仆人走视，果然不错，众同僚立即相随而来。薛伟道:"诸位吃的鱼,是不是叫看大门的张弼买来的?"众人说不错。张弼也过来了,薛伟便问他:"你买鱼时,渔人赵干是不是把一条大鱼藏了起来,只拿小的充数,结果被你在芦苇丛中把大鱼搜了出来?你把大鱼提回衙内,是不是交给厨房的王士良杀的?"张弼说不错不错。众人问:"你是怎么知道这些的?"薛伟道:"你们杀的那条大鱼就是我啊!"于是他讲起自己病重发烧,梦魂出游,只想找个地方求凉,便走出城外,"欣欣然若笼禽槛兽之得逸"。既入深山,见江潭深净,遂有浴意,为潭中群鱼所招,竟化为鱼。于是波上潭底,莫不从容,三江五湖,腾跃将遍。但既为河伯配充东潭赤鲤,每至日暮,必须返回。俄而饥甚,求食不得,循舟而行,忽见赵干垂钩,其饵芳香,心亦知戒,但一想我是官人,就是吞了钩,他岂敢杀我,于是一口咬了香饵,被钓了上来。不想任凭自己如何呼叫,赵干总是如若罔闻,竟用一条绳子穿了鳃,系于芦苇之间。然后又被张弼搜出,提到厨房。王士良把我放到砧板之上,你们几个在旁边看着,只叫好一条大鱼。我大呼而泣,你们睬也不睬,直到王士良一刀落下,砍掉鱼头,我才从梦中醒了过来。

魂离体而化为鱼,能畅游三江五湖,虽然最后受了一大吓,也不枉为鱼一世。《聊斋》中有《邑人》一篇,不知是不是受此篇启发而作,但在相似的架构中做着反面文章,虽然篇幅不大,趣味却超过了前人。此篇写一市井无赖,被不知是神是鬼的两个人把魂摄走,见市场上卖肉的架子上正挂着半扇猪,便把他的魂挤到猪肉中。"屠人卖肉,操刀断割,遂觉一刀一痛,彻于骨髓。后有邻翁来市肉,苦争低昂,添脂搭肉,片片碎割,其苦更惨。"直到把最后一块肉卖完,无赖的魂才算得到解脱。蒲翁对自己的佳构也颇为得意："崇朝之间，已受凌迟一度，不亦奇哉！"[1]

这位无赖自是活该，平日欺行霸市，宰惯了别人，让他也体验一下被宰的滋味，不妨看作上天有好生之德，对他搞一次再教育。但由此想到，即是同样一物，对于不同的魂灵就如腐鼠之于鹓雏和鸱枭，自有截然相反的感受。比如做官吧，有人感觉是如鱼得水，畅游三江五湖，胜似闲庭漫步，只

《聊斋》中的《邑人》，无赖的魂灵被更无赖的公差挤进生猪肉中。

要黄粱一梦没有做到后半段，那还是很让人惬意的。但对于另一种人，那感觉可能就像附体于死猪肉一般。记得在旧书中看到一个真实的故事，某名士当了不到一年县令，就挂冠而去，他的理由是这官做得"苦不堪言"：上司来考察，要看他们的脸色，下乡去验尸，要看被奸杀的女阴，两种都是极倒胃口的；而且数遭之后，形成条件反射，一见上官之脸，便联想到女尸之阴，反之亦然。同样是做官，对于这位来说，就相当于一年之中被凌迟数

---

[1] 但也有可能蒲留仙是从段成式《酉阳杂俎续集》卷三卢冉化鱼故事中得到的启发。那是薛伟故事的另一版本，但却加进了惩戒的主题。故事里的卢冉平生好吃鱼脍，结果有一天他也变成了鱼，并亲身体验了一回被人做成生鱼片的滋味，直到一刀砍下鱼头才结束了这场酷刑。还魂之后，他不但戒了荤，甚至出家做了和尚。

十度了。

另一类的魂灵离体，独来独往，倒不必担心失了本色，但也不能永远的天马行空，最后总还是要有个归宿。像陈玄祐《离魂记》中的那位张倩娘，魂儿随着情郎去了成都，五年之中，生有二子，但还是要想念家中的父母，倘若她知道自己的躯壳一直在病床上恹恹着，那就更要急着回家了。倩娘魂灵的归宿自然是皆大欢喜，但有的魂灵儿东走西窜，一下子串错了门儿，就并不那么美妙了。

见到美好的事物或人，魂牵梦绕，不知不觉就随着香风追上去，正应着张君瑞那句"则着人眼花缭乱口难言，魂灵儿飞在半天"。好美是人之常情，不可深责，如《聊斋·阿宝》中孙子楚的单相思尚且可以谅解，《画壁》中朱孝廉的两相情愿就更无须旁人说三道四。但有的行事就让人看着不舒服，且说《洞灵小志》卷七所言光绪初年京师一事。有"某生"出宣武门至西草厂，见一漂亮少女，就神摇意夺、浮想联翩起来。到了晚上，他梦见自己出城，又到了白天遇到少女的地方，而且见到了那美女正在仰卧着。到了这里就要提醒一下，此位虽称"某生"，却不是"年方二十三岁"，而是年近半百，于是那结果就大煞风景了。原来那女子正在分娩，而这位老大一把年纪，其德不能克一念之邪，竟然下作得偷窥起来。岂料他过于投入，正在忘情间，却"不觉身入其怀，倏忽间已为小儿，欲言不得"了。梦魂投胎，一瞬间就入了轮回。幸亏他投的是个私生子的胎，立即被产婆掐死，那魂灵儿才算从死胎中挤了出来。更幸亏这魂灵儿还能保持前世旧貌，未成为不会爬走的婴儿，于是终于费了很多周折，总算找到旅舍，钻回自己的躯壳里，"蘧然而觉，则死已两日矣"。倘若他与那女子二人有缘，异日再见，老书生想起曾经做过一回人家的儿子，真是情何以堪。

二

以上只是举例说一下脱离躯体之后魂灵的两类状态。两类之外难道就没有别的"例外"吗？说有也可，说无也不错。因为此外的离魂就是人的死亡，人死自然要魂离的。一般来说，躯壳这边一咽气，魂灵那边就出壳，同步进行，配合无间，但如果遇到性急的魂灵儿，不等信号，先走一步，而且他抢跑的距离够远，那就可以算是一种"例外"，人未死而魂先离了。先看唐人戴孚《广异记》中的一个故事：

唐玄宗天宝年间，长安城里有个占卜师柳少游，名气不小。这天来了个客人，手持一匹作礼金的缣帛，来请少游算卦，说想知道自己的寿命几何。少游布卦既成，悲叹道："君卦不吉，应在今日暮间辞世。"客人闻言，自是伤感不已。稍久，想喝口热茶。仆人听到招呼，端着茶进来，突然一怔，眼前两个人生得一模一样，居然都是柳少游，竟分不出谁是主谁是客。客人辞别，仆人送他出门，数步即灭，然后空中传来哀哭声。仆人把所见告诉主人，柳少游才知道这客人就是自己的精魂，叹道："神舍我去，吾其死矣！"正如他自己给自己魂灵卜的卦一样，他当晚就死了。

魂灵儿离体之后能看到自己的躯壳的故事可找到不少，但本人能看到自己魂灵，且"我"与"我"相周旋的故事则很少见，大约就仅此一例了。[1]但很让我喜欢。自己能看到自己的魂灵，并与之酬酢，为之占卜，那么这个"自己"又是何物？似乎是失去魂灵的肉体，也就是"体魄"了。人在梦境中魂灵是离开身体而活动的，而且人们在梦境中还似乎"看到"或感觉到自己，那时支持人体生存的就是魄。这故事就应用了这一体验。可是这体魄居然还有智能为客人占卜，就又不仅是体魄而已了。也许可以用人有"三魂七魄"的观念来做解释，但还是不要解释为好。故事扑朔迷离，颇有禅机，其中的一些细节很值得玩味。有时我们号称要审视、考察、批判、鞭挞自己的灵魂，那时的"我"是什么呢？其实什么也不是！

但能见到自己魂灵的故事，在晋代陶潜《搜神后记》卷三中也有一则，主人并没有死，只是变成了白痴，附记于此：

有夫妇二人，这天太太先起来操持家务，过了一会儿，丈夫也起身出门去了。可她以为丈夫还在睡着，再回卧室时，果然丈夫正在被窝里睡着。忽然家僮从外面回来，说主人让他回家取镜子。这太太只当家僮在说胡话，就让他看床上大睡的主人。家僮说："我确实刚从主人那里回来。"太太便叫家僮赶快去找外面

---

[1] 也是唐人的段成式在《酉阳杂俎》中讲了一个故事，与此有些相似，但却难于断定是不是其人的魂灵，附述于下：和州刘录事食量极大，而尤能食鲙，常言食鲙未尝尽兴。朋友们便网鱼百余斤，看他如何吃。刘某先吃鲙数盘，忽似喉哽，咯出一骨珠子，大如黑豆，便放到茶碗里，用盘子盖上。又吃了一会儿，那盖茶碗的盘子忽然倾侧，刘掀起盘子一看，那颗骨珠已长数寸，其形如人。座客都凑上来看，不料那物随视而长，顷刻高大如常人，上去揪住刘某就打。二人扭打了一阵，各自散走。一循厅之西，一转厅之左，跑到后门时二人相撞，合为一人，还是老刘，但他已然一副痴呆之相了。过了半晌，老刘才能说出话，但问起方才的事，全然不知。自此之后，他见了鱼鲙就恶心，再也不吃了。

的主人。在外的主人听了家僮一说，不禁愕然，立刻回家。夫妇俩一起进卧室，床上果然睡着位和自己一模一样的。他想，这位大约是自己的"魂神"吧，也不敢惊动，只是慢慢靠近，用手摸着床，于是"冉冉入席而灭"了。过了不久，丈夫就得了神经病，颠三倒四，不明事理，一辈子也没痊愈。

这也许是他起身匆忙，把自己的魂忘到床上了。而失魂后一时半会儿还能正常活动，正如战场上大腿中了子弹还能跑一阵似的，但终于还是支撑不下去，成了个痴呆病号。但由此也可以看出，这魂神与本主的亲合力已经很弱了。王佛大三日不饮酒，便觉"形神不复相亲"，也就是神不能守舍，做什么都憷憷懂懂。不知这位主人是不是也落下这种名士病，少了些公款应酬，以致沦落如此，也是可哀，还不如像柳少游那样索性呜呼了省事。

躯壳好像一个屋子，平时门闩是紧紧的，魂灵不会逸出，但年老体弱者的门闩就松了，一不小心，魂灵就溜了出去。《三冈识略》的作者董含曾记述他内弟蒋某死前发生的事。蒋某本来身体就虚弱，然后得了咯血之症。这天他正躺在床上，忽然见别一张床榻上坐着个人，定睛看时，却是另一个自己，也正向自己凝视着，接着就倏然而逝了。蒋生大惊，自知魂灵离形，将不久于世，果然没过几天就亡故了。这位蒋生年纪不大，好炫才耀己，平时总爱琢磨事。董含因和他是内亲，大约也不便再多说他的不是，估计这人也是在处理人事的关系上费了不少多余的心机吧。

这种魂神离体，有时对本人就体现为一场梦。《阅微草堂笔记》卷八记有一事，沧州王知州的爱女病重绵惙，困顿不起。家人夜间去后花园中的书斋，却见小姐对月独立于花荫之下，不禁悚然，赶快退了回来。小姐明明卧病在床，怎么花园里会有她的身影，大家猜测一定是狐魅幻形，便放出家犬吠扑过去，而那身影立刻就消逝了。过了一会儿，只听病房中王小姐弱声说道："刚才我梦到书斋看月，甚感惬意，不料忽然窜出一只猛虎，差一点儿被它扑倒，至今尚悸然而汗。"大家这才知道，他们看到的是小姐的生魂。医生听了，叹道："小姐形神已离，就是卢医、扁鹊在世，也是束手无策了。"果然不久王小姐就去世了。

三

久病之人在死亡前夕会形神相离，而年纪高迈的老人往往神志不清，现在的人叫作"老年痴呆"，但过去便也被人解释为魂神离体。他们与蒋生的情况不同，因为能把这种状态坚持很久，几年甚至十几年都有可能。极端一些，或者可以把他认作较长时间处于生与死之间的微妙阶段，看那躯壳是活人，但其魂神已经在幽明二界之间飘游着。

俞樾在《右台仙馆笔记》卷三中就记此一例，说的是金少伯的祖母。这位老太太活到近百岁方辞世，但在晚年已经很糊涂了，见了儿媳妇孙媳妇以为是亲戚来了，便"大姐二姐"地叫着。这倒也不稀罕，奇怪的是，每到年节家里祭祖宗的日子，媳妇们给她送上饭菜，她就说："刚刚吃了，怎么又让我吃？"开始大家以为是她老糊涂了，但后来发现，每逢祭祖，她一准如此，再问她："您说吃过了，那您吃的是什么呢？"老太太一说，把大家吓了一跳，原来她吃的东西正和摆在祭案的东西一样。她的魂灵在此时已经离体，和祖先们的鬼魂一起去歆享祭品了。

梦魂能享受自己前世的亲人祭祀的故事，笔记中自南宋邵博《邵氏闻见后录》以来很有不少，我已经在《那一边的吃饭问题》中做了介绍，但魂灵出窍到冥界享用祭祀的却不多见。可是虽不多见，古书中说的那句"尸居余气"，估计也就是这种状态。曲园先生写到朋友的这位老祖宗时，不知会不会有一种不恭的联想：我们太后老佛爷是不是也在此"状态"中，用从冥界得到的空虚养料来维持大清的国运呢？

然而有的老人死前虽然魂灵偶尔逸出，但却神明不衰，不但不是老年痴呆，而且提前得了鬼的灵应，居然能看到未来之事了。郭则沄《洞灵续志》卷七中记有一件他从友人汪君刚处听到的异闻：魏塘钱丈死前两月，送客回来，坐在客厅，吸了两筒水烟袋，"神忽出舍，至西长安街，似见财、邮诸部门前，皆缀蓝底白字匾联，联字不多。又至天安门，见门以上，楼以下，高悬华人西服像。更迤逦出正阳门，则廛肆如故，一无他异。"忽然若如梦觉，发现自己仍然坐在客厅上，手里还拿着水烟袋。于是他赶快把汪君刚叫来，说："此事殊异，当有后验，君异日必睹之，幸录诸笔记。"浙江嘉善魏塘的钱氏，是当地大族，据范笑我先生见告，这位游宦京师的钱老丈钱铭伯，与做过国务总理的钱能训为兄弟行，其辞世在 1931 年。也就是说，他出魂的事即发生在 1931 年，而《洞灵续志》刻印于此后五年的 1936 年。天安门上出现领袖像似是 1945 年之后的事，所以郭氏所记肯定不是事后的编造。所谓"神忽出舍"，并不是魏老丈有了"出神"的道行，也只是金老太太的魂神逸出而已。但魏丈醒后有一种预兆性的感觉，可知这又不是一般性的睡梦。当然，即是预兆也没有什么意义，只不过让人感到很神奇吧。

失魂、走魂和叫魂

一

失魂，俗语叫丢魂儿，这种事往往发生在受到惊吓之后。也就是说，有人在受惊之后，或者神不守舍，或者痴呆，或者昏迷，医学上也许认此为癫疯，而民间究其缘由，却认为是此人魂儿丢了的结果。在他们看来，人的魂灵好像是匹受惊的马儿，脱缰似的挣出了躯壳，而且一时半会儿恢复不了镇静，以致四处游荡，找不到归宿，于是就剩下了没有魂灵的"吓傻了"的肉体。

但这只是一般的情况，而幽冥故事中总是有很多不一般甚至唱反调的情节。有的故事就说，人没了魂儿，躯壳照常活动，如南朝时刘义庆《幽明录》记石氏女的魂灵私奔到情人家，而躯壳则在家与母亲一起做家务，一如既往，并无异常。及至二者相见，魂儿便突然消失了。唐代张荐《灵怪录》所记相类而更为生动：

天宝末年，郑生应举入京，行至郑州西郊，投宿主人，不想主人正好是郑生的表姑奶奶。问起郑生尚未娶妻，老太太说："正好我的外孙女住在这儿，她姓柳，父亲现任淮阴县令。我看你们两家门第挺般配的。"郑生不敢推辞,当晚就与柳氏姑娘成了亲。夫妻恩爱地过了几个月,姑奶奶对郑生说:"你带着你新媳妇到淮阴,认认你丈母娘吧。"到了淮阴柳家,郑生一通报,柳家大为惊愕,因为自己的女儿尚养在深闺人未识,怎么会从外面带回个女婿呢?老两口急忙出门相视,只见车上坐的姑娘与自己家中的一般无二。那姑娘入门下车,冉冉行于庭中,而闺中之女闻听此事,也笑盈盈地出来相见,二女遇于庭中,便合而为一了。原来老太太是地下亡魂,郑州西郊的宅第却是她的坟墓,她嫁给郑生的是外孙女的魂灵;可是养在深闺的那位小姐,也是一切正常,少了魂也并无傻大姐似的怪样子。

它如《太平广记》卷三五八"韦隐"条引《独异记》(当即李亢的《独异志》)等,也是形神相离后各自为政,好像有了神仙的分身术一般。但这些故事不顾形神不可相离的常识,只求一个双方皆大欢喜,怪则怪矣,却少了失魂故事的更多趣味,故唐代以后也就不见此类情节了。

失魂的具体原因很多,表现也不尽相同,而走脱的魂灵跑到了何处,做何举动,也各有说法,同时也就产生了很多可供谈资的怪闻。

有的是人跌倒了,及至再爬起来,魂就离了体。袁枚《子不语》卷十五"庄生"条说,庄生离开朋友陈氏家后,过桥时失足跌了一跤,然后就"急起趋家,扣门不应,仍返陈氏斋。陈氏兄弟弈局未终,乃闲步庭院"。此时的行为已经是魂灵的事,而所游的世界已经不同于人世。他见到一座大花园,原来那是主人家的菜园。"见小亭中孕妇临蓐,色颇美,心觉动",原来那是母猪在栏内分娩。他返回书斋,陈氏兄弟依旧下着棋,理也不理他，自觉无聊，就上前搭话支招，无奈人家好像听不见似的，再以手指画棋盘，主人却面现惊惶，好像见了鬼，赶紧跑回内室了。庄生觉得很纳闷，百无聊赖，只好依旧回家。走到桥头，他又跌了一跤。再起身赴家叩门，就有人听见，给他开门了。原来这后一跤是魂灵跌的，这一跌就又附上了自己的体——那"体"当时正躺在桥头上作昏迷状吧。在庄生定睛凝神看着孕妇分娩时，他已经投了猪胎，幸亏知礼而退，魂儿及时脱离，才没有"堕畜生道"。次日再看菜园一角的猪栏，母猪生下了六头小猪，五生一死，死的那只就是庄生的闪电式转世的遗骸。但令人不解的是，庄生既然不忘"男女授受不亲"的圣训，可见颇为清醒且有知性，但怎么就会把老母猪看成大美人了？[1]

但有的人一跌之后，不仅身体成了行尸走肉，就是魂灵也昏了头，找不到家了。清代闲斋氏《夜谭随录》卷四"多前锋"条中的多二爷，在东直门外的城墙根练骑射，不小心掉下马摔昏了。为朋友扶掖而归，"归家即苏，一无所损，但神痴，不复解言笑"。原来他的魂儿留到了城墙边上，迷失了大方向，根本就不知家山何处，只好在原地打转，等着家里人来接。可是家里人

---

[1] 这种误投猪胎的故事好像已经成了一种程式，多见于笔记小说，除了《聊斋》中的《杜翁》之外，如明末人所写的《集异新抄》卷四"阴皂隶"条，记苏州一少年为活无常，其表弟求其携游冥间，少年允之。表弟既入冥，见有美妇十一人悲啼出门，遂欣然随行。至胥门外，入一人家，华屋美茵，香气馥烈，先有一妇人独卧捧腹，貌甚肥。众美妇连臂坐于茵上，其人即随之同坐，与众美女挤挤拥拥。不意正在乐不可支，忽见表哥持杖来，拦腰一击，痛极而醒，身卧床上，日已旁午矣。急觅表兄问之，方知昨夜误投猪胎，若稍迟扑杀，便成真猪矣。其人犹怒曰："宁有作猪绮丽乃尔。定是诳语。"即随至其地，门庭户闼不异于梦中，独所见华屋则猪栏，美茵则破荐，十一小猪卧母猪旁，秽气触鼻而已。

却只以为他得了怪病，忙着求医问药，就没往丢魂儿上想。幸好掌管东直门沿河一带冥界治安的缢鬼王老西，遇见了正打转儿的多二爷，知道是回不去家了，此鬼生前受过多二爷的恩惠，便赶紧跑到多家，附到一个老妈子身上报了信儿。于是家人搀着多二爷的真身，至其堕马处，呼其名而招之，总算让他清醒过来，但这魂儿已经在城墙根盘桓有半月之久了。如此看来，躯壳

《聊斋》中的《杜翁》，一个偷学少年的老翁，梦魂竟随着一队妙龄女郎投了猪胎。

没了魂儿固然不妥，魂儿离了躯壳也未必就还能保持英明。

二

还有一种，就是常言所说的"吓得魂飞魄散"。此种故事甚多，找个极端的，即人被押到法场，刽子手手持明晃晃的鬼头刀，将要把自己脑袋砍掉，那一大吓，不由人魂灵儿不出窍。明人笔记中多谈及他们太祖高皇帝时的一件"佚事"，可以看出在威严的主子面前，奴才的魂灵儿是多么脆弱。

一个太监被太祖爷降旨拉出宫去斩首，罪名是"洒扫不如

法"。扫地洒水难道还有什么横三竖四的章法？估计不过是太祖爷正坐在龙书案后思量着发起胡蓝大狱一类的事，一时出神，被扫地到跟前的太监吓了一跳吧。这位太监连那身"金团背子绿衫"都没来得及换下，就被捆起来拉到金陵城的闹市中，准备开刀。南京城的人爱看热闹，特别是听说皇上要杀的是自己的奴才，那就更来劲儿了。可是他们定睛一看，只见这跪等吃刀的太监前面还拱手立着一位，衣着面貌和跪着的那位一模一样，都甚感奇怪。正在这时，太祖爷突然又降下圣旨，不杀了。于是行刑者就解开太监的绳子，而那个立着的太监竟然冉冉如影而逝了。人们这才明白，那位原来是太监吓出的魂儿！太祖爷有时也是很幽默的，"你吓我一跳，我也吓你一跳"。

这故事见于都穆的《都公谈纂》和陆粲的《庚巳编》，所述大体相同，版本稍有差异的则见于祝允明的《野记》，说是受刑的太监吓得魂灵飞上了屋檐，自上而下看着五花大绑的自己。由此也可以知道，到刑场看杀人，也是当时都城市民的一大娱乐，不但满街满市，屋顶也成了观众席。至于杀的是什么人，是不是自己的同类、同党，好像都无所谓，只要好看便好，即使杀的是自己，也未尝不可看得津津有味，甚至叫起好来。"看客"的麻木和缺心少肺往往如此。

明代陆容《菽园杂记》卷三记有一人临刑获免，有位绝对够得上现今娱记资质的先生，向这位惊魂未定的幸运儿发问道："你在等着挨刀时，那一刻有什么感想，有什么激情，有什么愿望？说出来让我们大家听听。"这位回答道："当时都吓得发昏，哪里有什么感想愿望啊。只是后来恍恍惚惚坐到法场旁边的屋脊上了，看到法场中间捆着个人，那肯定是要挨刀的了，我只是纳闷,我老婆孩子亲戚朋友都围着他干什么!"[1]

法场上吓出的魂有多少,不清楚,但毫无疑问的是,绝大多数的魂儿是不能回去了,当他们下了观众席,终于明白那掉了脑袋的躯壳与自己有关时,可能会产生不少感想,可惜没有记者赶到那一边去采访了。然而还是有些可供谈资的怪事,个别的魂灵儿不是吓出了壳,而是求生欲望过于强烈,心存侥幸,要逃之夭夭,结果竟然窜出了壳。这就是本文中要说的"走魂"。于是法场走魂与借尸还魂相结合,形成了更为活泼的第二主题。

钱希言《狯园》卷十六有"盗偷生"一则,言苏州大盗某,将被决于市曹,私祈于刽子手:"何计脱某于不死乎?"刽子伪应之曰:"此甚易耳,当使老兄脱一乐地去也。"及行刑时,刽子连叱曰:"去去!勿复顾!"刀下而其人不知苦楚,魂神飞出于稠众之中,不觉去数千里外,奔突入一大户人家。适主人方出阶下,蓦然撞上,仆之于地。众人救醒主人,忽作吴语。而盗引镜自照,容貌转少于前,左右拥掖者娇妻美妾三四人,屋宇高广。盗心自念曰:"吾何以忽然至此乎?"喜不自持,稍审其地,乃是广东南海之某州县,如是享用者首尾十三年,还与妇生一子矣。忽一日,刽子因公事至岭外,偶至其地。盗于市中邂逅

---

[1] 其实这两个故事都可能与南宋洪迈的《夷坚志》有传承关系。《夷坚丙志》卷一二"僧法恩"一条云:绍兴十年明州和尚法恩造反,败后徒党数十人处死于市,首犯凌迟,其余杖死。其中一人杖死后复苏,自言"方杖胁一下,神从顶间出,坐屋檐上,观此身受杖毕,乃冥冥如梦,不知今所以活也。"只是这和尚赴刑时毫无惧意,他的魂儿不是吓出来,而是打出来的。另《夷坚三志·己集》卷五"黄氏病仆"更说,到法场上看行刑的不仅有闲人,还有不少闲鬼:"(群鬼)遇市曹刑杀罪人,则左右环坐于屋檐上观看。才命断,被刑者升屋,尽拜诸人,又仓忙狂走。城郭墙壁,并无隔碍,亦不曾有神道阑问。"

之，扑地下拜，感谢甚殷。刽子茫然不知所谓。盗便邀过其家，铺设酒肴，乘间问曰："感君再生，真某大恩人也。但不知当时实用何方，使某得至于此。"刽子曰："卿当日市曹之戮，初未尝免，何不寻思？"盗默然良久，忽蹶倒而死。家人奔救无及。伍伯遂具述事状始卒，大小惊惭，若无所措。

这与其说是"借尸还魂"，不如称作"杀人夺尸"，虽然这杀人只是误杀。可是那家主人再窝囊，也不至于被一个看不见摸不着的阴魂撞死，那就是活该此时命终，却凑巧叫一个瞎鬼碰上了。袁枚《子不语》卷十五"佟觭角"一条与此相似，却完全喜剧化。盗墓贼李四，执锹拒捕，连伤二命，坐法当斩。在绑赴菜市口时，极力挣脱逃跑。有个叫傅九的，出正阳门西行，正过一小巷，只见一人劈面奔来，躲闪不及，两胸相撞，竟合而为一了。原来奔来的正是李四的魂灵，却闯进傅九的躯壳中。至于他自己的躯壳，此时早已问斩了。可怜傅九鹊巢鸠占，自己魂灵儿无处安身不说，他的那躯壳也饱受折磨。先是"顿觉身如水淋，寒噤不止"，跑到一家绸缎庄坐定，忽大吼道："你拦我去路，可恶已极！"于是开始大抽自己的嘴巴，拔自己的胡须，竟是由着李四的魂灵儿践踏，可见躯壳被别人的魂灵操纵是多么的不幸。

像这种走魂而撞进别人躯壳的事，究竟不大容易那么凑巧。如果没有如此幸运，这走掉的亡魂就只好成了野鬼。但与一般野鬼不同的是，这亡魂还以为自己成功逃脱死刑，正活在世上呢。查继佐《罪惟录·志》卷三十四中有一"晋囚鬼谢"故事：晋中有死囚临市，嘱求刽子："你能想个什么办法让我活吗？"刽子道："你不等我起刀就闭上眼，听我让你快跑，你就尽力跑走，跑个不停，就算活命了。"下面是行刑如常，死囚自然成了死尸。过了一个多月，刽子出门，到晚上错过了旅店，见有户人家窗子透出灯火，便急走趋之。屋门开着，中堂设个木牌位，上面写的是刽子姓名，香火荧然。刽子心想，我除了砍囚犯脑袋没做过什么积德的事啊，怎么会有人给我烧香上供呢？便急呼主人。主人出，面色灰如废楮。刽子不认识他，他也不认识刽子。坐定之后，主人说道："某初坐法将刑，得刽子某教我法，得疾走免于死，所以感激而供着他。"刽子这才想起一月前的事，惊道："我那时是哄你，你早就受刀死了，怎么又活了？"主人顿时愕然，形灭不见，而堂宇牌位俱也杳然无踪，刽子不过是立在荒丘之上，正是那死囚葬身之处。

死囚走魂的故事到了清代又有了进一步的演变，窜出尸首的魂儿，既不需要借别人的尸首，也不去做野鬼，竟然具有了属于自己的第二个体魄，成了"生身活鬼"，另外居家过起小日子来。此类故事最早似见于乾隆年间人朱海的《妄妄录》卷二"鬼魂娶妇"，至道光年间，汤用中《翼駉稗编》卷五又有了"生魂忘死"一条，当然它们都没有脱出《狯园》的老套，只是把发生的地点移来移去，或是苏州，或是福建，连同北京和山西，让人感到奇怪，难道这种怪事各地都要轮着上演一回？《翼駉稗编》故事的后半是，那死囚的魂灵脱窍而出之后，窜离刑场，一口气跑出一百多里，从北京跑到了河北雄县地面，找家饭馆做起伙计来。他本来是开酒馆的，只是露了下都城的手艺，店主人就喜欢得如获至宝，最后竟招他做了倒插门的女婿。第二年丈人去世，他便成了掌柜。后面的故事又回到老套：过了一年多，那个刽子手到雄县看亲戚，恰巧来到这饭馆。此人一见，深谢活命之恩。

刽子手一下子没认出来，问："你是谁啊？"他说："我是某某，你不是在法场上把我放了吗？"刽子手说："你弄错了吧？那个某某当天就伏法了啊。"此人一听，立即瞠目结舌，飙然仆地，如土遁一般消失，地上只剩下一堆衣服了。

法场上挨刀的鬼魂被惊得乱窜，而且很容易窜到不相干者的驱壳中，这在当时好像是一种民众的共识。但既然如此，闲散人等不往法场上凑也就是了，但不行，法场上杀人的热闹岂可不凑？于是而有刽子手挥刀的那一瞬万众齐呼的壮观声势。破额山人《夜航船》卷二有"阿瘤瘤"一条，专言苏州市民爱起哄，起哄的一个重要场合就是刑场，而且还有在刑场上不可不起哄的理由：

> 杀人于市，惩众也，方畏缩之不暇，何哄之有？人心浇薄，竞往观之，若以多杀屡杀为快，临刑时，必鼓掌疾呼，"瘤瘤"之声，达数里外。然彼有说焉，以为人死魂升直上，杀死者魂必横冲直撞，凭人作祟，拍手乱瘤，便一缕孤魂喝送上天，归入虚无缥缈之乡矣。

罪犯在受刑时魂灵出窍的故事在西方也同样存在。美国小说家安布罗斯·比尔斯有个《鹰溪桥上》的短篇，主角是个犯了间谍罪而即将处死的罪犯，在鹰溪桥上临时搭成的绞架上套住了他的脖子，他望着脚下的河水，浮想联翩。而就在这时，行刑者抽掉了他脚下的木板。他感觉自己突然掉进了河里，原来是绞索意外地断了。他在河水中挣扎着，桥上密集的子弹没有射中他。他终于爬上了对岸，在树林中没命地奔跑着。他走了整整一夜，就要筋疲力尽的时候,忽然发现已经到了自己的家门口。他推开院门,看到容光焕发的妻子正跑下台阶迎接他。他张开双臂向妻子奔去。而就在这时,一切全都消失了。他离开了尘世,尸体正吊在鹰溪桥下,所有那一切只是死时一瞬间的经历。

三

此外,在江湖上有一种"叫魂"的邪术,或叫摄魂术,又有关魂、致魄等名,也是导致一些人失魂的原因。

所谓"叫魂",顾名思义,就是把活人的魂灵"叫"出来。人走在路上,忽然听到后面有陌生人叫自己的名字,如果他顺口答应或者扭过头去看,那便可能中了邪套,魂儿已经被人"叫"走了。而叫出的目的有两种,一是让那人丢了魂,迷迷糊糊,只见两旁或是滔滔巨浪,或是深不见底的悬崖,只有前面一条小路可走,于是随着妖人的"引导",被带到荒僻之处,轻则"搜剔囊橐",把腰包掏光,重则连衣服也不剩,剥光了扔到水里。(见清人董含《三冈识略》卷二"妖术"条。)这一种类似于歹徒的打闷棍,而另外一种则等同于绑票了:但他们要绑的不是那个丢了魂的躯壳,而是被叫出的魂儿。他们把那魂儿勾走,关到一处地方,然后向其家人敲诈。如果能乖乖地给巫师送一笔钱,他们就把魂儿放了,其人就可以由昏昏而昭昭,如果家人不肯拿出赎金,那人的死活都很难说,重则成了采生的材料,做成"灵哥灵姐"之类,轻则放任不管,那本主起码是终生痴呆了。

这种叫魂并不一定非"呼人姓名"不可,据说剪了人的发辫或者一小块衣服,也能把对方的精魂摄走。(美国学者孔飞力有

《叫魂——1768年中国妖术大恐慌》一书专门考察了乾隆年间轰动全国的叫魂大案，可以参看。）更甚者竟用巫蛊之术，金针刺偶人，驱鬼斫生魂，那就不仅是摄魂，而是追命了。像《子不语》卷八中的妖人张奇神，"能以术摄人魂"，而其术则是剪一纸人，把自己或自己儿子的魂灵附于其上，则纸人便化为凶神恶鬼，到仇家为祟，追摄其魂。但这些妖术往往"法不行于人则反殃其身"。这个张奇神遇到了个不信邪的吴先生，用《易经》一掷，凶神恶鬼便现形为纸人，如果把这纸人扣留到天明，妖人自己就要毙命。另同书卷八"道士作祟自毙"条、卷十"鞭尸"条，都是妖道附灵于偶人甚至僵尸，咒人勾魂，谋财纵欲，最后弄得身死魂灭。奇怪的是，此类妖人妖道竟能得逞于一时，在光天化日之下用妖术冒充道术，招来很多崇拜者！

于是被此类妖人拐走的魂儿中，就有一批是自觉自愿送上门的信徒。那缘由往往是其人虽然资质平平却志向高邈，侥幸做了名公名母，便把下一个目标锁定为成真成仙。因为形神相离中本有"出神"一种，那是神仙才能玩的把戏，即如罗公远大法师带着唐明皇的魂神到月宫听《霓裳羽衣曲》便是。而那"出神"的最大好处，倒不仅是神游八表，可以朝饮扶桑水，暮吃英伦牛扒，而是待无常到时，神出于窍，找个地方躲起来，让鬼差寻找不到，就只好回去挨板子。来这么几次，阎王没了办法，便把冥簿上的名字当成银行的死账一笔勾销，于是修行者起码也要成为地仙，既不废花天酒地，又能长生不死了。但那要把仙道修炼到一定程度，才能把魂神的出入控制自如，否则魂儿出了窍却找不到归路，跌进了臭水沟，误入了耗子洞，最甚者迷失归路，化烟四散，岂不哀哉。[1]所以要想成仙，起码先要找个活神仙做师父，再修炼个千八百年。但无奈在世上招摇的"活神仙"全是冒牌货，像那种玩杂耍、变把戏出身的牛鼻子老道，是只会把好端端的"才子才女"弄成二级智障，于是眼冒异光，嘴吐胡言，说到底，那魂儿早已被冒牌老道的"思想"下种了。

---

[1] 郭则沄《洞灵续志》卷四言一退休官员，隐居于家，修习道术，日必静坐。久之，元扃渐启，有婴儿自顶出，仅能游戏室中。一日为猫所攫，大惊不得归，遂卒。又有汪生，年甫冠未娶，即专心修炼。静坐中觉顶门出一小儿，缘窗上檐，止于屋瓦上，日将午则下檐，循窗复入顶门。如是者有日矣，忽有新至婢女，传呼午餐，声稍巨，婴儿惊，往复檐端，迷失归路，良久化为烟四散，而汪生遽卒。

招魂

一

招魂俗称"叫魂"。此处的"叫魂"与前节提到的"叫魂"正好相反。那是巫术中的邪法,要把活人的魂灵从躯壳中"叫"出去,而此处要说的则是把丢失的、迷走的魂儿"叫"回来。除了"叫魂"之外,地方上又有唤魂、收魂、捉魂、抢魂、跳茅山等称呼。这两种"叫魂"从功用上虽然相反,但从本质上则没什么区别,就是用巫术收敛人的魂灵。

招魂,在文献上最早见于儒家经典《礼记》中的《丧大记》,还有大家很熟悉的《楚辞》中传说为宋玉所作的《招魂》,但追溯其原始,应是更古老得多,而且不是仅用于葬礼的一个表演节目而已。所谓"招魂复魄",也就是把逸出躯壳的魂灵召回,以与尚在体内的魄相复合,最后使人重有生意,这是先民民俗的本意。作为原始巫术,其实也是原始医术的一种,招魂广泛用于生人的昏厥、迷乱、病危、初死等认作失魂的场合。死人是招不回魂的,但招回魂儿的就可以不死。这道理正与最现代的医院也"只能治病却不能救死"一样。所以招魂之术与招魂之俗就一直流传下来,其中招不回魂的死人那部分,为儒家者流固化为葬仪中的一个程序,但那已经不是招魂复生,而是招魂入葬了。

儒书中记述的是作为丧礼的"复",即招魂以复于魄,注所谓"气绝则哭,哭而复,复而不苏,可以为死事",从原始意义上也是招魂以求生,人没了气儿就哭叫着,哭不回来就动用招魂以望其复魄,依旧活不过来,才举行葬事。这种丧礼上的招魂,从古到今也没听说过几件叫活过来的事例,而作为巫医的叫魂,却有相当大的成功率。这很简单,一个是死人,一个是病人,正如我们现在也知道把什么样的人送到医院还是殡仪馆一样。虽然他们采用的招魂方法并没有什么大的差异,都是拿着失魂者(或初死者)的故衣故物爬上屋顶向四方呼唤,但儒家的却固化为"礼",成了办丧事的"具文",不再有什么发展。而巫师的虽被视为异端,却是与民生甚有关系的"生意",相比之下,就显得经久不衰,而且连和尚道士也掺和进来,生出了很多的花样。当然,在根本的要素上,它们与古老的巫术是没什么不同的。

二

最常见的叫魂是收小儿之魂。不知现在如何,我只知道在半个世纪之前,就是城市里也常见这种事:孩子发烧,昏迷不醒,最简单的就是母亲抱着他,抚摸着他的脑袋,叫着他的小名,喊着"宝宝回来吧"之类的话;如果不见效,就要用巫术性质更浓一些的手段了。而各地的收魂术虽然大体不差,却也各有特色。

清代汤用中《翼駉稗编》卷二"收神"条云:

> 世俗遇小儿惊吓,夜卧不安,即以小儿贴身衣置斗中,炷香灶前拜祝毕,一人抱斗呼其名招之归,一人应曰"来矣"。越俗谓之收魂,楚俗谓之叫魂,吾常则谓之收神,往往奇验。余三岁,偶受惊恐,遂壮热,昏仆数日不醒,亦不食。先恭人忧之,为之收神,衣甫披身,即连嚏而醒,开目向先恭人曰:"儿归矣。"问何以得归,曰:"数日彷徨一室,迷闷不得出。顷一伟丈夫多髯,身着重孝,抱儿置斗中,儿遂得归。"

这是江苏常州一带民间的收魂法,而相距不远的南京,就有了些差异。胡朴安《中华全国风俗志》下编"江苏"章记云:

> 小孩偶有疾病,则妄疑为于某地惊悸成疾,失魂某处。乃一人持小孩衣履,以秤杆衣之,一人张灯笼至其地,沿途洒米与茶叶,呼其名(一呼一应)而回,谓之叫魂。

这里说的较真实,即未必要巫婆神汉来确认为真的丢魂,只要小儿"偶有疾病",大人就怕他的魂灵儿跑了,这也是基于儿童气禀较弱,魂儿容易被一些不地道的游神野鬼勾走的认识。孩子穿过的衣服是最基本的道具,可以与丢失的魂灵儿发生"交感",让魂灵儿找到自己的归宿,附着于其上;至于斗、秤之类,一是因为它们具有辟邪的功能,二是此时可以用来做收敛魂灵儿的载体,而米、茶之类是打发一些"阴物",可以用来赎取为他们拐走的魂灵儿的吧。

其实这种巫术用于成年人时也没有什么大的变化。自先秦时的招魂就离不开"故服",丧礼中的"复衣服",也就是"招魂复魄之服"。《广异记》"李及"一条,写李及的魂灵为鬼使误拘,放回来却不送到家,结果自己找到家,却因家人挡门而进不去,只好跑到丈人家将息。幸亏他太太"若有所感",这才"悉持及衣服玩具等,中路招之,及乃随还。见尸卧在床,力前便活耳"。《聊斋志异》中的《阿宝》一则,单相思的孙子楚,魂灵儿跑到梦中情人阿宝的闺阁里,躯壳却躺在家中半死不活。家人到阿宝家里招魂,那巫师也是"执故服、草荐以往"。慵讷居士《咫闻录》卷七"朱翁"条言浙江鄞县风俗:"凡有恹恹久病者,以为魂不附体,备牲延巫,到城隍庙享神,用雄鸡一,将病者衣裹于鸡身,呼病人名而归,名曰追魂。"失魂者穿过的衣服、躺过的草席、玩过的玩具都是一回事,作用也一样,迷失的魂灵儿认得自己的气味。而雄鸡则与斗秤相类,是辟邪兼收魂的。

人的魂灵与所着衣服之间有一种异乎寻常的密切关系,或者可以理解成那衣服对魂灵有一种吸附力。这方面的故事很多,而且颇有可惊可怪的,容以后讲到鬼魂的穿衣问题时再述。

但有故衣物也好,找不到故衣物也好,叫魂之"叫"是不能少的,就是嘴里要不停地大声叫着病人的名字。声音不大,魂灵儿听不见,当然也不能大到把魂灵儿吓走的程度;叫声如果时断时续,那只能让听到叫声的魂灵儿发生迷惘,找不对方向,所以要一声接着一声。此外,如果病人的魂灵儿是被什么游神扣住不放,这叫声也能把魂灵儿催出来。这正如被朋友拉去打麻将,夤夜不归,要是老婆在门外一声一声叫个不停,叫得众牌友心烦,就是不放也没意思了。

唐人陈劭《通幽记》记卢缵半夜暴亡,侄儿卢仲海见其心尚暖,便想起"礼有招魂望反诸幽之旨","乃大呼缵名,连声不息,数万计",居然就把叔父叫得活了过来。叔父醒后说,他被一位贵官请去喝酒,杯盘炳曜,妓乐云集,喝得兴起,也忘了回家的事。忽然听到侄儿呼唤之声,急而且悲,于是心感恻然,才向主人告辞。"主人苦留,吾告以家中有急,主人暂放我来。"可是没有多一会儿,卢缵的魂灵儿又被请走了,仲海只好接着叫,叫声哀厉激切更甚于前,直到天明才把叔父叫活,然后叔侄二人赶紧逃离这好客的鬼地方。

三

以上这些虽然都可以归入巫术,但已经成了民间习知的"家庭偏方",不必请巫师,自己也能操作。可是如果仍然无效,病家对医生也失去信心的话,就要请巫师动用专业的巫术了。但这专业的巫术也有深浅难易之别。

胡朴安记江苏民俗,病者寒热久而不住,医药无效,便以为是失魂之故。于是请来巫师"捉魂",大约是敬酒不吃吃罚酒之意,你不肯乖乖回来,就要来些强制手段。但也不必动用冥间警力,只是跑到田野间,见到某个虫豸,就认定它是病人之魂,把它捉住,回家放到病人的床上,嘴里再喃喃地念些谁也听不懂的咒语,病好了算是巫师有本事,好不了死掉,巫师也不必负什么责任。魂灵当然不会化为虫豸,只是附在虫豸身上,就像孙子楚的魂灵附在鹦鹉上,鹦鹉飞回孙家,入门便死,而躺在床上气息奄奄的孙子楚即时便活了过来。想那虫豸到了病人床上，也应该有这样的一个魂灵与躯壳的交接吧。至于交接成功与否，是他自己的事，巫师就管不了那么多了。

还有一种叫"抢魂"的，据俞樾的《右台仙馆笔记》卷五所说，是流行于江西南昌府一带的巫术。那里各村都有庙，庙里供着一种叫"太子"的神，面白而有笑容，其身披甲，其首戴兜鍪，一手执旗，一手执剑。人家有病重不治者，就用响轿一乘迎太子神至其家。所谓"响轿"，就是抬起来轿杠咯吱咯吱作响的那种；这倒不是太子爷喜欢那种噪音，而是这种轿要想咯吱咯吱地响，就必须让它颤颤悠悠地颠，于是被抬者就有种腾云驾雾的快感。神至其家，先焚烧纸钱，算是给太子的见面礼，然后道士就磕头为病者祈祷。到了夜里，便让四个壮汉抬着神轿，道士跟随在后，又有十余人手持火把相从，来至旷野，盘旋三匝，众人齐声呐喊，然后飞奔而回。刚到门口时，就大呼病者的名字，门内要有人应声曰"诺"，这才把太子神抬进家中，供奉起来。三四天后，再由道士把太子神恭送回庙，至于病者痊愈与否，道士就不再过问了。从所叙述的过程来看，实在难以看到那魂儿在何处，又是怎么抢回来的。

同书还谈到广东的所谓"唤魂"，亦谓之"跳茅山"者，那就是火爆的全武行了。其法用道士数人，设斋坛，悬神像，诵经忏，皆如常仪。既毕，则安排楼梯一具，每一级都绑有利刃，刃皆向上，道士赤足踏其锋刃，拾级而登。如是数次，谓之"上刀山"。然后再以铁弹一、铁链一，置烈火中烧之使红。道士口含红铁弹，手捋红铁链，过了半响再投入冷水中，水犹鬻然沸起，即以此水为病人洗脸。道士又自刺其手出血，涂病者两太阳穴及两掌心，以去内邪。又燃两炬，入病者室中，以指弹药末少许，訇然一声，满室皆火光，谓之"发火粉"，以去外邪。最后乃以雄鸡一、青竹竿一，取病者亲身之衣，登屋而呼其名，是谓唤魂。凡唤魂时，若适有物来，或牛羊，或鸡犬，均吉，无则病不治矣。或遇有人来，亦吉，然所遇之人必死。故道士行法时，其前后左右十家内，道士必保其无咎，十家以外，不能保矣。不幸遇此而死，其身必有火印云……

看这全过程，似乎只有最末一节持衣登屋而呼才是"唤魂"的正项，其他全是特异技能的表演。既是表演，肯定会招来不少乡邻看热闹。人家花钱给将死的亲人看病，别人却只当作看戏，从情理上有些说不过去，于是而有了"人遇之必死"的警告，让没事儿的人少来添乱。"上刀山"的场面，前些年好像在电视中还看到过，是云南一个少数民族的表演，而且还多了一个"过火海"似的情节，即赤足走过烧得通红的一排铁犁。只是当时并没有说这与治病招魂有什么关系，也没有升屋而呼，只是说这是一种驱邪祈福的原始宗教仪式。如果曲园先生所述的不错，那么广东的"唤魂"应该也是从原始巫术中变化而来，当然也有可能是在招魂复魄的巫术中吸收了少数民族的宗教仪式，而那铁丸铁链也许是另有所取吧。至于巫术与杂技二者的关系，是由巫术掺加进杂技，还是杂技从巫术中分离，那就不太清楚了。可是由于这表演有相当的难度，所以收取的费用也就要相当可观。唤魂对于本家虽然不是小事，但这样的场面也有些过于夸侈，真是大材小用了。

《右台仙馆笔记》卷十五还记有一种"叫魂术"，是召唤远在异地的生人之魂的。湖北咸宁有一民家，兵乱时其子走失，遍觅不着。有人教其母云:"可以把你儿子穿过的鞋子置于床下,两只鞋的鞋面扣在一起,然后每夜就呼唤你儿子的名字,你儿子就能回家了。"又有一事,是俞樾二儿媳所说。她曾在周家湾避兵难,邻家一子为贼掠去,有人教其母乞来四十九家的灯油和灯草,到夜里点燃,于人静后呼其子名四十九声,夜夜如此,声甚凄切。数月后,其子果从贼中逃归,据其自言,每夜他都听到母亲呼唤自己的声音。虽然这个被唤者的魂灵并没有脱离躯壳,但他能听到呼唤的声音,和巫术中被招魂灵的感受是一样的。

最后有一事不可不说,就是明清以来很多地方的风俗中,遇到发生"丢魂"的事,在招魂的同时,还要到城隍庙或土地祠烧香拜祷。猜测其缘由,大致有二。

一是明代之后,州县城隍庙已经成了地方化的冥府,以往魂灵为冥府所召,都是要"见阎王"的,此时只要就近到城隍神衙下即可。人死了,魂灵要押到城隍庙,冥司里遇到什么官司要勾生人作证,有什么差事要拉生魂效力,那勾魂的帖子自然也是为城隍爷所批下。所以有人魂丢了,就有可能是被城隍爷临时召去,此时到庙里烧香拜祷,也就是探探虚实究竟,求这位老爷高抬贵手,尽早把羁押的生魂放回。

缘由之二,不管州县城隍还是村镇土地,在人们看来,他们既然有保障一方生灵之责,那么鬼卒巡逻之时,遇到走失的生魂,理应就有收容的义务。如果是富贵之家,城隍土地自然会设法查明家主,把生魂恭送回府,而一般的百姓太多,照顾不过来,只好有劳您驾临敝庙,磕头上供,把魂领走了。这道理就是不说大家也明白,现在谁家发生儿童或成人失踪的事,不是也先到派出所甚至公安局报案么。

"脱窍"种种

一

看笔记小说，或把魂灵离体叫"离窍"（《聊斋志异》卷三《汤公》），回来叫"入窍"（袁枚《续子不语》卷十"生魂入胎，孕妇方产"）。更怪的是，小时候听老人讲此类故事，他们就把梦中离体的魂灵儿叫"窍"，说时略做"儿化"。老来想起此事，忽然觉得这"窍"字可能是"壳"字之误写，因为"壳"也有 qiào 音（与"恪"之读 que，"客"之读 qie 同）。如近人郭则沄《洞灵续志》卷七"跑海骡夫"条就作"出壳"。但也有另外一种可能，即这"窍"有可能是指人身上的孔窍。因为有一种说法，认为魂灵儿离体时就是把孔窍当作通道的。是"壳"字还是"窍"字，即是弄清，意义也不大，反正都是魂灵儿从人身上出去或回来，但由此而想起魂灵儿离体的一个琐细问题：这个魂灵儿是怎么从躯壳中出去的？这便不得不考虑到魂灵的形状大小的问题。

一般的民间看法，一个人的魂灵应该与他本人的形象一致，重量上不妨要有折扣，至于长短肥瘦，那自然是一致的。在前面谈到的柳少游的故事中，魂灵与本体在形象上是完全一样，以致旁观者分不清孰客孰主。这应该是我们幽冥观念的一般认识，试看大量关于魂灵的故事中，梦中幽会的情人的梦魂，阴差抓的、阎王审的生魂，显灵于人间的鬼魂，几乎全是和本人一般模样。只要想想就明白，若是魂灵儿与本人是两副模样，整个的幽冥世界岂不大乱？何止大乱，简直就完全崩溃了！

我有一个想法，如果鬼能见人而人不能见鬼，这在阴阳二界的对等关系上就大不公平，这也是很多人认为鬼具有超能力，能知人所不能知，行人所不能行，这一误解的缘由之一。人不能看见鬼，鬼如果要想让人看到，让人感到，就必须"附于物"，这种观念虽然不很普及，但确实存在于一些学人的笔记中。诸如棺材板不能成精，破笤帚也不能作怪，它们之所以被人当成精怪，乃是因为有了精怪附于其上而已。倘若某人能见到鬼魂了，那么假如他不是视鬼的术士，或眼净的童子，就有可能在精神上出了问题，严重的就是身上鬼的成分已经相当多，也就是距死不远了。正如美国电影《地狱神探》中的那句台词："当你看到他们（鬼魂），他们也看到了你。"而另一方面，从鬼的角度来看，他们本也不应该能看到人，他们能看到的只是人的生魂，他们与人的交流也只能通过人的梦魂、一时的幻觉（即暂时的迷离于阴阳二界之间）。阴差所能看到的也应该如此，所以他拘的也只能是魂而不是"人"，在他把绳索往"人"脖子上套时，实际上是往人的生魂的脖子上套。那些走无常的醒来大汗淋漓，搏斗的对象也不是躺在病床上的人，而是那人的魂灵。此处不想对这个问题多做讨论，只是想借此说明，一般来说，如果人的魂灵能被看到的话，那么就理应与他本人一模一样，连孪生兄弟之间的那一点差异都不应该有的。

这样的魂灵与本体分离时，如果要形象地表现，我觉得美国电影《人鬼情未了》中的形神分离的画面最为合理：人死倒地，一个与真人同样大小的幻影似的魂灵从那尸体上由重合到分离，悠然起身，飘然而去，或上天堂，或入地狱。但这种分离的形式在我们的鬼故事中少见描述，这倒未必是因为它不为我们的祖先所认可，而是持这种看法的人以为事情本应如此而无须细述的。即如前面《失魂》一篇中谈到的《翼駉稗编》中"生魂忘死"一条，也只是魂灵从躯壳中一挣而出罢了，还有很多记述魂灵返体的故事，也或是魂灵往尸体上一扑，或是本体与魂灵两相迎凑，便自然合为一体。如果有人要求像摆弄俄罗斯套娃一样，慢动作地打开外面一个再取出里面一个，这就要让讲故事的人勉为其难了。《封神演义》中动辄就说"一灵已奔封神台去了"，三百六十五个横死的魂灵，是从打得脑浆迸流的脑袋中钻出，还是从砍为两段的地方流出，一处也没有交代，看来许仲琳也难于说清，不如含糊过去妥当。而此类事本来就不好细究，如果遇到好抬杠的人问：鬼的形貌与其死时相同，莫非砍作两段的那位，他的魂灵儿飘往封神台时也要分作两截飞吗？但此处不谈死魂，所以也不抬杠。

二

可是古人就是有钻牛角尖的先生，觉得魂灵脱窍，就应该像蚕蜕茧、蝉脱壳一样，必须要有个孔窍才能钻出来。当然，如果像儒家典籍所说的，魂灵只是烟是气，那么可以想象，只要像暑天冒汗、严冬呵气一样从身体中出来，然后"发扬于上，为昭明、焄蒿、凄怆"，像烟气一样飘起来，散开去，即是潇湘仙子的"一缕香魂"与焦大一类的臭魂沆瀣一气，也管它不得了。可是在鬼故事中，只有鬼魂被老道摄入葫芦之类的容器里，再放出来时呈一缕黑烟之状，蜿蜿蜒蜒地飘流而出，却从来没有见过人死之时从身上冒黑烟的。而且冒出来的是黑烟，然后这烟就化为人形，由小而大，这也太神魔小说化了吧。

而好钻牛角尖以说鬼的先生，往往认定魂灵是个体积重量都不含糊的实体，自然也不肯取腐儒的如烟如气之说。他们宁肯让魂灵变成别的东西，也不能让魂灵散入虚空。魂灵可以搓成面条，滚为汤团，或为苍蝇，或为蟋蟀，这样虽然易于脱窍，但多是文人弄笔或野老曝谈，视为奇想、置之不问可矣。最易行也是最简便的，就是让魂灵保持原形状原比例而随意缩小，缩小到可以从人身上某个部位钻出来，而钻出之后又不至于让人体一下子瘪进一大块。

魂灵比本人躯壳小的说法虽然不是主流，但散见于笔记小说中的也很有一些。洪迈《夷坚志补》卷十一"卢忻悟前生"一条中说到一个十九岁赵氏子，牧牛于山中，因秋雨草滑坠崖而死。但他的魂灵并不知道自己已死，只是跌下之后，"奋身而起"，然后才看到旁边还躺着一位，而且也没有立刻意识到是自己的尸体，只以为是另一个人。在这时，他的魂灵好像是与生前的躯体一般大小了，可是后来他的父母来收他的尸体，在他眼里，父母却是"身皆丈余"，如按比例来推算，那么他的魂灵儿也就相当于生前躯壳的一半了。另外，明清笔记小说中也有不少条涉及鬼魂的大小，说是只有尺余长的也很有几条。如陆圻《冥报录》卷上"钟遇哉"条言其魂魄与身分离，魄如人身长大，而魂则仅长尺余。

但这还不算缩水太大的，更有一些脱窍故事，那里面的魂灵是个远比真人小得多的虫豸蠓蠛一样的"小人"，他们可以从人身上的孔窍或不知什么地方钻出钻入。这种魂为小人的观念，应该起源很早，道教的"身神"之说即是受其影响而产生。道书认为人的五脏六腑、四肢五体、筋骨髓脑、肌肤血脉以至孔窍荣卫，均有神灵主宰，多至三万六千以上，这些小东西能有多大？而最为道士们常念叨的那三尸神，每天从人身上进出三个来回，那方便之门只能是上下孔窍了。（为读者熟悉的《聊斋志异》中的《耳中人》《瞳人语》大略可以看出道书的影响。）但这种身神的观念也反过来影响了人们对魂灵的认识，首先最易让人当成小东西的就是"梦魂"。

陆粲《庚巳编》卷四有"人魂出游"一条，说的是他故乡苏州的事，一个里长为了收敛役钱，一早就带着个小奴从葑门前往齐门，途中累了，便在一家屋檐下休息。主人昏昏欲睡，随身的小奴却已经入梦，于是主人"朦胧间见一小儿戏舞于奴身，俄下地"，也就是魂灵出壳了。可惜这主人错过了小奴魂灵钻出躯壳的那一刹那，但他看到了魂灵是怎样回到躯壳中的，那也是很含糊，只是魂灵跳到身体上就忽然不见了。这梦中离体的魂灵儿在附近的菜地里转了一圈，而小奴在梦中则是游了一趟森林公园，那溪边的丛木在他梦中就是一片参天巨树了。这故事版本不少，我小时候听老人讲的故事中也有它，只是添加了一些更有趣的情节，比如那"窍"吃了几颗羊粪蛋，梦醒之后，就说自己饱餐了一顿"槽子糕"等等。由此也可以看出这魂游与梦的对应关系，以及人们对梦的理解。——此外还须注意的是，能看到小奴梦魂的主人不是处于清醒状态，而是似梦非梦，如果由我来理解，那也是他的梦魂所见，因为正常的状态下是不应该能见到魂灵儿的。什么叫"似梦非梦"？有时我们从梦中醒来，却还不能立刻清醒，眼前似见非见的东西也是似幻非幻，过了一会儿方才明白，刚才那一大堆金元宝原来是跟前桌子上吃剩的窝头。[1]

《聊斋志异》中的《张贡士》一条，说到张贡士的魂是从"心头"出来的，当时他在病中，一切都是自己在床上所见：

> 忽见心头有小人出，长仅半尺，儒冠儒服，作俳优状。唱昆山曲，音调清彻，说白、自道名贯，一与己同；所唱节末，皆其生平所遭。四折既毕，吟诗而没。

这个小人显然是张贡士的魂灵。"心头"那个部位没有孔窍，魂本来就不是实体，幻影似的东西其实随便从哪里冒出都无妨的，但"心头"离心最近，根据古人的灵魂解剖学的知识，心正是魂灵存身之所在。距心最近的孔窍应该只有肚脐眼了，所以宋代无名氏《鬼董》卷四言冥府派一猴拘陈生之魂，云"升榻捽陈生魂自脐中出"。

---

[1]《狯园》卷六有"獐朝白雀寺"一则，道吴兴白雀寺的缘起，乃唐朝宰相李绅所建。最初未有寺时，一上座高僧结草为庵。李绅秀才与上座为方外之交，便借庵中肄业。一日李绅昼眠，上座于窗下观之，见李顶门内忽走出一小绿蛇，长可二寸，蜿蜒下榻，周游于尿盆、败叶之间，最后醒来，自述其梦，则一切都是仙境。冷眼旁观的这位上座，一直保持着清醒，并非半催眠状态，但他有道行。至于我辈凡俗，就不要指望有此奇遇了。

三

关于魂灵寄身之处，更多的见解是认为应该在脑袋里，具体部位不明，但头盖骨之下是没问题的。人的脑袋有七个孔窍，除了眼睛不大方便，其他途径都很康庄，可是很多故事中魂灵还是不循正路，硬从头顶钻出。

唐代戴孚《广异记》言鬼卒追崔明达，"乃于头中拔出其魂"，南宋洪迈《夷坚支志·癸集》卷五"神游西湖"条，记农民陈五死后复苏，自言"初死时，觉魂魄从脑门出"，出来之后，又反顾，"见本身卧床上，妻儿叫哭。作声相呼，更无应者"。清代袁枚《续子不语》卷七"通幽法"言一农夫魂灵脱窍："觉魂从头顶进出，痛不可当。其归也仍从顶上入，满身舒快，如释重负，如倦极之得眠也。" 许秋垞《闻见异词》卷一"二寸人"条，言某士修"出神术"，"功行既深，有二寸人从顶中出，门外之事不问自知"。薛福成《庸庵笔记》卷四"已死七日复生"条亦言："将死之时，魂从头顶钻出，急切不能离身，奋力挣去，甚觉苦楚，已乃辴然解脱，与身判为二矣。"郭则沄《洞灵续志》卷四言某主事"中年习道术，日必静坐。久之，元扃渐启，有婴儿自顶出"，又有汪生，亦"专心修炼，静坐中觉顶门出一小儿"。最详细的是陆圻《冥报录》，言："气垂绝时，即见魂起小腹丹田，如汤团状，青碧色，渐升渐高，至脐而气急，至胸膈而喘粗，至喉间头上时两目上窜，全塞于颠顶，迫进良久，如裂石之状，而魂与体离、魄与魂判，气竟绝矣。"这是死了又活过来的人所谈感受，不但有感觉，最奇的是还能看见小肚子里的魂灵是个绿色的汤团，真不知是用什么"天眼"来看的。

而正经从孔窍中出入的，故事中也有记录。一说魂从耳出，见梁代任昉《述异记》，记南齐马道猷，"两鬼入其耳中，推出魂，魂落屐上"。

还有说魂从鼻出的，见陆粲《庚巳编》卷四"人魂出游"条。这里的魂灵出窍时化为一小蛇，自鼻孔而出，在院落外的水潭里游了一圈，而主人则梦见浴于大海。魂灵为蛇，也许此人有蛇蝎之性吧。

由此可以看出，古人是把魂灵安置在人的心头或头颅部位的。如果魂灵在人体中有一个居留的所在，似乎也只能做如此想，总不能让这东西住在脚趾头上吧。但竟有魂灵出于胯下的。《子不语》卷六"徐先生"条即云：大盗徐先生既陷囹圄，自知死期，谓旧识石赞臣曰："我大限在七月一日未时，汝可来送。"

> 至期，赞臣往市曹，见先生反接待斩，忽胯下出一小儿，作先生音曰："看杀我！看杀我！"须臾头落，小儿亦不见。

这魂大约是从后窍中出，其处虽然不雅，但此处较为隐蔽，不易为人所见。如果刽子手和众看客见到犯人头顶或七窍中钻出一个小人，必以为多添了趣味，可供他们多咀嚼些日子。这大约是徐先生与老Q不同，宁肯取道粪门，也不愿见看客的臭脸吧。

四

一般的情况，不管是死亡、昏厥还是入梦，魂灵都是自然而然、无需强迫地与躯壳分离。但也有需要强制手段的，上面所说的从脐中摔出或从耳中推出即是。而《聊斋志异》中《褚生》一则所述最为形象。褚生要把陈生的魂灵从躯壳中分离出来，或者说要把陈生的躯壳腾出地方，以便自己附上。到了考试那天，褚生带一人来，说是表兄刘天若，让陈生随他出去找个园子玩儿几天。陈生起身，正往门外走，只觉得褚生从后面拉他，拉得他差一点栽倒。这时刘生赶紧用手挽住他，把他领走了。褚生拉的是陈生的躯壳，刘生领走的是陈生的魂灵，一拉一挽，形神就相离了。

由此而想到，有一个问题似乎也应该关心一下，即那魂灵儿脱窍之际，他自己的感觉如何？比如那耳朵里推出来掉到脚面上的，是不是感到摔得七荤八素；从脑袋顶上拔出来的，是不是扯得眼歪嘴斜？这些魂灵自己不说，也就无人得知了。像上述陈生那样被拉得一栽歪，也算是一种感受，但更多的则是好像自己变成了无色透明的一种气态的东西。《聊斋志异·汤公》中的主角自述体会："乃觉热气缕缕然，穿喉入脑自顶颠出，腾上如炊，逾数十刻期，魂乃离窍忘躯壳矣。" 纪昀《阅微草堂笔记》卷三有一则言自缢者形神相离，"百脉倒涌，肌肤皆寸寸欲裂，痛如脔割；胸膈肠胃中如烈焰燔烧，不可忍受"。则与袁子才所说的"觉魂从头顶进出，痛不可当"正好是意见相同。而俞樾遵行儒范，视出窍的魂灵为"其气发扬于上"，所以《右台仙馆笔记》中有数处谈到离窍时的感觉，就或言"顿觉身轻如羽"，或言"但觉飘飘如凌云而上",或言"飘飘然若御风而行,不能自主"了。

综上所述,众说纷纭,究竟魂从何处离窍,也没有一定之规,所以说了半天也等于没说。好在读者诸公也远不到关心此事的时候,就是有了什么七条八条的规定,也不过形同具文,各位还是到七八十年之后随性而为吧。

人未死，魂先泣

一

唐代陈劭《通幽记》中有一故事，说的是清河县尉房陟之妻郑氏的事。当时村中有一老妪去拜访某寺禅师，途经一片荒野，只见一白衣美妇人行于榛莽之间，哭得很是哀痛，渐渐走至一小丘，她便开始绕着荒丘哭，然后蹲下来，好像在那里鼓捣着什么。老妪感到奇怪，想近前询问，及至快走到时，那妇人就立起来，向远处躲去；老妪只好扭头离去，可是回头一看，妇人又回到老地方了。如此数度，老妪猜测所见可能不是生人，便赶紧离开了。过了一个多月，房陟妻郑氏暴病而亡，灵柩就葬在那个荒丘上。而她死时的容貌衣服，正如老妪所见的一模一样。

郑氏既是暴卒，那就不是久病缠绵了，但她的生魂竟在她尚未患病之时就脱离了躯壳。而且这魂灵已经预知到自己的死亡和埋葬之处，提前到那里凭吊自己了。可怪的是，魂灵的这种认知却又不为郑氏本人所知晓，完全是生魂的独立行为，甚至连梦境也不让郑氏入的。

这种观念在唐代好像很正常。比《通幽记》更早的唐初人郎馀令撰《冥报拾遗》"裴则子"条，言此子为阎罗王所拘，于地狱中见镬汤煮人，而镬汤前烧火老母正是本村之人。但老母此时还活在世上，等裴则之子还魂之后数日方死。张鷟《朝野佥载》，说武则天时代，地官郎中周子恭暴亡，到了阴间，被领入一大殿，而"大帝于殿上坐，裴子仪侍立"。大帝就是则天皇帝的老公、已经故去的唐高宗李治，而裴子仪则是现任的并州判官。高宗说："我要的是许子儒，怎么把周子恭叫来了？快把他放回去！"这样周子恭就又还了阳。当时许子儒正任着天官侍郎，当天晚上就突然死去，显然是去大帝那里报到了。武则天听说此事，甚觉奇怪，就派人驰往并州，看裴子仪是不是早就死了。不想使者回来报告，说裴子仪活得正滋润着呢！当然，裴子仪以后还是要死的，但在他未死之前，其魂灵竟然提前到冥间伺候老主子了，那在并州任上还怎么"全魂全魄"地为人民服务啊！这恐怕就是用人有三魂七魄也不大好说通的，因为总不能说有几个魂就能伺候几个主子吧。

这与正统的魂气体魄观念发生很大的差异，但却为民间所认可，没人会怀疑这情节的可能性。而同类的故事在后代屡屡出现，却大多似是一种灾难或事故的预警。其中最典型的莫过于李复言《续玄怪录》中的《辛公平上仙》了。这个传奇故事自陈寅恪首先注意到是对宫闱秘史的影射，后又经章士钊、卞孝萱的研究之后，真相大抵弄清，即影射着登基不足一年的唐顺宗不是病故而是被弑。故事很长而且曲折，迷离诡异，交给梅里美那样的大手笔，足够改写成一篇名作了。被弑的是宪宗还是顺宗，历史上的顺宗是不是被弑而死，与本题无关，此处只是指出，不管那故事影射着哪位倒霉皇帝，都是在皇帝驾崩数月之前，先在另一个空间，或者说是另一个"空间维度"里"预演"了弑君的血案，但这种阴谋弑君的事是不便于"彩排"的，所以这一弑杀的"预演"就是真实的"发生"。但在那里的皇帝被杀了，身处阳世的皇帝却还活着，而且根本不知道那个空间维度里自己扮演的角色。（对这一故事的具体情节介绍，我们放到后面《阴山道上勾魂忙》中再说。）

又五代时期孙光宪《北梦琐言》佚文卷三，记十国中的楚王马希声，在这个短命的昏暴之君死前，大将周达自南岳衡山归来，未到长沙，即"见江上云雾中拥执希声而去"。他虽然没见到什么鬼物现形，但知道那是楚王的魂灵被捉走了。但他"秘不敢言"，为什么呢？因为此时马希声还很健康地活着。可是到了晚上，据说只见"有物如黑幕突入空堂"，然后马希声就死了。马希声继位仅二年就暴死，正史中也没做任何交待，死因可疑，所以《北梦琐言》就记录了当时的传闻，其死状据说是倒于阶下，脑袋被重物砸个稀烂，似乎是为神物所殛，其实是暗示被人谋杀。这是死前约一日魂灵就已经先被勾去了。

同卷又记了比马希声晚几年的唐明宗世子秦王李从荣之死，其魂则是十多天前即已经逸出了。当时有位精于草书的和尚文英大师彦修，往年在洛阳时很受秦王厚遇，后来他因故南迁至江陵，居于曾口寺。这一天，他恍惚见秦王率二十余骑来访。彦修便问："大王何以来此？"可是秦王并没有回答，然后倏忽之间就与从骑如烟般消失了。彦修顿觉事出非常，便托人打听洛阳的消息，果然，秦王在几天后的内乱中被杀。

与李从荣事相类却更为离奇的，则有南宋初年张镇一事。事见《夷坚支志·甲集》卷四"张镇抚干"条。这张镇历代显宦，祖父张焘做到当朝宰相，父亲张埏曾官通州尹，现居于江西德兴老家，而他自己则在湖北安抚司做官。绍兴四年冬，张镇暴病而卒，死前没有任何征兆和预感，办公待客一切正常，但其实在十天前他的魂灵就已经离壳了。那天张镇派遣一名黥卒（就是《水浒传》里被骂做"贼配军"的那种人），让他带上一封书信和一个竹编方箱去德兴。这黥卒走到半途，就觉得肩上的东西重了起来，此后一天比一天重，压得他有些直不起腰了，便把它往地上狠狠一撂，骂道："莫是里面盛着死人头，如何更担不起！"但长官的东西是不敢扔掉的，只好硬撑着背到了德兴。到了张家府上，黥卒把竹筐交给张镇之父张埏，当着面打开，里面却只有鹿脯而已，并无任何作怪之物。可是黥卒刚一出门，就觉得有什么东西狠敲了一下他的脑袋，空中有声道："汝在路如何得骂我？"正是张镇的声音。黥卒嘴里连说着"小人不敢"，却又调头进府，直到张镇父母处，哭泣而言道："死生定数，无所复恨。镇未有子，新妇难以守寡，毕丧后乞遣归其家……"却全是张镇的声音。附魂于黥卒的张镇安排完身后之事，黥卒便仆倒在地，半天才苏醒过来。原来黥卒在湖北离开张镇的时候，张镇的魂灵已经附在那竹筐中了。这魂灵已经预知自己的死亡，他的离开自己的身体，附黥卒而返乡，是魂灵还是张镇"本人"的意志？这魂灵看完父母还回不回到自己的躯壳中？难道还要黥卒再把他背回去？这是无法查个究竟的。另外这魂灵不但有重量，而且与日俱增，也是很怪的。

二

最可怪的是人死一年之前，其魂已哀哭于所死之地，正应了苏东坡"未死神已泣"那句诗。宋代张师正《括异志》卷四"陆龙图"条记：宋神宗熙宁六年，成都城内，夜间巡逻的兵卒常"闻哭声呦呦然，凡数十处，就视之则无有"。到七年、八年大旱，饿殍盈路，接着又是瘟疫，死者十六七，以至秋麦无人收割。（这次"自然灾害"对当时的政局也颇有影响，大量灾民流入京师，让变法的拗相公大丢面子，不得已辞去了相位。）张师正认为这是"魄兆之先见"，魄兆即预兆，还是儒家《洪范》五行的老说法，等于什么也没说。

此类故事惨烈而令人骇怪的，则见于《狯园》卷十三"没头鬼"一条，言嘉靖三十二年（1553年）夏月，吴门名士王穉登到无锡城中名画家谈志伊家做客，夜宴荷亭，留宿其家。是日炎热异常，不得眠熟。五更起，同秦氏诸郎纳凉于庭。忽闻街上呵路之声甚急，开门出看，似是官僚仪仗过街。他们悄悄于门隙偷窥，遥见引幢持戟，擎灯把火，执盖异舆，前后卫从者百余人，由大街而出西门，全是无头鬼。独乘车人朱衣金帻，仪容端正，是有头者。诸人相顾骇然，急忙整棹回了苏州。到了明年，倭寇入侵，常州府全境残破，死于兵刃者大半。这是王穉登亲口对钱希言所讲，他认为所见的无头鬼群过街，就是次年倭乱之兆，也就是说，那些无头鬼就是第二年一部分被杀者的鬼魂。

郭则沄《洞灵续志》卷七所载与此相似而更为惨怖：庚子年（1900年）的北京城，从夏天开始，先闹义和团，然后是八国联军，前后死人无数。但早在那年春天就发生了怪异。那时正刮着沙尘暴，连日不停。有吏部官员王某乘马车到宣武门外友人家夜饮，直到四鼓才散。车快到菜市口时，遥见火光烛空，人声喧沸，好像前面有什么大集会似的。及至走近，忽然疾风怒起，车灯为风吹灭，驾车的马匹受惊嘶鸣，车夫则颠仆于地。王某从车帘的缝隙往外窥去，只见黑影幢幢，不计其数，如群乌上下，飞腾跳踯，怪状不一。最后一巨人身长丈余，掠车而过，群怪从之，向西行去，转眼之间，一切复归于寂静，而大风也停了。王某把车夫弄醒，驱车返家，途中车夫说起他的所见，在尘暴昏暝中飞跑的全是断胫洞躯、折手缺足的鬼物，所以吓得晕了过去。菜市口是杀人的刑场，那些"断胫洞躯、折手缺足"者就是数月后惨死的鬼魂吧。

这故事有些恐怖，但比这更吓人的还有。李庆辰《醉茶志怪》卷二"申某"一条，言燕地人申某在福建做幕友，一夜与衙中的三个好友玩叶子牌，局散之后，各归寝室。申某到自己的住房，见门紧闭着，屋内却是灯火煌煌。他甚感奇怪，就从窗户朝里看，只见一无首妇人，把脑袋放在书案上，两手正梳着头。申某吓得赶紧跑回打牌的地方，却见那三个牌友又在灯下打牌了。申某哆嗦着讲着方才所见，让他们随自己去看。那三人笑道："这有什么可骇怪的，我们也都能做到。"说着三个人都双手捧颊，各摘其头，放在桌子上。申某这一吓，真是魂飞魄散，一口气跑出衙门院子，找个人家藏了起来。天明之后，有贼来袭，合署男女全部遇难，只有申某一个人躲过此劫。那三位朋友当然没有幸免，头天夜里他们本来已经回房睡了，那么在灯下打牌的又是谁呢？我想应该是他们提前现了鬼形的魂灵吧。

我们古人的幽冥世界与真实世界之间，不仅在空间维度上不同，就是时间维度也存在着差异。爱因斯坦的相对论到这里就是小巫见大巫，只有现在的奇幻小说和影视差可与之相比，以后我们还要谈到：阴阳两界转瞬之间就可以折叠超越，阎王爷的森罗殿可以随时出现在任何地方；一世荣华不足以尽一梦，时间的颠倒错位更是随处可遇。所以像"未死魂先泣"这种脱离正常思维的故事从来就没有引起过人们的质疑，而且如果追溯其原始，可能早在晋代以前，甚至在汉代就有了雏形。干宝《搜神记》中记有秦始皇时长水县陷没为湖的传说。当时大水汹涌，直冲城墙。县主簿命衙役赶快报告县令，县令见了衙役大惊，问："你怎么变成鱼了！"（这故事的另一个版本是，只有脑袋成了鱼头，人身却依然如旧，似更为合理。）衙役也惊道："明府也变成鱼了！"此时城池尚未陷入湖中，人也还没有"化为鱼鳖"，但既化鱼形，也是死之前先现鬼兆了。

三

但在佛教传入之后，显然这一观念得到了新的发展。因为较此更为极端的一种故事类型是，人虽未死，可是他的魂灵已经在冥府里做鬼了。如唐初人唐临写的《冥报记》中，就说谢弘敞病死四日而苏，言其在冥府地狱所见，"凡诸亲属，有欲死者，三年前并于地下预见"。而牛肃《纪闻》中说的刘子贡游地狱的故事，"现身存者多为鬼"。更详细的情节没有说，但意思是明了的，即这些生人的魂灵在地狱里正为他的罪孽受着惩罚。

此种生人之魂在地狱受刑的故事，自唐代以来即成一类型，概括来说就是"阴刑阳受"。大致分为两种，一种是某一恶人或做了什么亏心缺德事而不为人所察觉者,被阎王把魂拘走,打了五百铁杖,等他还阳时,屁股就开绽了。这一种受刑后还能还阳的留待谈到地狱时再详说,此处只说与本题有关的另一种"阴刑阳受",就是这缺德人士的魂灵"常驻"于阴曹,冥府在那边给他施刑,他本人在阳世这边就将体现为受诸种恶痛,但他本人对冥界的事却是一无所知。后一种可以《聊斋》的《僧孽》一篇为代表。《聊斋》为诸位习见,兹不具述,只说这篇的前身本事,即唐代陈劭《通幽记》中的一个故事。

故事说皇甫恂为冥府误拘,理当立即放还,但他的叔母在冥间是个人物,不想让他宝山空回,便命一和尚引其参观地狱,揣其初意,也是寓教于乐吧。不想进了一座飞焰赫然的黑城,只见无数罪魂剥皮吮血,砍刺靡碎,叫呼怨痛,宛转其间,楚毒之声,掀天动地。忽北望又有一门,喷着炽焰烈火,则是更为惨酷的无间地狱之门。此时皇甫恂哪里还有一点儿领悟反思的心情,只是吓得想赶快离开。忽闻火中一人唤他的名字,却是一僧人坐于烧红的铁床之上,头上有大铁钉钉穿其脑,流血至地。再一细看,竟是皇甫恂的"门徒僧"胡辨(大户人家常有约定的僧尼道士做礼忏,平时互相往还,这些僧道被称为某施主的"门徒")。惊问何以在此,胡辨道:"都是平时和您及别人一起饮酒食肉的结果,今日之事,后悔何及!"问:"何以相救?"僧曰:"写《光明经》一部,及于都市为造石幢,某方得作畜生耳。"皇甫恂悲而应诺。及返阳世,过了一月有余,忽然胡辨师自京城来了,没事儿人似的,皇甫恂大感惊异,但也不敢再请他喝酒了。这和尚不喝酒就心里不痛快,皇甫恂便把在冥中所见告诉了他,胡辨听罢哈哈一笑,当然不肯相信。不久胡辨就到信州

《十王图》中的一幅，图右侧是一座火城，内有烧红的铁床，上面正烧烤着罪魂，恰与胡辨和尚的故事相合。

去了，在那里脑袋上生了个大疔疮，很快就溃烂，没几天就死了。皇甫恂即按在冥间承诺的，在市中造了一个石经幢，幢刚造完，市中有猪生下六子，其一白色，自己走到幢下，环绕数日，疲困而死。这个刻着佛经的石幢把胡辨的魂灵从无间地狱中解救出来，但还是免不了入畜生一道。

这个故事中的阴刑与阳受有个时间差，阴间的惨酷只是阳世的预演，从皇甫恂的角度看，好像还有儆戒之意，如果改正错误，那就不来真的了。

但这种类似于张三花钱、李四结账的事太过于玄虚，所以更多的故事是，阴间为其魂施刑的同时，阳世这边就在叫唤着。此类故事最初多是以和尚为主角，大约也是和尚或佛教信徒编出来的，可见从那时以来，和尚不守戒律已经成了严重问题了。他们编此类故事时，只是要把报应之说极力现实化，兑现得越快越好。用冥簿记录善恶，还要等到死后才能算账，这种事谁有耐心久候，要只争朝夕，有什么过犯，最好当下就给你颜色看，现世报不如现时报、提前报。当然这也是出自儆戒的好意。但恐怕也是徒费心机，故事中的胡辨尚且不肯相信，故事之外的诸僧徒就会相信吗？而且一面宣教着普通和尚只要喝些"米汁"（酒之隐语）就要下无间地狱当羊肉串来烤，一面却又宣传高级和尚大鱼大肉随便吃，吃得越多就越能证明他是罗汉转世，这是不是也灵活得太随意了些。

至于把这故事推广到俗人阶层之后，性质就更有些不着调了。

南宋人写的《鬼董》卷三中"吴江民"一则，写苏州吴江县民某，因官司入冥，洗清之后，将要还阳，多见相识之邻里，有尚存于世却已经被羁押在冥狱中者。疑而叩诸吏，吏曰："是未死，独一魂先縶此，他日寿尽，乃按罪耳。"及民还阳，两三年过去，那一魂押在阴间的恶棍仍豪狡如故。因为在冥狱只是关押而未受刑，所以这个恶徒在阳世也没什么病痛。在这故事里，好像只有寿尽后冥府才能按罪，按罪后方可入刑，算是中规中矩，没有乱来的。但大多数故事还是取"阴刑阳受"一路。《聊斋志异》中《梦狼》一篇，又贪又酷的恶官白甲的"魂灵"在冥间被力士"巨锤锤齿，齿零落堕地"，而在阳世的本人也是"门齿尽脱"，但却是"醉中坠马所折"。俞樾《右台仙馆笔记》卷五中写一个村中恶霸，别人见他的魂灵在冥府受板子时，其人即在病床上宛转呼号，冥府中用铁索穿他魂灵的鼻子，他在阳世即"忽鼻孔中喷出血二道，即时气绝"了。《洞灵续志》卷一记曾氏女游阴，于地狱中见其兄倒悬于壁，巨钉贯其胸，冥卒复鳞割之，血肉狼藉，惨不忍睹。曾女问："我哥哥还没死，怎么跑到这里来了？"冥中导者云："冥王以人心狠诈藐法，故以冥罚移阳间行之。是虽未死，魂已在地狱矣。"原来其兄此时在阳世正患着肚疔，痛彻心腑，惟举足倒挂稍安，渐至四体溃烂，动如刀割，宛然如女所见。这些酷吏恶霸胡作非为，阳世的官府不但不管，甚至替他撑腰，阎王那里却有了报应，这听起来让人很是解气。依此类推，凡是那些达官贵人们贵体欠安之时，我们就可以想象这是他们在地狱里受刑，于是而畅呼"老天有眼"，还要买些酒精勾兑的散酒，"浮一大白"。

可是，这里也有个大嫌疑，——某官得了花柳病，冥府便说是他们割的鼻子，某绅有了脂肪肝，冥府便说是他们给他灌了大油，好像他们真是洞幽烛微、报施不爽似的，谁知道这是不是冥间的官老爷在贪天之功、虚报政绩呢！而让人更不可不三思的是：如果我们老百姓的"贱体欠安"呢？多灾多难、有病无钱的可大多是老百姓啊。或许编故事的大人先生正是让老百姓明白这一点，你在人世四处碰壁，这是你的魂灵正在油豆滑跌小地狱里滚爬呢，你打个喷嚏，这是你的魂灵正在寒冰小地狱罚站呢。所谓"欲知冥司刑，阳间受者是"，你还是好好"审视"自己的灵魂吧！

活无常

一

还有一种离魂叫"走阴",或称过阴、伏阴、走无常。即生人之魂临时为冥界所招请,代理冥职,处理冥务,完事后即可还阳。此种离魂也许是偶尔一次,但大多是第二职业性质,隔三岔五就跑一趟,而称之为"走阴",就有些像走亲戚似的轻车熟路了。

但走阴也随着人的身份不同分有两类,所谓"君子化为猿鹤,小人化为虫沙",大人先生们的走阴是"判冥",那是要到冥界去代理阎王判官的,而草民之类则只能去权充勾魂的鬼卒。判冥的事以后谈到阎罗王时再说,此处只谈这临时工或合同工其实大多是义务工性质的代理阴差,其称呼随各地方言有所不同,有活无常、活勾差、夜牌头(旧时有些地方称衙役为"牌头")等名,其间虽或有小小差别,但总是一类,即本是活在人世,其魂灵却兼着阴差,给冥府干着"无常鬼"的勾当。

对"无常"这位鬼先生,鲁迅先生收在《朝花夕拾》中的

《无常》一篇，已经介绍得很充分了，这里仅补充几句。"无常"就是勾拿生魂的阴差，但阴差由来已久，无常鬼却只是到南宋才见于书册（见洪迈的《夷坚志补》卷二"英州太守"一条），到了明代，无常多见于《水浒传》及"三言二拍"等诸小说，清代更泛滥于文人笔记，其形象在民间也渐渐有了定型，大多是"身长丈余"，古时尺码与今不同，虽然不至于有三米多高，但"梦之队"是不在话下的；身穿白色麻衣，后来为配成一黑一白的一对，又加了穿黑衣的"黑无常"；头上一顶像是纸糊或粗麻布做成的高帽，颈挂一串纸锭，也有说是肩上扛着的。往往是二人同行，大约也与人间的"外调"出差一样，一是相互照应，二是互相监督。

丰都鬼城中的白无常，其打扮好像与传说中的不大相同，手中的那把破芭蕉扇，现在升级为薛大姑娘扑蝴蝶的团扇了。旁边那位不是黑无常，看那舌头，像是吊死鬼。

所以走阴的"活无常",就是生人充当的无常角色。中国的语言很有嚼头儿,一个"活"字配上主名,本身就有"不是真的"的意思,当然一般来说这并没有贬义,如生活中的"活雷锋",舞台上的"活曹操",即是后来被百姓背地里称呼酷吏、恶霸用的"活阎罗",也是曾经被石碣村的好汉作过诨名的。而《玉历宝钞》所描述的冥府里也有一个"活无常",却不是假的,他与"死有分"配成搭档,取"人生无常,终究要死"之义,乃是第十殿的一对鬼卒,他们的职责并不是勾拿生魂,而是相反,是催亡魂投生的。这是《玉历宝钞》的编造者取民间之说而做的标新立异,虽然未被民间认可,但这一对名字却为民间所采,演戏过会时就用于黑白无常身上,可是因为民间先有了走阴的"活无常",只好把冥府中的这一位改叫成很不通的"死无常"了。

以上这些,只是想说明,起码在宋代以前,并不是所有的勾魂鬼卒都是麻衣高帽、身长丈二的。其实即是在明、清以至近代,做此打扮的也只是见于部分小说,大多的勾魂鬼差并不那么张扬唬人,也不过是人间官府的衙役模样而已,——只有这样,才便于活人来冒充顶替。而我们说的"活无常",选大高个再让他穿上麻衣戴上高帽者充当,倒是多见于迎神赛会上活人扮的假"无常",实际生活中像后面所引《洞灵小志》说的那样,是极少见的。

二

最早的"走阴"记载见于晋人干宝《搜神记》,但记的是三国时吴国的事。发生地点在浙江富阳，赶一下攀附名人的时髦，那正是当今考古界最红的牛人曹操想作为生儿子样板的"千岁爷"孙仲谋的老家。当然，还值得一提的是，樟柳神也曾经做过此地的名产。故事的主角是马势的太太蒋氏，村中人凡有因病将死者，蒋氏就神思恍惚，熟睡经日。及至那病人死了，她才醒过来，说那人是她弄死的。别人不信，她就详细说起那家刚刚发生的一些怪事，原来都是她捣的鬼。别人查证落实，果真不假，自然要大为惊异。这天又有黑衣人，自然是冥府的公人了，令蒋氏去杀她正在病中的哥哥。这次她就替哥哥讲起人情，说来道去，反正就是不肯下手。等她醒后，便对她哥哥说："没事了，你死不了啦。"后面没说的结局，自然就是从她做了几番自我宣传之后，请她手下留情或向冥府走关系的生意就开张了。

故事虽然很简单，却把后世走阴差的两个主要特征都概括了。一、马太太在阳世大约是个家庭主妇，做什么不清楚，但她所兼的第二职业就是协助冥府捉人；二、正是因为这个第二职业，她成了有办法出入冥界公门的人物，于是而借此可以和冥府做些交涉，为阳世的人走后门。这便让她有了第三职业，而且有理由把做家庭主妇的第一职业辞掉。至于她入阴时所呈现的昏睡不醒状态，那与一般的丢魂、失魂差别不大，即便是他们比别人多躺上三天两宿，也看不出技术上的难度，顶多是偷偷吃些夜宵罢了。

冥府自阎王判官以下，牛头马面、黑白无常、冥差鬼卒组成了庞大的司法执法体系，为什么还要从人间借调生人来勾魂呢？常用的一个理由，便是冥府人手不足。明人祝允明《语怪》云：活无常主要是替冥府勾魂，盖冥府追逮繁冗时，鬼吏不足，则取诸人间，令摄鬼卒，承牒行事，事讫即还。

这个"摄鬼卒，承牒行事"，就是权且充当鬼差，奉行阴司衙门的抓人勾当。除了抓人之外，或许有时还要干些"搬运负载之役"，那也同样是阴差。现在我们理解古代衙门中的"差役"，以为是专职的公安干警似的，其实不然，衙门中有专门的皂隶，但还有一些是老百姓作为"服劳役"而临时充当的。那职事有洒扫应对，也有站班守夜，专职的皂隶人手不足时，也未尝不可做一下临时公安，太专业的事干不来，打犯人屁股时用腿夹脑袋或用手按住小腿这样的力气活，总是能胜任愉快的。

冥府征用"活无常"，固然与阳世官府的惯例有关，但作为理由却很不充分。冥府可以从人世拉夫当差，可是阳世的大老爷也正想搞些牛头马面来把守衙门口，以防奸民上访告状呢，阎王爷你能同意吗？

而且冥府里的衙役班头们也未必真不够用，清人俞蛟《梦厂杂著》卷八"王阿生"条，记鬼卒拘一临湖楼居的产妇之魂，竟然专门动用一条大船，"至楼前，舣舟傍岸，掷白布悬窗上，若岩际飞瀑，舟中出六七人缘之而上"。稍过一会儿，只见"窗内一人身无寸缕，堕舟中，月黑冥蒙，莫辨男女，旋数人亦相随跃下"。这简直是一幅强盗夜劫图了。为抓一个临产之妇，竟要动用至少一个班的警力，真比到未庄抓老Q还能造势，尚谈什么人手不足？

三

但冥府里借用活无常勾摄生魂，还有另一个理由，即将死之人多有亲属侍侧，阳气太盛，阴吏不得近前，所以必须借助生人来打冲锋。即如《阅微草堂笔记》卷七借一走无常老媪之口所说：

> 病榻必有人环守，阳光炽盛，鬼卒难近也。又或有真贵人，其气旺，有真君子，其气刚，尤不敢近。又或兵刑之官有肃杀之气，强悍之徒有凶戾之气，亦不能近。惟生魂体阴而气阳，无虑此数事，故必携之以为备。

这说得较为合理，活无常是备用的，主角还要冥吏来唱。但很多故事中，正职的冥吏鬼卒把走无常的当成苦力狠使，自己叉着手在旁边看免费摔跤，还有像《聊斋》中说的那个走无常的老妪，勾了某老汉的魂，还要背着他去投生，老汉痴重，几乎把老妪压死。弄得好像阳世机关里正式工雇合同工，合同工雇临时工，或者编辑的事校对干，校对的事印刷厂干，这就有些不像话了。袁枚《子不语》卷四"鬼多变苍蝇"第二条云：有饶氏妇为阴司当差，一日走阴，睡了两天两夜才醒过来，醒后满身流汗，气喘吁吁，自言："邻妇某氏，凶恶难捉，冥王差我拘拿。不料他临死时尚强有力，与人格斗多时，幸亏我解下缠足布捆缚其手，才得牵来。"看此妇所言，好像这位饶太太就当作正式鬼差使用了。这也许是鬼差恪守"男女授受不亲"的圣训，女囚要用禁婆看管，女犯也要用泼妇来捉，但也许是这饶太太有心越俎，真想弄些三姑六婆取代七爷八爷呢。于是不由想起往昔"运动"

之时，街道上"小脚战斗队"的火力确实也是不可小觑的。

冥吏捉拿官府中人，除了会遇到衙门的门神相阻之外，或有别的生人在旁，特别是被抓的是贵官或正人君子，冥吏也不能亲自上前拘拿，这时就要借助于生人的魂灵。清人张培仁《妙香室丛话》卷十一引梁敬叔《劝戒近录》的一个故事说：一走无常者入阴后醒来，状甚狼狈，自言有十名鬼差前来，邀他一起去捉臬司四大人。这臬司就是主管一省公检法的按察使，官很是不小了，而且又是有"肃杀之气"的"兵刑之官"。当时四大人正回官署，开道鸣锣，震得那十个鬼卒体似筛糠，而走无常的生魂就不当回事。四大人进署后，阴差欲入内捕拿，可是大门那里有两个金甲门神拦阻，枪棍齐下，鬼卒无力抵挡，便从怀里取出拘人的牌票，这才入了大门及内宅。当时四大人正与客人座谈，客人身上的阳气旺，鬼卒们也不敢近前，便给走阴者一个绳环，让他去套四大人。四大人官做得大，说话时摇头晃脑惯了，套起来很是艰难。这时鬼卒便对着四大人的脑袋摇晃手中的牌票，于是四大人的脑袋就渐渐不摇而昏昏欲睡了；可是牌票还继续晃着，四大人就打个大大的喷嚏，接着叫起头疼来。此时走阴者上去把四大人的帽子揪下，然后才把绳圈套到他脖子上。于是十鬼一起上前，总算把四大人的生魂给牵走了。

一个省级干部的魂灵，十个鬼差，拿着阎王爷的传票，居然不敢近身，看来用"熏灼"二字形容权势，官大气焰高，那是没错的了。这个走无常的只是世上一个小官的蠢仆，入阴后捉人也看不到有什么伶俐劲儿，但这种冲锋陷阵的事就需要这种二憨子上，正如搞什么运动都需要"勇敢分子"打头阵。清人闲斋氏《夜谭随录》卷一"张五"条也写了一个临时借用的活无常张五,鬼差让他去抓本县的县太爷:"汝速入房,将此链系知县项上,勿恐勿怖,竟牵之以出。"但这位张五是个本分小民,说:"人家是大老爷,我算是什么,就是近前也是不敢的。"二鬼差道:"彼虽为官长,而贪财好色,滥杀酷刑,今且为罪人,奚复可畏!"可是张五的觉悟太差,宣传了半天仍不开窍,最后二位鬼差只好硬把他推进房内,才算完成了任务。像张五这样的老实蛋,肯定就不能录用为正式活无常了。

四

拘强魂请生人助力,这还略可以说得过去,在唐代时还有一说,也算是非正式的理由,即阴吏至人间勾小儿之魂,也必须用生人为伴。戴孚《广异记》有一条故事,是鬼卒要勾一小儿之魂,父母在两旁夹着小儿而卧,鬼卒用手一挥,父母就都昏然睡去,然后让临时拉来的一个生魂义工把那小儿抱走(抱的自然是小儿之魂了)。同书另一则相类的故事中,鬼卒就明说:"吾奉地下处分取小儿事,须生人作伴。"

此说到了清代仍然见于鬼故事中。郭则沄《洞灵小志》卷四"活无常"条,写一张举人身高九尺,临时为两个勾魂的阴差看中,做了活无常,让他取豆腐坊中两个患痘疹的小儿。但情节却有了新鲜的作料,为以往所未提及,就是阴差要把自己的"峨冠白衣"即无常鬼的那身行头和拘魂的令牌都交给这代理阴差,否则他就不能勾魂。只是这举人并不是呆子,问道:"君何不自取之?"答曰:"阳气燀烁,不可近也。"举人假装答应,入而复出,道:"吾亦畏燀烁,如入火宅,奈何?"最后闹腾了一夜,也没把两小儿的生魂捉住,真无常只好把那套衣冠要回来走了。说小儿阳气旺盛过于成年人,这不大能说得通,因为魏晋以来很多鬼故事都说小儿阳气不足,易为鬼魂的阴气所中,弄不好就会没了气儿。但冥府的规则常由说故事的人左右,其原因却让人难解。

还有一种说法,即有时冥吏勾魂,不须专请生人亲自下手,只要借他一口"生人气"即能奏效。《子不语》卷十四"勾魂卒"一则,记苏州一余姓者,秋夜出葑门捉蟋蟀,回来晚了,进不了城门。他食宿没了着落,正在发愁,结果遇到两个穿青衣的,请他入一人家,有酒有肉,又吃又喝,他心里自是感激。时至五鼓,那二人取出一通文书,对老余说:"请你往纸上呵口气。"老余不解其故,只当作玩笑,就嘻嘻哈哈地呵了一口。"呵毕,二青衣喜,以脚跨屋上而舞,长丈余,皆鸡爪也。余大惊,正欲问之,二人不见。壁外哭声大作。余方知所遇非人,是勾魂鬼也。"

这位老余无意中充当了一回活无常,临时一借,而且不给他知情权,看来陌生的衙门中人的酒肉是吃不得的。但在清代,呵气之说似乎独见于苏州一带,俞樾《右台仙馆笔记》卷十一记苏州盘门某生故事,与老余事相类,而最后议论云:"其所持冥牒,必须生人呵气,此何理也?且亦安能尽得生人为之呵气乎?幽冥之事,盖不可晓矣。"其实想想也就明白,呵的那口阳气不就是活无常的"便携版"么;这只是临时拘魂不利,借用一下生人之气,并不是每个冥牒都须呵气的。

总之,活无常作为协警,所能做的也就这些,但也有些走阴者搞假大空,满口胡柴的。像清朝的和尚戒显在《现果随录》卷五中说的那个常熟梅里的活无常，简直就是妙手空空儿一般的剑仙，不，应该是翻跟斗云的老孙了：走阴者奉召到了冥府，头门之外有一井亭，他在此穿上皮袄，拿起大棍，戴了虎面，再向井中一照，"身即腾空，流海穿山，顷刻千万里。所摄人擐在棍上，肩而飞行，虽一二十人轻如羽也。"一根棍子挑上一二十人，让被抓的魂灵儿到地府受审之前还有一次腾云驾雾的享受，这倒也不错，只是这牛皮吹得有一大漏洞，阴阳殊途，根本不在一个空间，不是说坐飞机或火箭就能到的，即便是齐天大圣，一个跟斗能翻到西天，却是翻不到地府的。

而《右台仙馆笔记》卷五说到的慈溪一位姓俞的活无常，更是添了两件"法宝"：

> 俞君自言：每入冥，则城隍神授以草鞋二、扇一。著草鞋，则行走如飞，随心所之，无有隔阂，虽城垣可越而过，如门阈耳。其扇一面红，一面黑，以红者向人扇之，必竟体发热，以黑者向人扇之，则寒颤矣。

这位俞先生是个能读会写的知识分子，大约平常读的神魔小说太多，睡觉时把《西游》《封神》搅成华胥一梦，却误当成走阴了，所以他讲的那些就只是独此一家、别无分号的胡话。民间城隍赛会中的无常鬼造型是让他们手里拿着一把破芭蕉扇，但也未必有如此神通。如果让真假无常们拥有这两件法宝，满世界乱煽起来，弄得人忽冷忽热，忽左忽右，老百姓岂不遭了大殃也。

五

清人陆圻《冥报录》卷上"李华宇"条中，讲了一个鬼差如何把一个好好的人诱迫成了活无常——冥府衙门狗腿子的故事。故事有些琐碎，但却能照出人间官府吏卒拉人下水的嘴脸，所以不妨一看。

李华宇是海宁县西乡石墩村一个朴实的农民，这天得了疟疾，躺在床上，只见枕边冒出两个冥差，自称一叫蔡有成，一叫沈亮，拿出了传票，在老李面前晃了一晃，说："老哥你要死了，这上面有你的名字，不是我们诳你的。可是这票上要抓的有几十个人，我们看你平日老实，就把你放到最后吧。"老李病眼昏花，也没看清是不是真有他的名字，只是千恩万谢而已。二差走后，老李就让家人准备后事。两天之后，老李还在躺着，忽然枕边又冒出一个小鬼，头上还留着抓鬏，也就七八岁吧，二话不说，拿出绳子就把他脖子套上，牵扯到土地庙，拴在庙前的大树上。又过了一会儿，方见蔡、沈二鬼用绳子牵了几十个人来了，见老李也被拴着，怒骂那小鬼道："你是什么东西，也敢来冒充公差抓人！"上去一巴掌，把小鬼打得抱头鼠窜。然后这两个鬼差对老李说："阴曹地府司法虽严，可是名字排到后面的还能设法脱死回生。我们可怜你，没有立刻抓，就是想让你有个逃死的机会。可是没想到这小王八蛋把你的魂儿抓来了！你先找个避风处等一会儿，我们把这几十个生魂送交土地爷后，再送你回去吧。"读到这一段，我总觉得那个小鬼是阴差雇来和他们唱双簧的。反正他们把这个本不该死的老实人的魂儿弄来了，没了魂儿，老李就咽了气儿，成了尸首，而他的魂儿等于成了被绑的肉票。最后这两个阴差交了实底,说:"我辈阴魂每至勾摄生人时,苦不得前,必须阳魂为导。汝能为吾导,吾当全救汝矣。"这时老李不答应也不行了,只好成了"活无常"。

但这位李大傻太老实,只能替阴差搭搭下手,做不了捆绑擒拿的主力。每逢蔡、沈二鬼来勾魂时,他自然就要熟睡不醒,然后梦魂就相随而去。到了那家,如果将死之人有众多亲人围守,则阳火高达尺许,阴差就不敢靠近,便让老李到旁屋学做猫捕老鼠声,或推倒酒坛,打翻盆罐,众亲人分散查视,二差便乘机捉走了魂灵。据老李自己说,好像他不仅是协理外勤,有时还到冥间的机关中出入多次,所以他讲了一些冥府里的规矩,为别的书中所未及,附记于此,以广见闻:

一个是说,如果世上的人生于某处,嗣后移居不定,冥府的传票就要先下到初生地的土地庙中,然后再到他病重弥留之处勾魂。此说在过去天下尚小、迁移有录的时候也许能行得通,如果像今天,遇到始生于内地而终卷逃至国外的,这阴差就要跨国追捕,何其难也!估计这除了请外国的阎王引渡也别无他法了。[1] 另一个就更让人难解了。老李还说:他见地狱里将要托生的魂灵,都和汤团一般大小,色做青绿,每遇小鬼端出一盘,那些冥界的祖宗们就一哄而上,抢来做自己的子孙,弄得汤团遍地乱滚,祖宗们也是满地乱爬。此说未见别人道及,而老李大约老实到了颠顶的地步,误把鬼节时饿鬼抢馒头的场景错认了吧。

---

[1] 郭则沄在《洞灵小志》卷二中谈到他的一个同年廖立楱,其子在德国死于车祸,立楱甚哀,到吕祖庙祷告,希望能归其旅魂。庙里的道士就是走无常的,竟然于梦中忽尔轮船、忽尔火车地到了柏林,于夷楼周列中找到了血污狼藉的廖子之魂,带回了国。

六

一般来说，冥府中物色活无常，是不应该找这种太缺心眼的老实百姓的，因为辅助勾魂已经渐渐成了活无常的次要职能，甚至只是一个挂着的羊头幌子而已。那么这些走阴者的主要职能是什么呢，那就是做生人与冥府的中介，也就是和冥府做生意谈条件的掮客。

活无常作为公安"协理"，与衙门中人有了合作关系，所以也就可以替活人向冥府通关节、走后门，同时也就可以替官府中人向活人索红包、捞银子。而且你知道冥府里的阴差都是谁吗？他们生前就是本地衙门中的衙役班头。君不见往昔城隍庙的两庑，总是站着两排"班头爷"即阴皂隶么，那些泥塑皂隶身上还写着名字，正是原来县太爷衙门中的阳皂隶。皂隶在社会上的地位很特殊，他们既是官府中人，国家机器中的最底层，又是草民一类，而他们与草民的关系既是血乳交融，又是水火相克。他们的社会关系多是普通的老百姓，却又能交通官府，这种特殊地位就可以让他们在官差之外兼上一个通关节、走后门的第二职业。但如果到了阴间的官府，班头爷就只有冥府一头的关系，而阳世的百姓要想与冥府交通，也少了一个中介，活无常这时便应运而生，成了死无常在民间的代理。

作为冥府与生人之间的中介，走阴者除了在鬼差勾魂时可以缓颊说情、上下其手之外，能做的事情还有很多，而最常见的就是代查冥簿。诸如寿命长短，功名有无，前途大小，流年吉凶，既然冥簿中都有成案，那么只要由走阴者打通冥吏的关节，就可以预先透露给委托人。

当然，无论对于冥府还是对于生人，活无常绝对不是高尚的义工，他们的服务是有酬的，不管是衙门给的回扣还是生人的礼金，反正每走一趟阴差腰包总是要鼓一鼓。至于其间走关节、捞银子的过程和细节，以后可专门一谈，但也可以不必谈，因为全和人间一样，见识过、参与过人间诉讼的读者早就了然于胸了。此处只是点明一下，在冥界的衙门制度成熟之后，走阴差就是这社会上不可缺少的一行。而且这一行内也有竞争，只要看那些活无常卖力地吹牛，以致到了胡说八道的地步，就知道他们在招揽生意上也是相当敬业的。

清人潘纶恩《道听途说》卷八有"走无常"一则，提到一个有十年从业经验的活无常，此人姓蔡名玩，据他自己说，这行他已经干腻了，决定金盆洗手。但却也不易摆脱，为此他"祈神祷佛，修水陆道场，唱演《目连救母》，百计忏悔，才得除名鬼牒"。据他揭露："一切走无常者之希图诳骗，好作大言，或谓冥判簿上代查阳数，或谓阎罗案前代乞高年"，诸如此类在人间大包大揽接下的业务，"皆妄也"。他自言：终岁差遣，不过为鬼役作前驱而已。只是在每月朔望日应卯时，到判官前过一下；元旦贺岁时一拜森罗殿，但此时虽然能见到阎罗王，也只是三肃而退，不敢仰视，岂有言语可通？所以某人阳寿将终，只能等勾魂的票签发下之时才能知晓。所谓能预知某人死期，不过如阳世差役在庭审囚徒时在旁听到些审断之词，揣度情节，估摸着其人必无生理罢了。"森罗殿乃关节不到之处，走无常者安得包揽作弊耶？"

据蔡玩所说，好像走阴者没有通天的本领，但既然一个小协警都能见到司法部长,那位置也不可小觑了。而且谁都知道,从衙门里查个档案,探个口风,也没有直接去找大老爷开后门的,其间环节一个套一个,少了哪个也不行,因为衙门上下老小都是要吃饭的。走阴的找鬼差,鬼差找牛头阿旁,阿旁找判官的小舅子、小老婆,所谓"森罗殿关节不到",只是你这个小协警的关节不能直通而已。所以此人这一套话,也不知道是为了拆那些把自己排挤出来的同行之台呢,还是为自己的老行当作吹嘘,或许二者兼而有之吧。

当然,走阴也是"谈何容易",其中的风险还是蛮大的。活无常在走阴时,看似那工作只是酒足饭饱后四仰八叉地呼呼大睡,但醒来就是大汗淋漓,那在衙门里逢迎溜须、点烟递茶、上蹿下跳的辛苦劳累岂是我们凡人所能体会的。而且在他们大睡时,床下那双鞋,必须一仰一覆,如果有人发坏,把鞋全仰过来,活无常的魂灵不管这时正做着什么,就要慌神麻脚地立刻赶回,如果全扣过来呢,那就更糟,这活无常就成了"死有份"了。

说到此处,有的读者会说:我看你说的这些,包括什么人手不足、怕阳气,所以必须从阳间借调活无常等,那全是巫婆神汉为了骗钱而编出来的借口!……阁下且住,你要是愿意这么认为当然也可以,但我觉得西洋镜还是不要拆得太穿为好。大老爷们都去判冥了,小巫们走走阴、捞点儿小钱又算得了什么!

阴山道上勾魂忙

一

恋生惧死，应是人的生物本能，可是人究竟不同于动物，即使是在这种题目上，也要添些花色，做些文章，让死的恐怖更有戏剧性。其中之一就是，人在弥留之际，本来在床上气如游丝、形如槁木地躺着，可是一咽气儿，那魂灵便精神抖擞地倏然起立，以罪犯的身份对着候于床头前来"勾魂"的阴差，准备"起解"上路了。

勾魂又作拘魂，拘就是拘捕，或叫作"摄"，或叫作"录"，都是收捕之意。人死了，人世就没有他的位置了，宇宙之间除了阴阳二界以外没有第三个世界，所以也就没有第三条出路，此时除了阴间就无处落脚，为什么冥府还要派了鬼差把它强制性地抓走呢？一种虽然没有明确说出来，但却为很多人所认可的说法是：如果鬼差不来光顾，这人就不肯自觉前往。这种说法的前提就是，冥界先要有个大衙门，冥府和地狱。如果没有鬼差来拘捕，人死了，虽然已经入了阴世，却是不会到官府去自觉"投案"的。更甚的说法是,如果冥差不来捉或扑了空,这人就索性赖着不死了。

这种事在魂灵如烟如气的时代是没有的,清轻者上升,往上飘,或者是随风任意做东西南北游,即使不像儒者说的散入太虚,那么游逛得没了趣味,"魂兮归来,反故居些",也就回到祖坟中安息。我们的老祖宗一直就是那么过来的,到后来却偏偏弄出个冥府,结果自己给自己上了套儿。当然,即是有了冥府的时代,有些故事中的主角仍不妨无视其存在,那亡魂或者依然故我地如烟如气,或者如旅人,单身或结伴而行于通往冥界的路上,有的在死后多少天还盘桓于街市,流连于院庭,有的则因为家贫,还要趁着讣闻未达,到单位预支些薪水,还有的死后雅兴不减,闲步于丧棚,观赏着朋友写给自己的挽联呢。[1] 无奈偏偏有人生就一副贱骨头,认定死后没有个衙门管着就不自在,而其亲属烧纸钱送行时,也要专门给解差大哥送上一份盘缠,自己先就承认老爹老妈是被押送的罪犯了。所以在这个问题上,我是奉行彻底的唯心主义,冥府地狱只是给那些相信它存在的人预备的。

既然如此,冥府也就惦记着这些人,时候一到,阴差早就提前带着传票和绳子等在门口床头了。

但这里却有一处让人不解。按一些和尚的说法,人死之后,要有善神接引,那善神自然就是阿弥陀佛了,据说要接引到极乐

---

[1] 郭则沄于《洞灵小志》卷一言同年顾仲平任职交通部航政司,感时疾死。次日,交通部会计科见仲平至,云将有事归沪,商预支薪金。科长某许之,入取金,及出,不见其人。又《续志》卷五中言其社友李襞子之丧,黄桐生能见鬼,受吊之日,言襞子之魂"方于丧棚下周览挽章"。

世界。但那待遇只有不但行善而且信佛的人才有资格享受，普通人呢？佛陀以慈悲为怀，人活着的时候是苦口婆心地劝导，到了游魂离体，正是需要雪中送炭的时候，总不能撒手不管了吧，——浮士德临终之时，天主不是还要派天使下界，来与魔鬼靡非斯特争夺这个魂灵吗？可是在和尚们编的故事中，我佛如来这时却好像没他的事似的躲起来了。直到可怜的魂灵囚首丧面地要到地狱受讯领刑了，这时才出来个地藏菩萨，却也只是拣平时烧香念佛的伸以援手，其他的理也不理，什么"地狱不空，誓不成佛"的大话，喊了多年，其实却是只保自己的徒党而已。照这些故事来理解，和尚们平日劝导我们烧香念佛，简直就和募敛保护费一样了。我佛光辉伟大的形象，就这样被歪嘴和尚们糟蹋了。

这事真有些让人想不通，最后只好这样猜测，西方的天主和撒旦是对立的，而中国的佛教和冥府却是一家。冥府只是佛教的下属公司，他们之间不但不存在竞争，而且是黑脸红脸互相配合。这就涉及中国冥府的起源与佛教的关系，我准备另辟一题探讨，此处还是说我佛门下的阎王爷派了鬼差来人间勾魂的事。

二

常言说："不做亏心事，不怕鬼敲门。"鬼差的拘魂，可是不管你做不做亏心事的，到时候准来，所谓"阎王注定三更死，谁敢留人到五更"（能不能留到五更，那是另话，但三更时是准来的）。而且鬼差拘魂，是代表官府拘捕疑犯的，那就不会很客气。虽然被拘者的罪名要到阎王判官那里才能落实，其人也许是个大善士,或许是受了别人的诬陷,但中国人间向来的惯例是"疑罪从有"(对于特别的人物也可"有罪从无"的),而到了冥间更是"无罪疑有",用过去搞"四清"时常听到的一句话,就是"有枣没枣打三竿",先抓起来海扁一顿再说,于是枷锁棍棒便是鬼差上台时必不可少的道具,而亡魂从一开始就是个罪犯。下面我们先提前领略一下拘魂的一些手段。

先从最简单常见也是最客气的说起,那就是驱赶。南宋郭彖《睽车志》卷一讲到信州的一个小儿科大夫蔡某,得病死了。他有个老乡此时正在临安办事,在大街上见到蔡某,光着脑袋没戴头巾,"二黄衣驱之北去"。等这老乡回去,才知蔡某已死,而死日正是在临安相逢之日,可知所见原是蔡大夫的魂灵,而二黄衣则是阴差了。

既是"驱之",动手动脚是难免的,是不是还拿着棍棒之类,或者亡魂戴着什么刑具,文中没提,只能以宋朝时拘捕犯人

山西新绛稷益庙壁画中的鬼差驱赶亡魂。

时的情景相比况了。董超、薛霸押解林教头的事有些极端，不作为典型也罢，但那解差的水火棍总是不可少的，总不能像揪小鸡那样张着两手来"驱之"吧。我就曾有过这种被"驱"的体会，当然不是被冥府的解差。那年敝地的火车站重建，等候上车的乘客就只能在乱哄哄的广场上排队，前面的服务人员拿着个小红旗，进站时可以作为引导，但乘客一不理解他们的意图，那小红旗一卷，就成了一根象征性的棒子，朝着不如式者的胳膊、屁股敲打着，因为当时都穿着棉衣，是绝无伤及皮肉之虞的；而且如果想起董超薛霸手里专敲林教头踝骨（那是又省力又见效的）的水火棍，还要感到很是温柔体贴，所以有人便呲着嘴向敲打自己的人笑一笑，以表示理解万岁呢。

较让人难堪的是一鬼差牵着头发，二鬼持棒在后面敲打着。唐代张鷟《朝野佥载》卷一：

> 则天时，凤阁侍郎周允元朝罢入阁。太平公主唤一医人自光政门入，见一鬼撮允元头，二鬼持棒随其后，直入景运门。

这个医生有见鬼的本领，所以才看到大臣为鬼所拘走的一幕。平时这些朝廷大佬们出门，前面的仪仗中总少不了几对或红或白或五彩的棍棒来驱赶屁民吧，但这时那对棍棒移到自己屁股后面，改为敲着自己了。但那个揪着头发往前拉的方式，实在让大人物丢份儿，因为自己怕疼，就要双手护着头发，相应的也就低下头，撅起腚，姿势相当不雅。（后世的"坐飞机"，绝非"小将"的创造，不过是辗转通过各类运动从公差那里学来的一点儿皮毛而已。)武则天时大兴狱事,酷吏横行,朝廷大员也整天朝不虑夕,受狱吏之辱也是平常的事;所以那时的鬼差也自然与时俱进,对相当于宰相的凤阁侍郎(即原来的中书侍郎,因为中书令虚设,也就相当于中书省的长官了)也是毫不客气;当然,让对则天皇帝心存景仰的人看来,这也许还有顺便让他们体验一下底层百姓生活的深意呢。

到了清代,男士们个个留着辫子,那么被捉时自然就方便很多,即是仍然不废铁锁,也把牵辫子当成简便有效的手段。戊戌六君子被捕时,即由兵役牵辫而行,谭嗣同道:"我辈皆文人,且有官职,何必如此!"兵役道:"咱们提督衙门拿人,向例如此。"中国的官府,下自地保,上至皇帝,对待"嫌犯"一向就是采用蛮横而卑怯的流氓手段,仗着一时的权势,不放过任何侮辱人格的机会。牵辫子、戴铁锁,以及戴高帽子、游街之类,哪里是怕嫌犯不听话或跑掉,其实就是要从人格上尽兴摧残,从而显示流氓恶棍的威风。从这一点来看,最高的统治者与地痞混混的水平也分不出什么高低。事实是不仅狗仗人势,人也仗狗势,没有了那些走狗爪牙,就是太上皇、老佛爷也狗屁不是。正如聂绀弩诗所说:"佶京俅贯江山里,超霸二公可少乎?"

再沉重的就是"荷校挚缚",戴着枷,缚着双手了。五代时期孙光宪《北梦琐言·逸文》卷三中,少年无赖,靠着战场上拼搏居然官至郡守的陶福,被阴差捉走时就是这副行头。说起戴枷,可不要用《女起解》的包锦缎镶银边的双鱼枷来推想,这可是实实在在的硬杂原木斫就,少则十几斤多则几十斤的分量,能把一个大小伙子压得直不起腰,而且大体是毛茬,只能靠囚犯的脖子手腕去打磨抛光了。

这种拘魂手段到了明清两代好像也没什么大改进。明末清初人陆圻的《冥报录》卷上有"漏志高"一条，记冥府捉人之事，颇可一观，大约也能反射出阳世的捉人程序。鬼差驾临之前，先由本街坊的土地爷通知被捉之魂，不许离家半步：被捉人漏志高"忽梦有人叩门，呼志高甚急。高应声启门，见一方巾青布袍白髯者，俨然土地也，谓高曰：'少顷有人约汝讲话，订汝在家，慎勿他往。'"这句"约汝讲话"颇有意趣，因想即是现在也常有此语，如果得到通知说"上面来人找你谈话"了，那往往是凶多吉少。这个土地爷真是狼心狗肺，对平日供养自己香火的本地居民毫无护佑之意，只是一味充当上面官府的爪牙，只见他向漏志高脸上喷气一口，寒冷刺骨，老漏一激灵就惊醒了。醒后身体亦无所苦，只是舌头强直，不能说话了。过了数日，老漏又梦见土地敲门甚急，打开门一看，土地爷领着一名差官，跨一大马，后随四名健卒。这时也不提"约汝讲话"的事，抓住老漏，双手上了镣铐，颈上锁了铁链，再把铁链子拴到马腿上。于是差官跃马前行，后面恶卒挥鞭驱赶，拴在马腿上的老漏可就苦杀人也么哥了。

拿一个平民百姓竟动用五个冥官及冥卒，这大约和明朝的拿治钦犯差不多了。最后弄明白，这次抓捕是弄错了，阎王要捉的是"紧急重犯"，所以"差官捉拿，非比泛常"，而那个"重犯"名叫"满志高"。一字之差，老漏意外享受了一次钦犯的待遇。而由此也更看出那个土地爷不是东西，只要当时他稍有护佑居民的责任心，这个错误本来是可以避免的。

虽然都是强制性抓人，相比之下，我觉得强盗的绑票还要舒服一些，那就是把人手脚一捆，装进口袋或不装口袋，肩上扛起就走，起码这要免了被驱牵而狼狈奔波的苦楚。明人陆粲《庚巳编》卷九"黄村匠人"一条所记即受此影响，那里的冥卒进到屋中后，"俄见窗里掷出一人，手足束缚，继而卒自窗跃出，负之而去，其行如飞，便闻门内哭声。"这种绑票似的捉人法，从公门的角度来看，贵在于隐蔽而不惊动邻里，估计明代厂卫特务多用此法捉人，其影响不仅及于后世，也及于冥府了。而对于被捉者，虽然手脚捆得久了便易血脉不通而发麻，但如果把自己权当作襁褓中的婴儿，有人抱着扛着，总比披枷带锁地跑路舒服多了。

还有一种也比较舒适，那就是阴差把捉到的魂灵变做蟋蟀、苍蝇之类小虫，随身携带，对于亡魂来说也相当于为人抱携了。明人王同轨《耳谭类增》卷四十二"外纪鬼篇上"有"金沙洲童子"一则，那位走阴的童子就把捉到的魂灵变为蟋蟀，用绳子拴成一串。想起来这娃娃做了活无常还不脱童心吧。而袁枚《子不语》卷四"鬼多变苍蝇"一条就说，一蓝衣阴差每捉一人，即把他变成苍蝇，用线拴到雨伞上。有的活无常也是如此，把捉到的魂灵变成苍蝇，不怕恶心地压到舌头根下。其他如变成什么装到牛尿胞一类的东西里，或者压扁如纸人，折叠起来放到行囊口袋中，当然也是一样。都是免了披枷戴锁及敲扑之苦的，但这种压扁浓缩都是强迫式的变异，或许另有别的说不出的苦楚吧。

三

以上所录诸说都是强制性把亡魂拘入冥界，这在佛家的地狱观下应是很自然的。只要看《玉历宝钞》之类的"善书"，如果有插图的话，那被拘的鬼魂总是要被面目狰狞的鬼卒用鞭子或狼牙棒之类驱赶着，而一脸哀苦，正是罪囚的表情。在《十王经》的插图中，冥府阎王判官案下的亡魂也都是披枷带锁，显然那一路就是这样走来的。但中国的鬼故事并没有全部佛教化，所以很多故事中，人死了也就是死了而已，即使前往冥府，也只是如往日入城探亲办事一般，无须差役们前牵后驱的。随便举一个例子，《夷坚支志·甲集》卷四"李柔"一条，写色艺俱佳的衢州娼女李柔遇疾而死。而她的邻里王先正在钱塘公干回程，到寿昌县时遇李柔独行，问她何往，答云要到临安看郊祀大典。王先问："何以不携婢仆，又不乘轿，但一妇女单子远途，岂得为便？"李柔笑而不答。既分手，她又说："君到吾家，为寄声父母，言我在路平安。"及至王先回到衢州，才知道李柔已死，路上所遇乃是李柔之鬼。

这女子的亡魂只是单独行走着，路上遇到乡人"笑而不答"，还要顺报平安，就丝毫没有进衙门吃官司的样子。《聊斋志异》卷二《祝翁》所记一翁一媪相携而逝，从容之极，也绝无门口外面守着几个催命鬼差的紧迫。有此类记述的故事很多，就是现在一些相信天堂地狱的那些人，也不会认为自己的亲人弥留之际，正有无常鬼拿着枷锁挤在自己中间吧。可是此节我们只说勾魂，对于这些不勾自去的故事只好放到一边，暂不提它。

但同样是勾魂，也并不是所有的故事全是由虎狼恶役押送，竟然还有一些车接车迎的好事。像《聊斋志异·耿十八》中所记，老耿命终被拘，"出门，见小车十余辆，辆各十人，即以方幅书名字，贴车上。御人见耿，促登车。"虽然不是香车宝马，但也胜如枷车，十人一辆，不加捆绑，很超前的实名制对号入座，而且绝对的是人不到车不开。不知是那天阎王爷吃错了药，还是老耿真赶上了冥间的盛世。

于是便不由得想起美国剧集《阴阳魔界》中的一集，一个青年女子在夜间遛狗时被车撞死，自己却不知道，忽然开来一辆豪华舒适的大巴，上面坐着不少衣着光鲜的老人，好像要去什么地方旅游似的。车门在她面前自动打开，她没有上，里面的司机看着她，眼光里露着诧异，奇怪她为什么不上车，但车还是开走了。每天如此，直到这女子意识到自己已经不属于这个世界，才踏上了这辆大巴。（这些天发生的事，其实只是她死时一刹那的幻觉，她的尸体此时还横在路上。）我觉得冥界如果到了和谐社会，也应该如此吧。

但在这问题上也不必中国的月亮不如外国圆，就在《聊斋》的《鲁公女》一篇中，我们找到了比这更加和谐的实例。鲁小姐生前最好狩猎，杀生无数，死后亏得情人为她念了五年经咒，结果不但把生前的罪孽一笔勾销，而且得以投生官宦人家，上路时还有车来接："见路旁车马一簇，马上或一人，或二人；车上或三人、四人、十数人不等；独一钿车，绣缦朱幰。"这辆超豪华的小车上只有一位老太太，空下一座就是给鲁小姐的，那自然是对皈依佛门者的优待。"女行近车，媪引手上之，展轫即发，车马阗咽而去。"只看那车队的从容无迫，便想到我们的空想能力比外国怎么也要超前二百多年了。但也必须说明一点，能有这样待遇的是要念够一藏之数的经卷，而且将要投生的家庭还必须是朱户豪门。像《洞灵续志》卷一"保定营兵"条中谈到送某家娘子到江南投生，不仅要乘轿车，而且是"一骡服辕，一骡前曳之，其车甚泽，辕上坐一女仆，御者执鞭步行"，更还有神庙镇将肩伞随车后疾行,那排场又胜过鲁公女几个等级了。

由是而想到敝乡的丧俗中,不知何时就有了焚烧纸轿、纸车并纸糊的马夫轿夫之举,其意自然是入冥时来做代步的。但对于老百姓来说,这恐怕还是无济于事。试想,如果草民被抓时要坐着自家的奔驰宝马,却让冥差跟在后面跑,这成了什么世道!

四

于是便涉及在拘魂问题上是否"众生平等"了。

前面说到的被勾的鬼魂,有的是平民百姓,有的是豪门显要,好像在死亡面前一律平等,就连凤阁侍郎,不也要揪着头发牵走么。这位周允元在历史上并无恶迹,好像还能够说几句直言,所以他被拘时的虐遇并不是因为他有什么特别的罪恶,只是阎王那时还不太势利,正是干宝在《搜神记》中说的"死者不系生时贵贱","生时为卿相子孙,死在地下为泰山伍伯,憔悴困苦,不可复言"而已。但在后来的故事中,有身份的官僚在被拘入冥时,就与普通百姓很有些不同了。

我曾经介绍过,捉拿老百姓用的是勾魂册子,但对于做官的就要像看戏要有包厢似的,也要单独写一个勾魂漆牌,而且还要朱笔所书,虽然说起来都是一个死,那规格却有些"邀请"的意思了。有的甚至要为官员陈设仪仗,派头同于在人间时。如南宋人王明清《挥麈后录》卷六"王荆公死兆"一条,是说王安石退休后住于金陵钟山,有和尚于钟山道上"见有童子数人,持幡幢羽盖之属",问他们干什么,答云:"往迎王相公。"这和尚回寺不久,就得到了王安石的死讯。王安石的名声到南宋已经很衰了，本来配享孔庙，可以与圣人一起吃冷猪肉的，此时却把北宋亡国的责任推到他头上，从孔庙中赶了出来，但人们仍然相信，他的死亡是不同于凡人的。

自古以来一直有一种观念，当然不是民间百姓自产，而是从上面派发下来的，即那些帝王将相都是有来历的。这种观念到了唐代就宣传得越发起劲，大约和佛道二教的帮忙不无关系，就是像李林甫、卢杞那样的巨奸，都是生有仙骨，如果不做宰相就可以做神仙的。（俱见唐代卢肇《唐逸史》）特别到了北宋，那些名公巨卿们，不是星宿下凡，就是神仙转世，最不济也是精怪投生。北宋钱世昭《钱氏私志》云：徐神翁自海陵（今江苏泰州）到京师。蔡京对徐神翁道："且喜天下太平。"神翁云："太平什么？天上方多遣魔君下界，托生人间，作坏世界。"蔡云："如何识得其人？"神翁笑曰："太师亦是其一。"所以他们的死亡只是"归位"。忠献公韩琦要回天上做紫府真人了，能让董超薛霸用水火棒敲着走吗？而魔王以人祸促天灾，把好端端的一个世界搅和折腾得一塌糊涂，正是完成了天帝交给他的使命，回天上交差时可能不仅要夹道欢迎，弄不好还要加官晋爵呢。

宋元以后，这种帝王将相是神仙下凡的事相对少了，而文曲星下凡之类的说法却盛行于民间，不仅像景清、于谦这样的名臣，就是像范进那样的穷酸措大，刚中了个举人，就有人吹捧说是文曲星，其滥其俗简直等同于如今的"大师"和"专家"了。但达官贵人的死仍然不同于平凡的百姓，正如本是一样的死，到了他们就成了"薨"一样。

马文升阁老，在明代也算是成化、弘治时的名臣了，到正德年间退休后在家去世。据陆粲《庚巳编》卷十所记，马文升死的那天,"里人有事从城外归者,道逢公乘肩舆,侍从甚众,自舆中向其人拱手,问所之,曰:'庄上去。'"及至此人回到家,路过马家时就听到哭声,"计相见之顷,正其气绝时也"。稍晚的正德间除去刘瑾的名臣杨一清,也是如此。张岱《石匮书·杨一清传》云:"一清卒之期为嘉靖九年八月十四日夜四鼓,是夕寒风飕飕,堂户闼皆洞开。有一卒过公之门,恍惚见公舆出,骑从旌帜甚盛。"

俞樾《右台仙馆笔记》卷十六记同治时的刑部尚书赵光(即赵蓉舫)死于任上。当时直隶省有某官正出差,从正定府回省垣保定,乘车夜行,"忽见有绿帏大轿从北来,导者一骑,从者二骑,马前有二灯,书'刑部大堂'四字"。他感到很惊奇:"夜深安得有贵官经过?且沿途不见有接待者,何也?"等到了保定,才知道赵光死了,他所遇见的是赵光的亡魂,由北往南而行,大约是要回昆明老家吧。赵光不过是一平庸官僚,除了捞了不少钱之外也没什么可让人记着的好事,但死后仍然如此风光。至于晚清名臣张之洞,就更不用说了,据《洞灵小志》卷七说,张之洞死前两天一直昏卧于床,嘴里好像自言自语似的说着:"车马备好了吗?""往正定方向去吧。""这里怎么有人拦轿啊?"后面再说下去,可以听出是幽冥中有人拦轿诉冤,为的是丁戊年间的吞没赈款案。张之洞赴冥的路上还能处理官司,可见威风依旧,即是到了森罗殿,阎王爷也要下座迎接、盛情款待的。

大官如此,要是皇帝,那么气派自然就更大了,哪怕这皇帝是横死的。唐代李复言《续玄怪录》卷一"辛公平上仙"条记,洪州高安县尉辛公平、吉州庐陵县尉成士廉二人于贞元(原作元和,误)末年一起进京,途中结识一人,自称王臻,乃是冥吏,正要往长安迎接"天子上仙"。那迎接的阴兵是凡人看不见的"甲马五百,将军一人",而王臻则是掌管簿籍的冥官,应该就是后世所说的"判官"了。王判官说:"此行乃人世不测者,辛先生可以看看。"这话即暗示了这是一场极诡秘的宫廷血案,即对当今皇帝的谋杀。但这由冥间预演的"谋杀"却是很费周折,同时也是"超豪华"的。

辛公平随着这队阴兵由通化门进了长安城,至天门街,有地方神祇恭候接待,然后兵分五队,将军、判官与亲兵驻于颜鲁公庙。过了数日,将军说:"时已迫近,可是宫内有众神相护,没办法奉迎皇上上仙,奈何?"王判官说:"我可以呈报冥府,届时安排宫中夜宴,宴会中腥膻杂陈,众神自然回避,那时就可以行动了。"没有多久,冥府已经批复,宫中的宴会正在准备中。于是五百阴兵,骑者三百,其余步行,于入夜时分由各宫门分头进宫,然后将军金甲仗钺,率军环立于设宴的大殿下。此时只见殿上灯火辉煌,丝竹并作,歌舞方欢。到了三更四点,有一相貌狰狞的神祇突然出现,手执一尺多长的黄金匕首,躬拜于将军之前,慢声道:"时刻已经到了!"将军微蹙着眉头,点了点头,那凶神唯唯应命,快步自西厢历阶上殿,直达皇上的御座,跪以献上。当然这就暗示着刺杀了。此时只见皇上左右众人一阵纷乱,皇上只说头晕,音乐歌舞立即停散,左右即将皇上扶入西阁之内。过了好久,皇上也没出来,此时将军道:"升天是有期限的,不能违误片刻,车驾已经备好,怎么还不动身?"有人应道:"皇上正要洗浴。"将军道:"好吧,浴毕就起驾。"这时便听到西厢里洗浴之声。到了五更,皇上登上了碧玉肩舆,后随青衣之士六人,衣上皆有龙凤之纹,扛舆下殿。将军行揖礼,因慰问道："人间众事纷杂，万机劳苦，加以淫声荡耳，妖色惑心，往昔所修的清真之怀，还得复存否？"皇上道："心非金石，见之能不稍乱？今已舍离，却也释然于怀了。"将军一笑，便步行引导行舆出宫，自内阁以及诸门之官吏，无不呜咽相送，抆血捧舆，恋恋不舍。过宣政殿，二百骑引路，三百骑护从，如风如雷，飒然东去，直出望仙门而逝。

文后有句道："更数月，方有攀髯之泣。"有人认为是皇上当夜即已被弑，只是阴谋者把此事隐瞒着，到了数月之后才公开举哀。皇上驾崩了，岂有能隐瞒数月、帝位久虚之理？即便是秦始皇死于沙丘，李斯之辈所以能成功匿丧，那是因为在巡游途中，而始皇帝本来就为了求仙极少露面的。所以这次"上仙"，只是冥界的一次预演，但这预演却不是彩排，而是事实，只不过冥界与人间有一个时间差而已。冥界与人间不仅不在同一个空间中，在时间上都可能不在同一个维度（甚至时间的长短都不是一个尺度），这种观念我已经在《未死魂先泣》一篇中介绍过了。

十九世纪法国作家梅里美的神秘小说《查理十一亲见鬼魂记》，简直是辛公平入冥故事的法国版，而恐怖和诡异又有所过之。事情发生在十七世纪，瑞典国王查理十一和他的几个随从，在一个难眠之夜，就在自己的宫廷中，见到了发生在经过一百多年、五个朝代之后的一场血腥政变。他们看到了所有那些幽灵，甚至鲜血都溅到了他们的身上，而那些幽灵却看不到他们。另外，阿加莎·克里斯蒂的灵异小说《神秘的镜子》的情节也与此相似。

还有一点，即文中的"抆（原文作"收"，校者以意改"抆"，极是。）血捧舆"一句。皇上被杀，自然要流血，但此处的抆血却不是"血"，而是眼泪，是那些守护宫门的神吏在抹自己的眼泪。《礼记》中说孝子在亲人死后"泣血三年",孔颖达注:"无声出泪也。"古书中的"抆血相视"、"抆血扶榇",也都是抹眼泪。要是眼睛中一直流着血,不要说三年,就是三分钟也该去看医生了。所以这故事暗示唐顺宗是被杀而死,只用那只"金匕首"就够了,如果一路走一路追着擦他身上的血,好像皇帝只穿着安徒生的"新衣"似的,那就未免有些滑稽。何况皇上上轿之前的沐浴,不就是为了洗净血迹吗?

看唐帝与冥府大将军的对话,当然不是冥府在追拿犯人,正是请上界的神仙归位。顺便再回头补充二事,也是在李复言的《续玄怪录》中谈到的。雪夜平蔡州的名将凉国公李愬去世之前月余,正从魏博节度使任上回朝,途中自然要经过洛阳。当时他的牙将石季武正在洛阳,梦中见李愬自北登天津桥,同时又"有道士八人,乘马持绛节幡幢,从南欲上"。李愬的前导骑将呵斥道士回避宰相,道士说道:"我是来迎仙公,不知道什么宰相。"又同书"薛中丞存诚"一条,言御史中丞薛存诚的前身本是"须弥山东峰静居院罗汉大德",因言语过失,谪下凡间五十年。到他五十岁时,御史台衙门的门吏梦中见到"僧童数十人,持香花幢盖,作梵唱",要进衙门里来迎中丞。数日后,薛中丞就在上班时暴疾而死。

请注意,这两个故事中的相迎情节都在别人的梦中出现,所以辛公平所见的那一切,其实也是在一种入冥的"幻梦"状态中,不仅是冥府的兵将,就是殿上的歌者舞者、左右侍从,殿下的宫门守卫,抆血捧舆的诸位,也全是冥冥中物,因为这场宴会就是冥府安排的。——从辛公平见到大将军和阴兵的那一时刻起,他其实已经"入冥"了。

封鼻、抽气与其他

一

人死又叫"断气",说文一些称"气绝",加些幽默是"只有出的气,没了入的气",如果发些感慨,就是"三分气在千般用,一旦无常万事休"。由此可知"气"与人的生死真是关系甚大。

正常死亡的人是先死后断气,还是先断气后死,讲究格致的文人似乎疏于探个究竟,而不讲格致的刽子手却知道谋杀的手段中有捂死一着,或称"掩杀"、"闷杀",那就是先断气而后死了。但这种杀人法颇费手脚,不如刀斧那样彼此都爽快,所以并不常用,只是到了须考虑让被杀者留个全尸以遮人耳目的时候,才偶尔用之。可是在冥府要想把人的生魂取走,砍脑袋之类的法子都不可用了,最简单的就是让这活人断了气。这边气绝,那边是不是魂灵就被憋得跑出来,也不知道,但一般来说,很少有魂灵泡在僵硬的尸体里不出来的情况。于是而有鬼卒拘人时先把人憋死的几种方案。

一说是用泥把人的鼻子封上。唐人戴孚《广异记》"胡勒"一条云：

> 湖熟人胡勒，以隆安三年冬亡，三宿乃苏。云，为人所录，赭土封其鼻，以印印之，将至天门外。

赭土就是红黏土，或叫红胶泥的，性黏而干后致密坚实。我小学时上手工课，曾用此泥做过一个极难看的笔筒，自觉丢人，却又无法摔碎以遮丑，可以想见用此物把人鼻子封上的效果。而且封上之后再用上官印，很像汉代的文书封泥，不要说自己，即便是别人，没有一定的权力也是不能拆封的。胡勒被泥封之后就断了气，到了天上大约是要拆封的，但这期间的鬼魂则是进气出气全部停工。于是而引起了一个很麻烦的问题，就是鬼魂的呼吸问题。很多故事可证，鬼不但能呼吸，还会吹出阴气来害人。但胡勒这一例却可以作为反证，魂灵是不需要空气的。这也自有它的道理，先是把活人断气使其变成死人，然后再把断气的魂灵接上氧气管让他成为活鬼，这岂不太费周折了？那么到了天上之后为什么还要拆封呢，我想，天庭的用意并不在于恢复他的喘气权利，只是想让他能在过堂时张嘴说话，另外也免得天帝爷看着这种脸上糊着胶泥的人不太舒服而已。

隆安是东晋安帝的年号，这故事中的方案太落伍了，所以后来便不见为冥界官方使用，却被一些流氓野鬼用来侮弄阳气不旺偏又要在夜间赶路的行人，只是不必用赭土，什么稀泥、烂草以及垃圾之类，只是往倒霉蛋儿的口鼻耳朵眼里一顿乱塞就完事了。

二

还有一种让人断气的方法比较合理，那就是鬼卒拘生人时使用抽气袋，或叫取气袋、揞气袋，类似于皮革的制品，其形制大约取自鼓风吹火用的囊橐，一种便携式的风箱。这东西炼铁烧火时是用来吹气，但吹之前可是要吸的。梁代任昉《述异记》"庾季随"条中记鬼卒手持皮囊逐人，以收其气，而其人则数日后亡。被吸气者是看不见鬼物的，所以这事是鬼鬼祟祟地做，而被吸者也是悄悄地死，所吸走的自然是人身体里的"阳气"。

唐代段成式《酉阳杂俎·续集》卷二"支诺皋中"称此皮囊为"取气袋"：元和年间，长安一民，家中有病人，病情渐重，便请来和尚念经，老婆孩子则围守在病者身边。一天晚上，众人仿佛见一人入户，便以为是小偷，僧俗一众都起来追拿。其人惶急之际，无路可走，便不待人请就跳进一口敞着盖的大瓮里。众人之间，不知是哪个无德的人，但肯定不是大慈大悲的诵经和尚，出了个极无德的主意，用的是与来俊臣火攻法相反的水攻，烧了一大锅沸水，径直浇进了瓮里。可是瓮里并没有传出预期的惨叫声，再看瓮里，哪里有什么小偷，热水里只飘着一个袋状物，即鬼差所用的"取气袋"也。此时忽听空中有声甚哀，乞求归还其袋，且道："我另取别家的人来替代你家的人，请把袋还我吧。"其家即掷还其袋，而病者也就痊愈了。这家损人利己到不惜牺牲别的无辜者性命，没想过也只是苟延一时，大限总是躲不过的。这且不去管它，只说阴差没了"取气袋"就不能拘魂，难道不能多带一两个备用或找别的同行权借一个？

而同卷另一条则称为"蓄气袋"，"蓄"字疑是"揞"字之误，搋气就是抽气，而蓄气则容易让人误解为救命用的氧气袋了。也是元和年间的事，淮西军将某某到汴州公干，宿于驿馆。夜间刚入睡，便觉有一物压身，军将惊起，与之格斗，夺得其手中皮囊。鬼物哀祈甚苦，军将道："你告诉我这是什么东西，我才还你。"鬼沉吟良久，方道："此蓄气袋耳。"兵不厌诈，大兵以及大兵出身的政治家是不必讲信用的，拿起块板砖就抡了过去，竟把那窝囊鬼打跑了。再看那战利品，"其囊可盛数升，绛色如藕丝，携于日中无影"。所谓"绛色如藕丝"，大约是指它淡红而半透明吧。

除了抽气法，还有一种是用衣物捂住被拘者的脑袋，让被捂的人活活憋死，这正是东晋最末一个皇帝晋恭帝"被自愿"禅位给刘裕之后，刘裕让他全尸而终的死法。唐代戴孚《广异记》"萧审"一条，言鬼差拘拿他时，只是用白衫蒙之。这白衫不是普通的衣服，大约比现在的塑料袋密封性能还要好，所以没过一会儿，萧审就没了气儿。

而唐初人唐临的《冥报记》所说，则是采用暴客打闷棍的手法，而辅以绳捆、抽气。李山龙被抓到冥府，却因会念佛经而恩准还阳，临离开之前，还要交纳一笔费用，此时过来三个鬼差，向他伸着手。冥吏便向山龙介绍说：

> 彼三人者，是前收录使人。一人以赤绳缚君者，一人以棒击君头者，一人以袋吸君气者。

此种三管齐下法似仅见于此，把奉冥府大令的官差写得如强盗一般。这抡棒子、捆绳子、吸袋子的劳务费，也许按规矩是要到阎王判官那里领取的计件工资，及至发现抓错要放回时，阎王却说无处报销，阴差可不肯自认晦气，便把这笔费用转移到被抓者头上。要说也不无道理，你被宣布无罪释放，让阴差大哥跟着你高兴一下，这不是很正常的么。不要以为这是阴间小鬼的胡闹，其实人间本来就有此规矩的。

三

此处顺便说一下另一种袋子，那是用来盛装捉来的魂灵的。

鬼吏拘生人，如果只是捉一两个，像阳世那样牵之驱之自无不可，倘若几十上百地捉，用人间的惯例想象起来，那应该是穿成一串，哩哩啦啦地拖上半里地，要靠三两个衙役牵着赶着，内中或有一两个刁民，就可能要出乱子。唐代张读《宣室志》有一故事说，鬼捉生人魂灵，可以把他们集中放到口袋中，而口袋里另有一物："其状如牛胞，及黑绳长数尺。"这个阴差的任务是要捉一百个魂灵，捉到之后都要放进这个"牛胞"中，再用黑绳系紧。口袋如果是布的，便容易透气，估计生魂可以溜出，那时没有塑料袋，所以用了牛尿胞似的东西，那是水也渗不出、气也透不进的，不但魂灵跑不出来，且兼具封鼻泥的作用。更主要的是牛胞颇具弹性，一个两个魂灵塞进去，还算是宽敞，及至塞到几十个时，一方面牛胞要适量地涨起来，但另一方面那些鬼魂也要自觉地缩一缩，至于他们此时将作何形状，故事没提，既然鬼魂有如烟如气之说，想必是耐得挤压凝缩的了。到了明代，也许出于人性化的考虑，状如牛胞的口袋就升级为小盒子一类的东西，如《狯园》卷九"泰山使者取人魂"条，言一妇人卧病经年,忽夜梦有黄衣吏,持一布囊至。囊中先有一盒子,云:"吾是泰山使者,特来录汝神魂,无他也。"解囊启合,取妇人魂合之,结束其囊于背,负之而去。明日,妇人病遂剧,越三日乃卒。这小盒子应该是一人专享,被捉走的魂灵儿不仅可以随意横躺竖卧,而且还免去了男女混装的尴尬。唯一的不足是透气性还没有解决,不如同书卷十三中装生魂的竹笼。竹笼子里的魂灵儿都是二三寸长,呦呦有声,若鸭雏然。这些人将在一个月之后死于瘟疫,现在提前把他们的生魂装走,到瘟疫来时,他们就死定了。

抽气袋和魂灵收纳袋到唐代之后就不怎么见到有人提起,大约是直接用打闷棍和套绳索的便捷方式了,但到了清代,却为好作怪的文人又拾了起来,而且把这不同的二物合为一体了。在闲斋氏《夜谭随录》卷一"伊五"一条中,其物由"如牛胞"改为"形如半胀猪脬",牛尿胞与猪尿胞不会有大差别,唐代时也有说"取生人气须得猪脬"的,只是代指那种纯天然的塑胶袋而已。但后面所说却有了变化,伊五从鬼物手里夺得了这个半胀猪胞,别人不识何物,伊五便道:"此为揸气囊,其中所贮小儿魂魄也。"于是把揸气囊拿到刚刚死了小孩的那家门口,把囊口对准大门的锁孔,一解开,囊中遂出浓烟一缕,蛇游而入门内,屋里的小儿就复活了。这揸气袋不仅吸人的阳气,还吸人的魂灵;但认真一想,却颇为不妥,须知猪胞牛脬都是只能往里吹气,那东西如果想要吸气,就只能等到科学昌明之后再装上个阀门、配上个气泵才能做到了。

唐代的冥府捉人,除抽气袋外还有一法为后世所无,就是拘魂时用毒药把人毒死,事见于张读的《宣室志》。佣人刘万金,与家僮自勤同居一室。一日万金外出，自勤见一紫衣人从袖中掏出一物，状若稻实而色青，取十余粒置于碗中，对自勤道："吾非人间人，今奉命召万金，万金当食而死。尔勿泄吾言，不然，则祸及矣。"等万金回来，果然端起碗就吃，吃完就死了。

同书又一条则记得更为可怪：裴度有部将赵某，患病卧床。其子煮药于室，刚出去一下，赵某便见一黄衣人进来，从囊中取出药屑，色洁白，如麦粉状，置于药锅中而去。赵某把所见告诉其子，其子道："岂非鬼乎？是想加重吾父之疾也。"便把药倒掉了。可是再放药重煎，那鬼物又来投毒，三番五次，终于趁其子熟睡时得逞。人已经病得要死了，为什么还要下毒？莫非不下毒就不能咽气，还是此人命中本该毒死，想病死都不成？按照命定论，人死的时间冥冥中早有安排，想早想晚都是不能随意的，所以这拘魂下毒之举实在于理不通，而后来的故事也就不见这种情节了。

四

此外，还有几种与鬼差勾魂相关的小道具，都是与死相关的不吉祥物。虽然只是偶尔一见，也不妨在此介绍一下。

一是人将死之前，有鬼来送"面衣"。面衣就是盖在死人脸上的那块布，但上面要剪个口，正与死者的嘴部相对。唐代薛用弱《集异记》说唐宪宗驾崩大出殡，都城人士都去凑热闹，其中裴通远家妻女也乘车前往，直到傍晚才回来。走在半途，见有一白发老妪徒步随车而行，看样子已经疲惫不堪。车上有一老保姆和四个女孩，其中有人看老妪可怜，就问她欲往何处。老妪说要去崇贤里，大家一听正与自己是同一街坊，便请她上车，可以把她捎到里门。老妪感激不尽，一再道谢。到了里门，老妪下车，却遗落一小锦囊。"诸女共开之，中有白罗制为逝者面衣四焉。诸女惊骇，弃于路。不旬日，四女相次而卒。"

这白头老妪到崇贤里就是专为了给裴家四女送面衣的，但既是白头老妪，便不像是个冥卒，那么她是什么人呢？四个年轻女孩无缘无故地就死了，这只能让人联想到这个老妪是个瘟鬼。这猜测可以在唐代牛肃《纪闻》中得到印证：武德县一家旅店，住进一个客人，拉了一车布口袋放到里面，锁上门就走了。这一走就是几十天，店主人见他不回来，感到奇怪，就打开那些口袋，一看全是盖死人脸的面衣，吓得立刻把门关上了。就在那天夜里，此屋的门自己就打开了，里面放的那些口袋也不见了。此后发生了什么事，文中没说，但鬼卒一次携带那么多面衣，也就是一次要拘那么多生魂，除了要发生瘟疫和兵祸还能是什么呢？

另一种相类似的东西是死人出殡时在前面导引死魂的纸幡，只不过已经具体而微了。清人朱海《妄妄录》卷九"纸幡"条云，金鉴公从杭州塘栖回苏州。中途船夫停舟靠岸做饭，见一老叟形神沮丧，蹒跚而行，力甚不支，心中怜悯，便呼与共载。行有十余里，老叟辞谢登岸，遗一小黑布囊于船。船夫想匿为己有，鉴公说不行，急忙招呼老叟回来，可是不想老叟走出几步就不见了。二人打开布囊，内只有白纸幡七面，便丢到河里。至半夜，船夫起来解溲，失足堕水而死。纸幡本来就是不祥之物，看了都让人感到晦气的，在这里就成了追魂的工具。追魂时只需把纸幡放到被追者的身边，这人就该准备上路了。只是不知到时候会不会有阴差来押送。

还有一物比纸幡更晦气，就是鬼差拘人时随身携带的小棺材，其数目如所拘人数。

南宋无名氏《鬼董》卷四记临安郑老，为子娶妇三日之后，大宴贺客，"客有见烛光上人物长数寸者十余辈，负一小棺，回旋而行。指以示人，人皆见之，莫不愕然，独郑老无睹也。须臾灭没，乃有白蝶数十绕屋而飞。"两日之后，居处失火，延烧百余家，郑老被焚死。

而《夷坚乙志》卷五"异僧符"一条，则是瘟部鬼卒至江西散瘟，有五人至豫章之南生米渡，欲渡江收人，每人背两竹筐，内有小棺三百具，即是这一伙所要收的生魂之数。

这一故事的情节为蒲松龄原封移植于《聊斋·小棺》中，时间为康熙年间，地点改为出了京城南行必经的天津，有人驱骡载筒渡河，筒中载有"小棺数万余，每具仅长指许，各贮滴血而已"。这些小棺是为吴三桂造反一事而用，据说吴败后，"党羽尽诛，陈尸几如棺数焉"。这也是蒲老先生曲折地揭出为当局所遮掩的时事一角，让人知道三藩乱后清廷"镇反"之残酷与血腥吧。

一个也不能少

一

我在《野调荒腔说冥簿（下）》中曾经介绍过，人间遇到大灾难而将要有大批人死亡的时候，冥府的造簿简直成了一个"工程"，书手不足，竟要从人间临时借调，登记成册的死簿自然是汗牛充栋了。看来干什么都不容易，此时的阎王爷肯定是忙得"三更灯火五更鸡"，不仅是绝迹于舞会，就是连夜宵都顾不得吃了。当然天道酬勤，那收获就是将要毁灭无数鲜活生灵而得到的无上快感。——因为这只是一个更大工程的初级阶段，紧接着就是按照簿子抓人了。

可是成千上万到了死期的生灵，分布于各省各府各县，要派出多少捕快衙役才能一个一个地拴到森罗殿啊！所以我一直在琢磨，所谓人间的"大灾难"，其实就是阎王爷为了多快好省地完成抓人任务而精心策划出来的工程项目。

我这样说，好像与冥府的宣传有些相悖。人家不是说，因为要发生大灾难，要死成千上万的人，所以才赶造死簿的么，你怎么把因果颠倒过来，一切好像都是"人为"的了？但对此类解说我一向就不信，因为我还记得，一个人的生年死期，都是由冥府里日积月累，派出多少特务，搜集多少情报，最后才确定下来的。既定之后，一个人的死期到了，喝口凉水也会噎死；如果命不该死，就是把手榴弹放在他脑袋上引爆也是"其奈我何"。所以关键在于这些人是不是"命定"该死，而不在于遇到什么"灾难"。

什么叫灾难？即是大到地震、洪水、山崩、海啸，甚至行星相撞，宇宙爆炸，只要它不给生人的性命及财产等与人生相关的东西造成损害，那就不叫"灾难"。所以如果要让一个事故成为灾难，那就必须让它与阎王老子生死簿上的名额挂上钩。

挂钩的方式有两种：

一是某地存在形成灾难的条件，哪里要地震了，堤要崩了，某地的桥是豆腐渣，某处的电线老跑火，阎王爷就把该死的人送到那里去，你可以叫这"驱人入死地"，但也可以叫做"因势利导""节约能源"。南宋人洪迈的《夷坚丁志》卷九有一则"钱塘潮"故事，大致可以作为这种方式的简单样板：

每年的八月十八日，是钱塘江潮最大的时候，堪称天下奇观。南宋都城临安的风俗，到这一天总要有一大半的人去江边观潮。高宗绍兴十年（1140年）秋，就在观潮的前两天，入夜之后，江畔有居民听到空中有人相语，一人道："今年当死于桥者数百，皆凶淫不孝之人。列名其间而未至者，你们要派人去促使前来。不在死籍者，你们就把他们驱赶离去。"然后就是一群人的应诺声。此人听了，吓得也没敢对人说。到了第二夜，跨浦桥畔的居民中，又有人梦见来人告诫，说："明日千万不要上桥，这桥就要塌了。"到了早晨，他把这梦告诉邻里，想不到邻里也都做了同样的梦。到了十八日那天，大潮将至，跨浦桥上挤满了人，得梦者从旁暗暗窥伺，见有亲识立于桥上者，就悄悄劝他们下桥，可是这些人都斥以为妖妄，听也不听。须臾间巨潮涌至，奔汹异常，惊涛激岸，桥梁崩塌，压溺而死者达数百人。

另一种是动用冥冥之力把该死的人集中到一起，然后制造出一场灾难，沉船坠机，失火溺水，兵燹瘟疫，包括瓜蔓抄及文字狱之类的运动，都可以算在考虑的方案之中。其中最简单的就是沉船，把该死的一群集中到一艘船上，开到江心，再弄些风浪，让它翻个底朝天，快何如哉！但这只适用于小工程，如果人数多至上千上万，就有些施展不开了。那最好还是用"兵"或用"瘟"。五代时期王仁裕《玉堂闲话》中就记录了冥间高层人士关于取人方案的一次讨论：

这是五代后梁时的事。有一士人从雍州前往邠州的途中，夜间天晴月皎，他就趁夜赶路，忽闻后面有车骑之声，想到会是什么达官贵人，便自觉地躲入路旁草莽丛中。只见有三人骑在马上，"冠带如王者"，后面随从则是步行。三人边走边谈，只听一人说道："今奉命往邠州，取三数千人，未知以何道而取，二君试为筹之。"一人答道："应该以兵取。"而另一人说："以兵取虽然爽快，但君子小人容易玉石俱焚，还是用瘟疫较好。"最后三人都同意用瘟疫收取这三数千人。既而车骑渐远，语声也就渐渐听不见了。士人至邠州，果然发生了大瘟疫，死者甚众。

以兵取容易失误，不该死的挨了一刀，即使把他的魂灵儿送回躯壳，但少了脑袋也就无法甄别改正。当然也不是绝对无法，像唐人吕道生《定命录》记五六百战士深陷房围，全体阵亡，已

113

经积尸为"京观"了，但冥府派来冥吏点名，才发现其中一人不在死数，只好到死人堆里翻腾一遭，再把脑袋重新与尸体连上，重生后项有瘢痕，却饮食照旧；而《聊斋》中《辽阳军》一条，更能在脑袋重新接上之后，一丝痕迹不留。这样的情况，偶尔有几个还可以，要是成百上千的错杀，只是把头颅与腔体配套就要很费时日了。相比之下，瘟疫就更有回旋的余地，就是大脑炎也不会把脑袋烂掉。既然用兵还是用疫都可选择，那么沉船坠机也是审时度势，怎么方便怎么来了。

但一般来说，像邠州取人那样的事到临头才拿主意，是不合规矩的，规矩应该是在冥府造册时就已经定下此人的死法了。勾魂簿可不是一个简单的名单，那里起码还要有死于何处、何时及采用何种死法，水火兵刑，毒虫崩压，再加上现代化的声光电气，品种虽然很多，却不能自选。灾难的品种也是一样，天降的，人为的，都在冥簿中注明，按规矩是要对号入座的。

二

欧阳兆熊在《水窗春呓》中记一为冥府司册籍者，能前知，曾言："凡劫，以食劫为最，兵劫次之，水火疾疫又次之，东岳主其事，每年天曹会议，或缓、或减、或免，随人心为转移，亦无一定之局。"无论是驱人入死地，还是把死地移入人群，这两种做法的本质是一样的，那就是把该死的魂灵成批量地收入到冥界中，而其策划者正是阎王爷或比他更牛的大佬，比如东岳大帝之类。弄些沉船坠机这样的小把戏，应该是在阎王爷的职权范围之内的，可是到了饥荒、瘟疫、洪水、地震一类的大型灾难，恐怕就要由天帝布置，起码也是要由天帝批准了。甚至那些历史上杀人如麻的魔头，都是天帝亲自委派到下界的。柴小梵《梵天庐丛录》卷十三记张献忠之侄号"疤和尚"者，讲起张献忠疯狂杀人的缘起："张初起，原图脱祸，无意杀人。至湖广，率同辈五六，夜盗武当山大庙金顶。甫上，见王灵官持鞭喝云：'快去，若非上帝放汝收生，定打杀汝。'因此自负为'奉天杀人'，至惨毒无人理。"

由此看来，天灾也是人祸，只不过这"人"已经"神化"到"天帝"一级了。君不见西方的耶和华老爷所云乎："我要将所造的人和走兽，并昆虫，以及空中的飞鸟，都从地上除灭，因为我造他们后悔了。……看哪！我要使洪水泛滥在地上，毁灭天下。凡地上有血肉，有气息的活物，无一不死。"当然只有诺亚夫妇和那些上了方舟的众生是例外，而造方舟的图纸正是耶和华老爷给的。至于我们中华大地，最不能忘记的就是那位共工老爷了。他和祝融争天下，落败之后，一头向不周山撞去：这江山我坐不成，就给你个烂摊子！砸烂了旧世界之后，共工老爷就找地方睡大觉去了，而给下民留下的是什么呢？大家都知道，此处就不必多说了吧。

就看邠州一案，具体执行收人使命的已经"冠带如王者"了，这"王者"却未必是阎罗王，因为有些"天罚"是由天帝钦定，而专委钦差下界来执行的。如干宝《搜神记》中说的"上帝以三将军赵公明、钟士季，各督数万鬼下取人"，以及《神咒经》中所述的各种瘟鬼成万上亿的出动——这些瘟神瘟鬼都是配合着兵乱与饥荒同时行动的，就都是上天的安排。再看近代，如袁枚《续子不语》卷八"温将军"一条云："今温将军奉上帝命,往乍浦办海劫一案,亲来海上。"那就是"东岳十太保"之首的温琼元帅,作为玉帝钦差亲至乍浦安排降灾,所谓"海劫一案",即指乾隆三十一年(1766年)浙江乍浦海啸,漂溺而死者数千人。而俞蛟《梦厂杂著》卷八"谢云"条记乾隆三十六年(1771年)春天,"上帝命邓天君查海塘之劫",到了七月,浙江萧山白洋大潮凶猛,冲毁堤坝,"人畜淹毙十余万",就是邓天君忙碌了四个月的劳绩。邓天君是雷部天君,与温元帅都能算是"王者"级别的大员了。

当然,不管此案收的是几百还是几十万生灵,都是"天意",而天意是没有错的,即全是事先做出簿籍拉出名单,然后照单收货。《聊斋志异》中有《鬼隶》一篇,言明末山东济南府历城县有二衙役,到外府公干,遇二人,装扮一如衙役,自称为济南府的捕快。历城二隶问:"济南府的同行我们都相熟,怎么没见过二位?"那二人说:"实不相瞒,我们是府城隍的鬼隶,现往泰山投送公文。"泰山就是泰山府君所在的冥府。二人问是何公文。鬼隶道:"济南要有大劫,我们就是上报劫中被杀之人的名数。"二人惊问劫中有多少人,二鬼隶道:"不大清楚,据说近百万,而时间就在明年正月。"二人一听,大为恐慌,因为算起来公事办完,回历城正在年底,也就是要赶上这场大劫了,可是不回去,又怕县太爷责问。二鬼隶说:"违误限期事小,遭劫事大,二位还是在外面躲躲吧。"这场大劫就是崇祯十二年(1639年)的清军南下攻陷济南,屠城以及百姓死亡的人数,清朝人写的《明史》中当然不会记载,而蒲松龄在此揭出:清军退后,济南城"扛尸百万"!

百万之众都有"名数",这两个衙役能逃脱此劫,乃是因为本来不在名数之内。他们所以能在劫难到来之前出差到外府，所以能遇到府城隍的鬼隶，大约都在命中注定。据郭则沄《洞灵续志》卷六，光绪丁亥（1887年）郑州河决，"溺死人民无数"，所谓"无数"，一是数不清，二是懒得数，但阳间政府打马虎眼的地方，冥府里却是毫不含糊，因为前一年阎王爷就开始从河南一些闲散官吏中抽调人员，到冥府里"造册"，累得一个个七荤八素，还阳之后不久，又都相继谢世了。清末民初人杨凤辉写的《南皋笔记》卷三中，有"松城隍记"一条，说的是四川松潘在民国初年发生的一场大变，为此一劫，松潘城隍爷忙了三年，自称："吾为此事劳劳者三年于兹矣，未去者麾之使去，未来者招之使来，应死者，伤者，破坏财产者，悉为权其轻重而甄别厘定之，必使无一冤枉、无一幸逃而后已。"

三

最为可怖也最能说明一切劫难全由大神策划的，则是"阎罗点视劫鬼"故事。我曾经在《谈冥簿》中介绍过神鬼清点战场或劫难现场的故事，那是在人死之后的点名，令人想不到的是，在劫难发生之前，这些死鬼的魂灵已经由阎罗王照着冥册核对过一次了。李庆辰《醉茶志怪》卷一"张兴"条就描述了"点视劫鬼"的过程：

旌旗披拂中，一王者垂冕彩服，自屏后出，南面端坐，上下人众一齐拜舞。忽一吏虎首人身，奔上，抱献方策，旋下堂传王旨。便闻门外哭声震地，断头缺臂者一拥而入，纷纷立阶下。王览册一阅，怒云："人数尚少若干，何便持簿来！"弃簿于地，起立退屏后。于是万声号呼，乱如鼎沸，食顷始纷纷散去。……次年遂有捻逆之变，人死如麻。始悟王者言人数尚少，为有因也。

而卷二"刘玉"一条，那点视的过程就更恐怖了。"王者"让点簿者坐于阶下，殿东人头堆积如山，数十人往来奔走，把人头搬到殿西，纷纷如蚁，每搬一趟，向持簿者报数若干，一夜之间，清点了一万多血淋淋的人头。这些人头将在次年发生在广西的大战乱中被砍下来，一个也不能少！而光绪三年（1877年），河北大灾，难民拥进天津。官绅设粥厂救济。因不慎"走水"，粥棚起火，烧死灾民二千二百余人。当天天方黎明，火尚未起时，就有人听到棚外有唱名声了。由此可知，名单既定，如果有人想趁乱混入或侥幸溜号，那是想都不要想的。

但也不能说没有"例外"，那只是执行者的偶尔疏忽，但最终还是要补救过来。北宋文莹《湘山野录》卷中载河北任丘主簿崔公谊事，熙宁初，河北地震，而他正好任满，举家南归。已经走了几天，夜宿于孤村马铺中，风电阴黑，有人夜半叩门，道："传语崔主簿，君合系地震压杀人数，辄敢逃过河，今已收魂岱岳，到家速来！"崔公谊赶快开门，外面却一片寂静，悄无人影。他自知必死，便兼程把家属送到寿阳，第二天就暴卒了。看来地震不比车船之祸，冥吏一时疏忽，让这个数内之人溜走了，再想让他一日之内赶回莫州，或者想为等候一个人而让地震推迟，那都不大容易，也只能异地夺命，算是聊补过失而已。

这种"不肯放过一个"的"天意"对于下层百姓是很难得到

通融的。《夷坚甲志》卷十三"妇人三重齿"条，记北宋英宗时京东大旱，饿死之人甚多，流民四处逃荒，也多死于途。拱州郑某见流民中有一妇人，虽尘土其容，而貌颇韶丽，便留下做了妾侍。过了数月，一夕大雷雨，只听外面有人大呼："以向者妇人见还，此是饿死数，不当活！"郑某恋恋不忍。过数日，又有人挝门催逼。郑某大骂："何物怪鬼敢然！任百计为之，我终不遣！"坚持数日，此妇忽牙痛甚剧，通夕呻吟，天明再看，已生齿三重，貌甚可畏。郑氏大惧，即日遣出，而此妇终饿死于群丐中。正所谓"大灾大难，必有神鬼监察"（李庆辰《醉茶志怪》卷二"粥厂鬼"），"监察"什么，不让一个漏网也。

"天下兴亡，匹夫有责。"顾亭林说得固然不错，但此老说的是亡天下而不是亡国，而亡国与亡天下却是两回事。如果从"一国兴亡"的角度来看，匹夫们的"责"就可怜了，"兴，百姓苦；亡，百姓苦"，任何时代的大灾难，都是老百姓"责无旁贷"地承担着最惨痛的后果。所以古代及近代的百姓，每临瘟疫、灾荒、外患、内乱之类的大劫初起，就惊恐地相告："老天爷要收人了！""收人"二字确实让人听着心里发瘆，现在的人们不易有切身体会，那就想想芙蓉镇上的老百姓，当他们在深更半夜听到王秋赦用鬼嚎的声音喊起"运动了——"，那感受应该是差不多吧。

有鬼一船

南宋洪迈《夷坚志补》卷十七"西津渡船"条，记绍兴元年三月发生在镇江西津渡口的一场灾难。那时金山还在江中，西津渡就是从镇江开往金山的。渡船上已经载了四十四人，正要离岸，又跑来一个男人，手里还牵着个小孩子。到了船沿，这孩子又哭又闹，死活不肯上船。他爹气得搋他后脑勺，他就想分辩，可是只说了一句"听我说……"，就突然咕噔一声，昏倒在地了。见这孩子浑身僵硬，手脚冰凉，父亲这才慌了神。船上诸人不能总等着，当然更没有人肯下船伸把手帮忙，于是渡船就离了岸。可是这船还没等到金山，陡然一阵大风，这船竟翻了个儿，沉没于江心，连篙工在内四十六人，全部淹死了。江心那边船刚沉，码头这里的孩子就噌地一下子坐起身，好像一觉刚醒似的。父亲先喜儿子复苏，更喜躲过沉船之劫，想起这里面定有冥数在内，便问儿子不肯上船之故。小儿道："方才只见一船人尽是鬼，形状可怖，所以不敢往。方欲说时，一鬼掩我口，便昏昏如梦，元无他也。"

天机不可泄漏，如果被这无知小儿揭破，人们一哄而散，再凑成这么一船就很要费些周折。其实这也是编故事人的多虑，那些该死的人们早就鬼迷心窍，怎么会相信一个小孩子的实话呢？

这一类型的故事历代都有，先说较近的。光绪元年（1875年）上海轮船招商局的"福星"号海轮，由上海驶往天津，在北洋水域为英籍"澳顺"轮撞沉，溺死六十三人，这是晚清发生的一次大海难，除了有专书之外，很多笔记也言及此，而涉及幽冥的故事我也见过数条。其中薛福成《庸庵笔记》卷四"福星轮船沉没"一条称：一委员江姓，刚上轮船，见客舱已满，行李几无可位置，且见在船诸人面貌模糊，形状可怖，不似人类，待走近视之，则皆人也。江委员决意搬行李先回旅舍，待下班轮船再行。事后他颇为躲过一场灾难自幸，但他没有做进一层想：那满船皆鬼的场面，为什么只有他看得见而别人看不见？这是因为他命不该死，所以冥冥之中就让他见到这一幻景，示意他"闲人免进"。也就是说，只要他不离船，这船就不会开，就是开了他也死不了。

光绪七年（1881年）九月也有一场海难。李庆辰《醉茶志怪》卷三有"溺簿"一条，言某人将赴上洋，登上海船，在舱中假寐，恍惚中只闻二人相语，一人问："人数足否？"另一人答道："尚欠二人。"此人猛然惊醒，暗思乘海船者向无定额，焉有点数之理，莫非是鬼神稽查"溺簿"？遂决意负装登岸。及舟扬帆入海，遇风覆溺，一舟无存者。这里提到的"溺簿"，就是本船准备溺死者的名册，二鬼点数，该死的人到不齐，这船也是不肯走的。

再说一个老故事，见于唐人李冗《独异志》卷上：唐玄宗开元五年（717年）春，司天监上奏："据天象将有大灾，当有名士三十人同日冤死，今新及第进士正应其数。"这年新进士有个李蒙，是公主的女婿，玄宗对公主也不挑明天象示警，只是悄悄对她说："无论有什么大的游宴，你也不要让你女婿参加，就把他关在家里。"公主虽然不知就里，也如命而行，不让女婿出门。公主家居昭国里，距曲江池不远。这天曲江池特别热闹，因为曲江水涨，正宜行船，新科进士们全来了，联舟数艘，带着歌姬舞伎，准备行船游宴。那歌乐之声远播，一直传到公主府。李蒙听得心痒，知道大门是出不去了，便翻墙而过。进士们正念叨着只缺李蒙一人，见他远远奔来，不禁欢呼。李蒙跳上画船，船刚离岸，平白无故地就沉了下去，除了一群声妓和篙工之外，三十名进士无一生者。

数在劫中，就是拦也拦不住。从现实生活中看，这个公主家的贵婿可能是压死骆驼的最后一根稻草，但在命定说里，这个贵婿如果不登上那只船，那船就可能一直等着他。

但有时一船的人未必全部打包送给阎王，或有一二幸免，那就为此类故事提供了更新鲜一些的内容。比如船已经开了，忽然发现乘客中混进了一个不在"数"的，那就要借助天意把他剔除出来。唐人戴孚《广异记》"杜暹"一条说：

杜暹年青时，曾从风陵渡渡河。那时的黄河水流湍急，浮桥还没有建起，只有乘船。当时船上的人很多，船夫已然解缆，岸上忽有一老人，高呼"杜秀才可暂下"。杜暹见他好像有什么紧要事，不得已便下了船。老人与他絮絮叨叨个没完，船夫等得不耐烦，便把杜暹的行李扔下来，径自开船了。杜暹急于赶路，回头见船已开走，老人还拉着他没完没了地说，心里暗暗发急。这天正是风急浪猛，忽然看见水中有数十只鬼手攀着船沿，竟把船掀个底朝天，一船人全都死于黄河之中。[1]这时那老人对杜暹说："你的命相极贵，所以我特来相救。"说罢就不见了踪影。

这杜暹到后来玄宗时官至公卿，《唐书》有传。说老人是神仙，这也许是事后杜暹或其他拍马屁的人编出来，吹嘘杜相爷的天命的。但如果从幽冥的角度来看，这老先生就不可能是神仙，说他是执行沉船工程的鬼吏，是那些在水里扳船捣鬼的头目，倒是更合情理一些。这船本来是闲人免进的，一时疏忽，让小杜掺杂进来，这船就不好沉，沉了再把小杜捞出来，也多费鬼工。于是这位老鬼便做了顺水人情，好像他能把生死簿随意更改似的。因此再看《北梦琐言》逸文卷一所载的那位"老人"，就显得诚实多了：

进士杨鼎夫游青城山，渡皂江时船触江心巨石，倾覆于洪涛之中，同船五十余人尽皆丧命，唯有杨鼎夫似有物扶助，漂到岸边。此时出现一老人，用手杖接他上岸，笑道："原是盐里人，本非水中物。"杨鼎夫还没来得及致谢，老人就消逝不见了。后来杨鼎夫回到成都，对朋友说起此事，却想不通"原是盐里人"是何意思。后来，鼎夫为权臣安思谦幕僚，主管榷盐院事，遇病暴亡。因要送回蜀郡营葬，怕中途尸腐，榷盐院最不缺的就是盐，便用上百余斤盐把尸体像醃鱼一样围起，再裹以尸布，放进棺材。朋友这时才恍然，"盐里人"原来落实在此处。

杨鼎夫获救之后，还为此专写了篇《记皂江堕水事》的诗，

---

[1] 民间认为灾难为鬼神有意造成，沉船如此，塌桥亦如此。清人俞樾《右台仙馆笔记》卷三记杭州武林门外之新桥，颇为坚固。丁丑（1877年）之秋，村人于桥旁搭台演戏，桥上观者甚多。有小儿呼曰："桥下有人扒土，桥要塌了！"众皆笑而不信。俄顷之间，桥果崩毁，死伤者甚众。

现在还可以在《全唐诗》中见到，其中有句云："今日深恩无以报，令人羞记雀衔环。"岂不知老人的援溺并不是为了"救"他，而是他命中注定不应死在此处，倘若死于此处就是老人的失职。所以老人不受他的谢，只是暗示此是宿命，无关于恩仇。这一故事后世翻版甚多，如清末民初人杨凤辉《南皋笔记》卷二"刘某"条的"刘某不在数中，其死地当在味江河"之类；还有稍做变形的，已经在《野调荒腔说冥簿（上）》中述及，都是"不在此地"或"时候未到"之意。

顺便说一下，这种"时候未到"的故事类型并非中国所特有，我们举一对儿例子，可以看出东西方某些幽冥观念的惊人相似。

南宋洪迈《夷坚三志·己集》卷六有"张四杀倡"一条，写宋宁宗时有张四者嫖娼，因语言忿争，杀死妓女，被捕拷掠后认罪，于是拟判死刑而报请上司，不料上级的批文未到，张四即病死于狱中。狱卒怕其尸为老鼠啃咬，便用草席裹尸，悬于梁上。可是次日复检官员来查验时，张四又活了过来，而且动作正常，毫无病态。张四自言："我恍惚间被一差役唤出，押出平政门，刚到桥头，又有一差役奔来，对前一差役说：'何故不教张四插花带索？'便把我推堕桥下。忽如梦醒，不知身死也。"一府上下都觉得此事奇怪，便怀疑张四有冤情，供词也许是拷掠下的屈招。可是第二天上面的批文就到了，断以绞刑，那也就没人管什么冤不冤了。临赴法场时，官吏给张四带上花，绞死之后，又没有解下颈上的绳索而曝尸于市，正是张四梦中所听到的"插花带索"。洪迈道："盖幽冥之中，欲正典宪耳。"

而西方呢，我见过一个外国短片，说一个杀人犯死不认罪，但还是为陪审团裁定有罪，被判死刑。但两次毒液注射都发生故障，犯人恍惚听到一个低沉的声音说："还不到时候！"改坐电椅，又发生全楼断电，而犯人眼前恍惚出现了一个生着翅膀的大天使的幻影。三次死刑都未能成功，舆论认为定有冤情，最后连证人都撤销了证词。在犯人被宣布无罪释放之后，他得意地向自己的辩护律师承认杀了人，但就在他走出法院大门之时，正在因装修屋顶而吊起的正义女神石像从高空掉了下来，当着广场上一群记者和观众的面，把他砸成了肉饼，而那正义女神就是他在幻觉中错认的"守护天使"。这才是他要死的"时候"，也正是"幽冥之中，欲正典宪"，让此人死于光天化日和众目睽睽之下的意思。

好像扯远了，还是回来谈那"有鬼一船"，因为这一模式还有一个很重要的变形，在宣扬"命定说"之外，还可以看出人情世态，那情节也稍微复杂了一些。明人徐𤊹《徐氏笔精》卷八"金字牌"条云：

> 万历己酉五月十四日，扬子江心风浪大作。有渡船载百余人，几覆，忽见浪中有鬼面者持一牌起，书"金"字一字。众谓必有金姓者在舟当死，果有姓金者一人，众欲推之入水。金本持斋诵经，乃曰："若活众命，吾何惜死。然数止此，安能幸免。"乃跃入水中。时风狂舟速，金仿佛若有人扶之出巨浪，送上郭璞墓墩，而立见舟翻覆，俱溺死，独金得生。

文末虽说是"江右刘观南观察亲见其事"，但我觉得还是民间创作的痕迹较重。明末《集异新抄》卷一"吴孝子"一则、清代的《聊斋志异》卷九《孙必振》、梁恭辰《北东园笔录续编》卷二"黑额人"均与此相类,未必是相互抄袭,或者都是取于民间的一个故事程式。《聊斋》的一则是众人见一金甲神持牌,上书"孙必振"三字,众人便对孙道:"必汝有犯天谴,请自为一舟,勿相连累。"然后"视旁有小舟,共推置其上"。《集异新抄》则是吴孝子被众人"推堕水中",和《徐氏笔精》一样,它们都用了一个"推"字,便把众人的无情写得让人心寒。读至此处时不禁让人联想,倘若众人稍有同舟共济之情,或者有一二人尚存恻隐之心,肯与孙必振同上小舟,说不定就会蒙庇而存活吧。人的死路有时是自己铺成的,不管是自然灾害还是政治劫难,全是一样。

《聊斋》中的《孙必振》插图。

生魂带索

前篇所述小儿不肯上船的故事，在明末钱希言《狯园》中有一翻版，见于卷六"钱塘溺"。言万历年间，苏州皋桥张叟，将诣南海补陀山瞻礼观世音，挈其孙八岁小儿以行。时海船已鳞次江头，待潮平而发矣。张叟欲乘一船，其小儿忽见此满船人悉被绳缚手足，急从后牵衣止之，向阿翁叙此异事。叟大骇，遂依其言登岸。及再换第二船，其小儿复叙所见如初。已又登岸，更求第三船附之，问此小儿，目中已无所见。日暮潮至，雪浪如山，而前两船应时沉没，僧俗男女溺死，无一存者。张叟所附之船独全。至清初，同样的故事又移到了上海。董含《三冈识略》卷十"冥犯"条：上海黄浦江的摆渡已经有十九人上船了，又有二人续至，岸旁一小儿对他们说："舟中人俱锁颈铐手，想是犯罪之人，你们千万别上去。"二人只把小儿的话当作戏言，而且船上不少人都是熟人，便把小儿呵斥到一边，奋身登船。船至中流，平白无故地就翻了，结果十九人遇难，那后登的二人侥幸逃生。或者是"绳缚手足"，或者是"锁颈铐手"，故事中小儿所见已经不是一般鬼物，而是"罪犯"了。而陆长春《香饮楼宾谈》卷一"溺犯"条对此又稍做发挥:"舟中人皆银铛枷械,状若重囚。"此外船头另立一人,持短木棍,如解差状,貌尤狞恶可畏。这后一人是真鬼,船上诸人虽然即将成为他的旅伴,此时却是看不见他的。

自明代开始直到清末,城隍神正式成为冥神,而府州县城隍庙就成了与人间各级衙门平行的冥司。这种在阎罗王或东岳大帝之下加设基层冥府的改革,其成果体现到生民百姓身上,最显著的就是让自己的生魂被冥差带走时就更像个囚犯了。但这并不是说每个被拘的生魂都必须披枷带锁,老实的百姓平时用根绳子就能牵走一串,何必出差时要带那么多的刑具呢?小儿"眼净",明明是一船乘客,他眼里看到的却是准备拘捕的生魂模样,银铛的是铁链和铁锁,还要加上木枷,正是人间死刑犯的"行头",难道这一船人都是凶逆之徒,押到阴间也要做重犯处理吗?我觉得编故事的人未必做如是想,他的意思只是这些人即将在这场灾难中被"批处理"掉,为了防止万一,用冥中的枷锁拴住他们的生魂,其人就将会因各种缘由不能再逃离此船而已。

这种"生魂带索"的现象当然不仅限于船上。《狯园》卷九另有一条"饮马桥鬼魂",记万历二十八年(1600年)八月间,苏州有十几个鱼贩子,在半夜照常出葑门去趸鱼,好赶到天明之前回城贩卖。在路经饮马桥时,在微弱的月光下,见到"男子三人带两妇人,妇人手中各抱一孩子,共大小七人,披枷带锁,一齐上桥,小憩桥栏边"。鱼贩很奇怪,心想为什么那么早就把监狱里的罪囚放出来了?等他们趸鱼回来,天已经快亮了。只见饮马桥南郭秀才家着了火,死于火者正好是三男子、两妇人和两个孩子。这时他们才醒悟,原来夜间见到的就是这些人的鬼魂。

凡是生魂已经被铁索锁住的,就不可能逃离灾难现场;如果逃离了呢,那他就是没有带锁者。这是幽冥故事的一贯逻辑。梁恭辰《北东园笔录四编》卷二"广东火劫"记录了道光二十五年(1845年)发生在广州的一场大火灾,烧死男女一千四百余人,现场逃生的仅二人,估计这二人所以"幸存",只是给故事找个叙述者的由头罢了。

这年四月二十,广州九曜坊境演剧,在学使衙门前的空地上临时搭起戏台,但周遭却全是一个挨一个的席棚。只是台后有个浑小子吸烟袋失火,就造成了这场罕见的大惨案。而在前一夜,戏班里一个掌鼓的为看守戏箱,就睡在戏台上,刚一闭眼,就见有几个红须赤面之人,那显然是火神爷爷了,接着就是一大群缺头断肢、烧得焦黑的人。吓醒之后,再一闭眼,又是一梦,只见有头戴缨帽手持锁链似差役打扮者三十余人,闯入戏棚里见人就抓。惊醒之后,他知道要出大事,但又不敢对人说,第二天戏一开锣,他敲的大鼓忽然震裂,于是正好当作借口逃离现场。还有一个逃命的是跳加官的戏子,他戴着假面登场时,看台下观众面目全是一片焦黑,后来一想,正是被火薰烧后的模样。

一场大火烧死一千四百余人,与兵疫之祸也不相上下了,故事中也明确指出有冥役手持锁链捉人。也就是说,与普通的拘魂并无两样,都是要当作犯人捉走的。奇怪的是,绍兴人孙德祖在《寄龛丙志》卷二对这场大火也有记述,却颇有异同,因为他是听别人转述的,但因此而更能看出民间不断加工的色彩。

火场是在学使衙门的大门与仪门之间的韩文公祠前,时间变成了六月,死亡人数"数千人",最少翻了一番,而仅得以逃脱者则变为三人。那个掌鼓的这次没有了,替代他而幸存的是一个妓女和一个小贩。火还是从后台燃起，那妓女坐的地方正对着起火处，远远看见板缝中有荧荧火光，就想离开这戏场。可是她坐在最高层，如果迂回而下，又怕来不及，近座却有捷径，可是隔有栏杆，她又翻不过去。正好有个卖瓜子的小贩在栏杆外面，她急忙把他叫过来，说自己肚子疼得要死，请他把自己背回去。那小贩不肯，托辞背不动，她就卸下腕上的金镯子塞给小贩，说我用这个买条命吧，隔着栏杆翻到他肩上，然后催他尽力飞跑。说起来这妓女真是机智决断，但要在人家明白人来看，那是她命不该死，也就是这两个人都没有戴上冥冥之锁。因为那个幸存的跳加官的优伶，他从假面后面看到的数千观众已经不是面貌焦黑，而是"皆有铁索连锁其足"了！

值得注意的是，一般能见到鬼魂的只有个别眼净的孩子和有特殊本领的术士，但这位跳加官之所以能看到，则是因为他戴了面具，那福神的面具似乎也有了什么神性，透过眼孔就能望见凡人看不到的东西。——面具的神秘性中外皆然。约翰·狄克森在他著名的推理小说《燃烧的法庭》中引了詹姆斯《山上的风景》中的一段话："有一天，劳伦斯在卧室里，拿起一个黑天鹅面具，好玩地戴上，想在镜子里照照。他还来不及好好看上一眼，老巴克斯特就从床上冲他嚷嚷了起来：'快取下来，你这个笨蛋！你想透过死人的眼睛看这个世界吗？'"只有死人的眼睛才能看到鬼魂，这黑天鹅面具的灵性正和福神的面具一样。

在大灾难中，凡是在劫难逃的都要先被冥卒戴上铁索，这种说法在清代很是流行。如闲斋氏《夜谭随录》卷三记雍正八年北京的一次大地震的传闻，让人听得有些毛骨悚然：地震的前一天，西城有一人抱三四岁小儿去茶馆。刚到门口，那孩子就抱着他的脖子大哭起来，说什么也不让他爹进去。其人甚怪，道："是怕这里人多吧？"又到另一茶馆，孩子依然大哭，连换数处皆然。问他平日最爱到茶馆，今天这是怎么啦？孩子说："今天各茶馆喝茶的卖茶的都是脖子带锁，所以不想进去；今天街市来来往往的怎么有那么多带锁的呢！"大人感到孩子说胡话，抱着他就往回走，路上遇一相识，说起此事，那人哈哈大笑着走了。孩子说："他还笑别人，他自己脖子上就带着锁呢！"

又如杨凤辉《南皋笔记》卷三所说的光绪十七年（1891年）发生在四川汶川的"桃关水灾"，也有类似传说，漂没淹死者千余人，"眼净"的孩子看到，将被淹死的人不仅颈上都拴了铁索，而且身旁都配备着准备捕捉他们的鬼卒。阎王爷不会因为拘捕的人多而稍有大意，"一个也不能少"，"天网恢恢"就是对付老百姓的！

用铁索拴犯人，不知始于何朝何代，但铁索的故事多见于清代，那么总可以说，清朝在这方面是超越前代了。这些冥冥中的铁索是常人不能见到的，被锁的人也是毫无知觉，照样地在茶馆里不理睬"莫谈国事"的告示而谈笑风生、胡说八道，却想不到冥冥中的鬼卒早和雍正爷的"血滴子"配合起来，正等待时机，把他们一网打尽呢！

顺便说一下，人之将死，而其魂灵即先有异常显现，并不限于清代才有的铁链铁索一种。五代时期孙光宪《北梦琐言》逸文卷一载唐末术士向隐在江陵，见监军太监自临军使、副使以下俱面带"灾色"，预料将同日而亡，那当然是凶杀横死了。这"灾色"应该是一种一般人看不到的"晦气"，其实叫作"鬼气"更恰当。又人将溺死于水，则面现"水厄纹"，都是只有具特异功能的术士及见鬼人才能看到的。《夜谭随录》所说地震前的那孩子，我想，只是看到人皆带锁应该还不至于吓哭，怕是罹难诸位此时已经面带"鬼相"即死人之相了吧。

而清代还有一种说法，即人如不久于世，则可见其耳边挂纸钱。郭则沄《洞灵小志》卷五言有一许姓者，目能视鬼。邻居某妇有微疾，许某一见，便说："是不久矣，吾见其耳边挂纸钱也。"果然不到三天就死了。侯疑始（即篆刻家侯毅，卒于1951年）夫妇尝遇许某于剧场，剧未终，许即匆匆去。侯问之，则曰："吾见此间观剧者大半耳边挂纸钱，不知何故。"不久无锡大疫，死人之多，以至棺材铺的棺材都脱销了。

据说过去戏台上扮演鬼魂，都是在耳边上挂一串纸钱，视鬼人的说法大约与舞台上的这一表现法有些关系吧。

当差不误吃饭

中国衙门口,当然我说的是古代,好像形成一个习惯,那就是先吃饭,后办事;实际上是事情未必给办,饭是一定要吃的。对于有些微良心的人来说,就是"吃了人家的嘴短",对于连良心带脸皮都不要的来说,则是"吃了原告吃被告",这在六扇门中人眼里是天经地义的事。但冥府阴差的贪吃却情有可原,那边的吃饭问题已经在另文表过,平时在机关里大家都饿着肚子,也就罢了,一旦出了"阳差",到了"花花世界",就是一只热狗也能把舌头馋出来,这时你还让他养廉,就有些不近人情了。

清人袁枚《子不语》卷四"长鬼被缚"中说到沈厚余翰林年轻时的事,他到一个正在闹伤寒的张姓同学家去探病,见一长身大鬼呆愣愣地坐在堂屋里,仰着脸看堂上的匾额。沈某看着不像是人,就戏解腰带,把这长鬼的两腿捆到椅子腿上了。长鬼动弹不得,面对的是惹不得的潜在大人物,只有摆出一脸苦相。沈厚余就问他干什么来了,长鬼说:"张某将死,我是勾差,按规矩要先和他家的家堂神打招呼,然后才能捉他。"沈厚余就为张某求情,长鬼心眼不错,听说张某家中只有寡母,便动了怜悯之心，道："只有一个办法能救张某。明日午时，张某将死，会有五个冥卒随我前来。冥中鬼差饥饿已久，见了吃的就什么事都忘了。您可先设两席，置六人座，见有旋风自上而下，即拱揖入门，延请入座，频频劝酒。等到日影过午再散席，时间错过，他们再想办事也无可奈何了。"

饿鬼见了酒食，就什么也不顾了，这话说得一点也不过分。我们这一代人当年都有过这种饿鬼的体验。驮着一百斤从山区里买到的白菜，在三九天骑上一百里地，再加上本来就低血糖，到了家门，把自行车往门前一扔，见谁也不打招呼，抱起盛饽饽的家伙，头也不抬，只恨不能一口塞进两个窝头。这不是我们没出息，实在是饿鬼附体，身不由己了。推己及人，我们对这些一饿就是几个月的冥差便不由不充满同情。

纪昀《阅微草堂笔记》卷十九有一则，黑白二无常奉命勾人，到了人家，先跑进厨房，相对大嚼，见了什么就往嘴里塞，那吃相让我们看来并不可笑，只是可怜。结果被主人请的教书先生发现，厉声一叱，惊得白无常鼠窜而出，黑无常则被教书先生堵在屋里，出不去，只好藏在墙角。——这二位无常有知耻之心，饿成那样还明白偷嘴太丢人，与人间的那些赃官蠹吏相比，简直就让人肃然起敬了。当然，那位教书先生命有官禄，是候补的贵人，这二位饿鬼不敢唐突，也是受困的一个原因。

但有的鬼差连果腹的低级阶段尚没达到，竟还有贪杯之好，觊觎起上等人的享乐，那自然是可气的，但仍有可怜之处。《子不语》卷七又有"鬼差贪酒"一条，就写了那么一个倒霉鬼，已经把生魂牵到手，只是看到旁边一家院子里有人喝酒，便馋得走不动了。那人见他馋相可怜，就给他一杯，他却嗅而不饮。问他是不是嫌酒冷，他便点头。再给他一杯热的，还是嗅而不饮，可是酒气拂拂，每嗅一下，他的脸就红上一分，渐渐地色如猪肝，口大张而不能合了。那人见状，把杯子拿过来，帮他往嘴里倒，每下一滴，鬼面一缩，等把一杯倒完，此鬼已小如婴儿，痴迷不动。这邻人此前所为都是一片好心地成全酒鬼，但当他发现这位酒友原来是个阴差，而且绳子上牵的竟是自己情人的生魂，便"恶向胆边生"了。他打开酒坛子，提着小鬼放了进去，再盖紧封严，在上面画了个八卦图。那结局就是让此鬼成了与醉蟹、醉虾同类的"醉鬼"，岂不哀哉！

饥饿如此，鬼差在拘魂时失去原则，违法违纪，只要网开一面的不是人间的恶人，便自有可谅之处，何况其间还有感恩戴德的良心在作用呢。

唐人戴孚《广异记》"张御史"一条中就写了这么一个鬼差，那是唐玄宗天宝年间的事，御史判官张某奉令到淮南审理一件案子，已经乘上船要渡淮河了，岸上匆匆跑来一人，张某以为他有急事，便让舟子停船。那人赶到，说想搭此船渡淮。舟子不肯，说他耽误了贵官的行程，还狗仗人势地要动手打他。但张判官却说："捎上一个穷百姓渡淮，有什么不可以？"看他一脸饿相，张判官就把自己吃剩下的饭菜也给了他，那人虽然没有谦让，却是一脸愧色。渡过淮河之后，二人各走东西，可是张判官到了驿站的时候，那人却已在门口相候了。那人说："实不相瞒，我不是人，是冥府派来勾您的，您命当淹死于淮河之中，但蒙您一饭之赐，实不忍心，那就再给您一日宽限，准备后事吧。我在冥界只是个街道派出所的小角色，时间再长，就不在我能力之内了。"张判官听后自然是涕泗横流地苦苦求救，鬼差说：

"恐怕不大好办。但如果您能在一日之内,把《金刚经》诵读千遍,也可以延长一下寿命。"张判官说:"今日已晚,怎么能诵读千遍呢?"鬼差说:"不是必须你一人读,只要是有人读,都可以算数的。"于是张判官把驿舍内外的杂役百姓找来几十个,到了第二天晚上,终于千遍念讫,而鬼差也出现了。张判官随着鬼差入了冥府,向阎王汇报了功德,结果是大出所望,张判官延寿十年,立即送回阳世。

至此角色开始调换,该张判官感恩戴德了。那鬼差说的也很含蓄:"我因为您的事耽误了时辰,结果被打了一顿板子,您看是不是给我些补偿呢?"说着就褪下裤子,有伤为证。张判官说:"我是个穷官,又在旅途之中,多了恐怕办不到。"鬼差说:"我只要二百贯纸钱。"判官说:"如果是纸钱的话,我可以给你五百贯。"鬼差说:"我没那么大的福分,二百贯就满足了。"于是生意谈妥,赶快送张判官还阳,烧纸付款。这大约是鬼差平生的第一笔好处费,好心好报,情有可原,但事情既开了头,怕的是以后就收不住了。

但由此也可以看出,这冥卒的下水,似乎是生人拉的,而人有求生之欲,也不宜多责。那问题出在哪儿呢?依我来看,其弊乃在于阎王与和尚,是他们开了念经可以延寿的后门,也就相当于人世间掏钱即可赎罪或减刑。一句"老子有钱",就和"我爸爸是高俅"一样,立刻让法官们另眼相看,心里就想着怎么做这笔生意了,区区冥卒,不过是少蹭些油水而已。

唐人柳公绰治纳贿、弄法二吏,道:"贼吏犯法,法在;奸吏坏法,法亡!"必诛舞文弄法者。那个鬼卒以私情迟追一日,让我看只是执法中的人性化,就是硬扣帽子,顶多不过是"犯法"而已,而这"念经延寿"之类的"例外"之条,却地地道道的是"舞文弄法"!只不过此时坏法的已经不只是"奸吏",而是阎王与代表佛教长驻冥府的和尚了。

冥府上层的事暂且放下,因为有资格和他们打交道的人毕竟是极少数,如我辈草民,到了鄭罗殿,可能连阎王判官的面都见不到,即使见到,恐怕在"正大光明"的大匾之下,也不容你开口作弊呢。所以还是讲些实际的,那就是如何正确处理与勾魂冥差的矛盾问题。一个要勾魂,一个不想被勾,这自然是"矛盾",处理好了,就可能不勾或迟勾,再不济也是"轻拢慢捻抹复挑"的勾,和和谐谐地牵手见阎王。处理不好,那结局谁都明白,所以大家都要知趣些。

知趣之一,就是明白那些差人也是要吃饭的,何况他们全是饿鬼呢。我们老百姓大多有过挨饿的经验,所以要体谅阴差的苦境。晋惠帝那种浑蛋皇帝会说风凉话:没有粮食,何不吃肉糜?没有猪肉,何不吃鳜鱼?他岂不知道老百姓是没有粮食只能剥树皮,没了树皮只能吃炕席的。冥界里只有奈河岸上,而且还是在靠近阳世那一边,有几棵没叶没皮只能充当挂衣架的树,即使不太悲观地估计,冥府差役家里的炕席也早就吃完了。所以他们就把一果其腹的希望寄托在出阳差上。倘若白走一趟,连顿饱饭也讹不到,那就是苦差,出苦差自然要有怨气,及至往回走时,那勾来的魂灵儿就成了出气筒。

有些人家不开眼,偏要到人死之后,才烧些纸钱给冥差大哥做差旅费,也不想想,那阴山道上到哪里找饭馆?而且空读诗书,连"未雨绸缪"这句话也不懂,须知阴差大哥一到,就应该先摆上一桌的。由前面沈厚余的故事可以明白,先吃喝后谈正事，那往往要得到意外的惊喜。

知趣之二，即是阴差一上门就摆酒席，也还是太晚些，最好是平时就和冥界的神鬼搞好关系，从家中的灶王爷、中堂神、门神户尉开始，直到街坊乡里的土地爷，别把这些毛神不当神仙，也不要相信"杯水炷香"的廉政宣言，白鸡黑椒是起码的供奉，偶尔上个猪头三牲也不过分。搞好这关系，倒不在于一年一度的"上天言好事"，平时冷不丁地来了内查外调的，勾魂取命的，这些毛神即使不能通风报信，起码也不至于落井下石了。

这里不是给那些毛神拉生意，而是有例为证的。唐人李复言《续玄怪录》中有一个木匠蔡荣，就很把土地爷当神仙，每当吃饭，就另分一碗放到地上，心里默念着"土地爷，请您赏脸"之类的话，虽然这碗饭最终还是要进自己的肚子，但也算孝敬过了。他一直坚持不懈，直到那年春天他病倒，卧床六七日不起。这天傍晚，有一武吏跑来，对蔡荣之母说："你快把蔡荣的衣服用具都藏起来，不要让人看见，再给他穿上妇人衣服。有人来问，你就说他出门了，问你去何处，你就随便说，务必不让他知道蔡荣所在即可。"这武吏显然是土地爷差遣来的。蔡母刚按武吏说的安排好，就来了一个将军，手持弓矢，随从十余，直入堂中，呼叫蔡荣出来。蔡母惊惶道："蔡荣喝得醉醺醺地回来，气得我找棍子要抽他，他就吓得跑了，已经十多天没回来，我也不知道他跑哪去了。"将军命随从搜索，结果是一无所获，房中无男子，连男子用的东西都没有。将军连呼土地，命土地把蔡荣找出来，土地说的自然也和蔡母一样。将军道："阎王后殿有些倾斜，须从人间寻找巧匠修复。期限将到，你看谁可以替他？"于是土地就说："梁城乡有个叶干，手比蔡荣还巧，正好他的大限将到，也快该追他了。"就这样，土地爷一句话，便让蔡荣逃过一劫。所以谁也不要以为自己只需遵纪守法便可以万事不求人，不就是每顿少吃几口么，只当家里养着个宠物是了。

半夜不怕鬼敲门

一

从前面谈到的一些故事中可以看出,拘人的冥吏虽然是官府中最低下的职务,但有时也是能操生死之权的;如果能和他攀上交情,就可以在生死关头放你一马。人间衙门里的弊端本来在冥府里都要照样出现,只是因为人们不愿意把主持正义的最后一点儿希望也放过,所以对阎王判官尽量想象得要比人间的官员们公正,于是衙门作弊的陋习就在冥差身上表现得比较集中了。所谓"阎王叫你三更死,谁人敢留到五更",那只是夸大了阎王的权威,而小瞧了胥役的弄权。实际的情况是,在勾魂这一阶段,蠹胥虎役的手里起码掌握着一少半机动权,只要操作得法,不要说三更五更之差,就是多留上三个月五个月也不是什么难事,甚至逃脱了这一次勾捕,也未必就做不到。

当然,这种敟法弄权的事是不会凭空白干的,或者是要看人情,或者是要看钱缘。钱缘当然是指贿赂钱财,古人有言:"空手不入公门。"只要打官司,不管你是原告还是被告,不花钱是不成的，钱花得少了也是没用的，权钱交易，就是要看钱下菜碟。

只要用贿赂把冥差喂足，他就敢把应捕的亡魂放走，使其生还。陶潜《搜神后记》卷四中的一个故事，说襄阳人李除，感时疫（也就是流行性传染病吧）而死，他的父亲和妻子在旁守尸。及至夜半三更，李除崛然起坐，抓起妻子的胳膊，就捋她戴的金手镯。他父亲也帮着，总算把手镯摘下。他手里拿到镯子，一咕噔就又死回去了。妻子估摸着一定会有什么下文，就在旁守着。果然到了天亮，李除心头渐暖，慢慢地竟活了过来。李除便说：他被冥差抓去时，见同伴有拿出身上带的金银首饰而被放回的，便想起妻子的手镯，和冥差商量还阳去取，冥差答应了，便发生了醒来捋镯子的事。可是李除在阴间虽然已经把镯子交给了冥差，阳世里那镯子却依然如故地在那儿放着，但妻子再也不敢戴它了，只好找个地方埋掉。

在冥府打官司，就是有理也要花钱。袁枚《子不语》卷三"城隍杀鬼不许为厉"条，记一妇被恶鬼所祟，其夫以刀斫鬼，伤其额角，又以鸟枪击伤其臂。不意此鬼凶悍异常，竟要伤这妇人性命。其夫与岳父便连名写状，到城隍庙焚烧。当晚此妇梦见来了两个公差，持牌唤她听审，并索要银钱，道："这场官司，我包你必胜，可烧锡锞二千谢我。你莫赚多，阴间只算九七银二十两。此项非我独享，将替你为上下打点之用。"

像这种公开的索贿，最好是明标价码，还算是彼此痛快。最怕的是这些混账东西不明说，只是慢慢地折磨你，最后让你求着他受贿，这才叫缺德。

清人李庆辰《醉茶志怪》卷一有"冥司"一则，说的是天津一家财主的仆人李某,因为很会看风使舵,颇得主人欢心。而另一个不会来事儿的老仆人殷某,就渐渐让主人讨厌,最后竟被赶走了。这殷某心气不舒,郁郁而死,到了阴间,一纸状子告到了城隍爷案下,说自己是被李某害死的。这天李某刚出门,就见两个差人立在门旁,把绳子朝他脖子一套,就拉往城隍庙。进了庙李某才知道,平时不大的一座庙现在竟成了一个和府衙门一般的大官署,书吏衙役,来来往往,很是热闹。可是那两个差人并不把他交给大堂,只是关进一间小黑屋,门一锁,黑咕隆咚,不辨昼夜,也不知道过了多久,饿得他饥肠辘辘,愁思火燎,焦躁不可言状。这时门打开了,二位鬼差道:"大老爷这两天没功夫审你,你回去吧。"便把他轰出了衙门。他寻途而返,找到家门,爽然而苏,一问家人,才知道那天他突然栽倒在主人门前,口气如丝,身犹未冷,被人抬回家,至今已经死去三日了。李某如大病初愈,过了好些日子才恢复过来,可是刚刚能下地走几步,那两个狗差人又来了。一切照旧,还是锁在黑屋子里关三天,然后放回。如此半载下来,他已经五入阴曹,幽明往来的路是熟了,自己的模样却是人鬼难辨了。到这时他才恍然大悟,原来冥司和人间的衙门是一样的,两个鬼差是要钱啊。他买了十吊钱的纸锭,焚烧过去,两个鬼差立刻成了好朋友,官司也审了,判决书下来,定殷某为诬告,李某无罪放回。

贿赂的分量如果够重,往往能结交到很给力的朋友。唐人陈翱《博异记》记一冥吏向李全质索取犀牛角的佩带,李全质就请人画了一条,然后加上纸钱焚给了冥吏。于是冥吏入梦,拜谢道:"蒙赐佩带,惭愧之至,无以奉答。然公平生水厄,但危困处,某则必至焉。"李全质本来应该死于水祸,但既然有这个冥吏临事时救护，他就能躲过死亡。这就是公然泄漏冥府机密，以使生人逃避冥追了。但这种许诺风险系数太高，也不过一时嘴上慷慨，未必真能兑现到底的，那证明就是李全质究竟没有活到今天。当然也有一种可能，就是这个冥吏被森罗殿双规了，保护伞失效，口头合同作废。

所以冥吏的承诺不可太信，有的是许了好处，其实是口惠而实不至，仅把拘拿的时限略作放宽，以作搪塞。这在公门中可能是司空见惯的事了。唐人段成式《酉阳杂俎·续集》卷一中有恶少李和子一事，此人常把人家养的猫狗偷来吃掉，最后惹得四百六十头猫狗连名告了阴状。李和子请抓他来的两个冥卒进饭馆，冥卒知道案情重大，不敢违规，强忍着饥饿不肯进去。李和子就又强拉着他们进了酒馆，要了九碗酒，自己喝了三碗，另外六碗虚设于旁座。二鬼无奈，也许是终于禁不住诱惑，便道："吃了人嘴短。既受一醉之恩，只好替你设法了。你准备四十万钱吧，明天中午我们来取，为你延命三年。"二鬼走后，被冥卒喝过的六碗酒宛然还在，李和子不想浪费掉，端起来喝了一口，不想味淡如水，而且冷得冰牙。他赶快回家卖东西买纸钱，如期焚给了冥吏。可是三天之后，李和子还是死了。原来"鬼言三年，盖人间三日也"。

能延命三天，这钱就不能算是白花，但有人认定有钱能买鬼推磨，却不想鬼也有鬼的权限，奢望太高，那结果只能让鬼卒先拿了钱入账，再拿人开涮。清人徐岳《见闻录》载金陵某富翁，病死后为一青面鬼摄去，他哀告道："我家资大半在当铺，现在有些事没有理清，容我缓死数日，把事办完，我就死无所恨了。"青面鬼道："给我银钱若干，我替你缓上几天。"富翁答应了，也就复活了。如数焚烧了冥镪若干，把事情料理完毕，到时候就又死了。富翁尝到甜头，又对鬼说："我儿子是个秀才，眼下乡试临近，如果再让我活到他三场考毕，能看着他侥幸高中，你就开个价吧。"鬼说的数目又比前超了一倍，富翁答应了，便又活了过来，如约烧钱。到了八月十五乡试最后一场完毕，当夜富翁就设席宴客，就在宴会中间，老翁又突然断气儿了。这次青面鬼是带着几个鬼一起来的，上来就说："你儿子本不该中，你今天晚上就该跟我走。但如果你肯多多与我们钱财，我们就能想法走后门，让你儿子做举人，同时也放过你这一遭。你看如何？"富翁当然愿意，便多多地许以钱财，于是又活了过来。到了揭榜，他儿子果然中了举人，老头很是乐了几天。可是没有多久，学官复查考试作弊之事，他儿子不但被革去举人，还关到了大牢里。老头子前往探监，走在半路上就猝然而死了。

这青面鬼最后一招有些损，但也是看透了老财主的贪心无厌，另外总算让老头子乐了几天，也不能不说物有所值了。最怕的是那些混账东西设了圈套，只管要钱，却把事情弄得更糟。《广异记》有一个故事，可以看出冥间官场的腐败和混乱并不次于人世。京兆武功人郜澄被冥吏误拘之后，便到冥府里的一个机关"中丞理冤屈院"去投诉。中丞问："你有何冤屈？"郜澄答道："我寿命未尽，抓我的人又没带逮捕证，便硬把我牵来了。"这个中丞索贿五百钱，说给他解决。郜澄答应了，中丞就判道："枉被追录，算实未尽。"判放之后，又令检人领过大夫通判，通判守门者也找郜澄要钱。最后总算被放了出来，但却不管送回人世的事，结果是冥司不收，又不能还阳，"不知所适，徘徊衢路。"幸亏遇到了已故妹夫，把他送回了阳间，否则的话,就只能成了三不管的"闲鬼","三五百年,不得转世"。

我估计这个审理部门和勾魂的冥卒是串通好的,你去阳世抓人,我在阴间开个貌似复查的窗口榨钱,最后再分给冥卒一些提成。为了捞钱而制造冤狱已经够无耻了,而居然还能挂着平反冤狱的招牌给自己贴金。像唐人薛渔思《河东记》中说的,有的冥差为了勒索钱财,就平白无故地拘捕生人,然后说:"你还不到死的时候,我可以放你,但必须给我二千贯钱。"我看这种绑匪式的鬼差也比那位"理冤屈"的狗官强些。

二

相比之下,以人情而枉法,特别是枉混账之法的冥吏鬼卒就不仅是可以谅解,而且是让人感到可亲了。"吃人家嘴短",为还那种人情而做些手脚,虽然说起来让人脸红,但只要放过的不是坏人,也没有什么大不了的。那些善良无辜的平民百姓,又不是影响历史、早死早太平的大人物,晚死些日子,有什么要紧?

晋人戴祚《甄异录》载,张闿驾车从乡间庄园回城,途中见一人卧于道侧,问他,说:"脚坏了,走不了路。我家住在南楚,也没办法捎信儿给他们。"张闿很可怜他,就把车上载的东西扔掉,载着此人捎回自己的家。到家之后,此人了无感激之色,且道:"我本来没有病,不过是试试你的。"张闿大怒道:"你是何人,而敢戏弄我也!"那人答道:"我是鬼,奉阴司之命来相收录。见您是位长者,不忍相取,故佯装有病,卧于道侧。您能弃物救人,其意可感。只是我受命而来,不能自主,奈何?"张闿于是大惊,赶忙请此鬼留下,祀以豚酒,流涕请救。

鬼问:"有与您同名字者否?"张阎道:"有个外来户叫黄阎的。"于是这鬼就用黄阎顶替了张阎入了死录。最后此鬼又说:"君有贵相,某为惜之,故亏法以相济。然神道幽密,不可宣泄。"这张阎后来寿至六十,官至光禄大夫。

营救好人,这并不错,但如果此人同意用无辜的别人来替死,那他还算是好人么。大人物的义举往往如此,以不伤及自己皮毛为限,一旦遇到伤筋动骨的事,那就只好教育群氓深明大义、为大人物做牺牲了。当然这位鬼差也有他的难处,看出张阎面有贵相,有投资价值,但无奈自己权力太小,殃及无辜也就成了没办法的事了。由此可见,要想把好事做彻底,总须手中权力大些才好,可惜那时手中有权的人却不想做好事。想到这里,我总算对这鬼差的所为非常理解了。

洪迈《夷坚乙志》卷一九有"沈传见冥吏",那位沈传"乡里称善人",得了伤寒,八九天不愈,准备要见阎王了。只见一类似于郡府低级武官模样的黄衣鬼,手持藤棍,端立床前不语,好像等候着什么。不一会儿,又一黑帻而绿袍的冥吏到了,手捧文书,欲入未入。黄衣鬼摇手对他说:"善善!"绿袍鬼便止住脚,从袖中取笔,打开文簿,勾去一行,然后相随着离去了。沈传先是惊惧,至此方才松了口气,过了一天,这大善人的病就好了。只是不知这文武两个冥吏的所为是个人行为呢,还是上面有什么宽免的政策条文,但有一点儿可以确定,他们的降临是带有勾魂使命的,而临时放免,起码是有一部分由他们做主的。

有的冥差只是照顾一下生前的老主人,在拘魂时略示宽容,这似乎也没什么可指责的。明人祝允明《志怪录》有"华老"一条,说的是无锡的事。华老财为富而仁,一天在门外闲眺,忽见一佃户走来，唱喏道："小人在此。"华老财刚一答应，忽然想起他已经死了，便问："你不是死了么，何得至此？"那鬼道："我死后已做了冥差，现奉命勾摄老主人。只是这一批要勾五十余人，我先和您打个招呼，然后到别处勾魂，估计勾完要一个月，您可以用这段时间处置家事，到时候可以从容而去。"鬼差去后，华老财即回步至家，处分后事，拜会亲友，告致永诀，既而渐病，月余而死。

由此可见，拘魂的时限也并不是那么死板，鬼差未必不能灵活调剂。前面提到的一则故事说，勾魂的时限不能有一丝误差，好像错过几分钟那逮捕令就作废了似的，恐怕也是偏颇之言吧。然而鬼差在时间上的稍做宽容，也就类似于提前向"犯人"通风报信，如果那人不很地道，趁机溜走，鬼差就要受到牵累，少不了要挨板子。好在我们的幽冥故事有宣传教育之责，讲得多是善有善报。俞樾《右台仙馆笔记》卷十一有张翁一事，完全是华老财故事的翻版，只是地点移到山东了。拘魂的鬼差要拘的是旧主人张翁，本来在这一批中名列第一，却移置于最末，便有了一个月的宽限。华老财利用这一个月处理自己的家事，张老财却"自念衣食粗足，婚嫁俱毕，死亦何憾"，所遗憾的是，自己曾为老朋友的儿子做媒，可是老朋友死后，那小伙子孑然一身，贫无婚费，女家常有悔婚之意，有自己在，他们不敢言，自己死了怎么办？于是他想出一策，把儿子们都叫到眼前，说："那孩子的父亲在世时，曾经借给我八十万钱，因为我们互相信用，所以也没要我打借条。如今我老了，欠人家的钱还没还，万一哪天死了，有何面目见故人于地下呢！"儿子们都很明事理，马上准备了八百吊钱，送到那小伙子家。老汉又为小伙子选好日子，把媳妇娶到家，这才高兴地说："我的事已经办完，死无遗憾了。"可是一个月过去了，身体没灾没病，再过了几天，那冥差来了，见面就道喜，说："主人不死矣，冥中又来了公文，把主人的名除去了。"

此类故事甚多，像《聊斋》中的《布客》，以及许秋垞《闻见异词》卷一中的"阴差"都很类似，但都不如这篇中的张老翁可爱，因为总带些鼓励人"临时抱佛脚"，抓紧做善事，于是立竿见影、转祸为福的意思也。

三

既然已经把人的死亡归结为冥府的拘捕，那么如果遇上拒捕的人而又无可奈何，就只有让他活着。但冥界的拒捕几乎是不可能的，即便是后来大闹十王殿的齐天大圣，不也是正在醉梦中，被两个阴差"走近身，不容分说，套上绳，就把美猴王的魂灵儿索了去，跟跟跄跄"地带走了么。至于凡人就更不用说了，就是有李逵之蛮且浑，要想拒捕，顶多也不过是挣扎撑拒再多挨几棒子而已，那对板斧如果不能塞到耳朵眼里，是不会跟着魂灵到冥界的。至于比李逵更浑的如县太爷等物，坐在大堂上要威风，见了阴差喝令下跪，阴差不理就要掷签打板子，可是手下的狗腿子见不到阴差，空见老爷跳蹀咆哮，只当作惯常的撒酒疯而已。（洪迈《夷坚支志·戊集》卷二"黄惠州"）下此以往，就更不足挂齿，年老体衰，要寿终正寝的，疾病缠绵，要灯油耗尽的，就是想挣扎也没有力气了；年盛体壮，但死于刀伤虫咬、山崩地陷或水淹火烧的，自有造化帮忙，鬼卒只需袖手看热闹即可；剩下那些正在盛年却又没有横祸临头的，也无不知法守法，只要冥卒一来，看见那身老虎皮和棺材帽，往往就乖乖地让人拴上，牵走了。

刁民也不是没有，像我在《说冥簿》中介绍过的那位见了猴子公差不买账的，还有为个简体字胡搅蛮缠的，还都能抓住执法的细节漏洞，可是抓住了漏洞又怎样，最后还不是照旧被牵走？至于见了公差还要讲理，来一句"敢问何罪"，就是我听了都觉得好笑了。

但这并不是说冥差勾魂就如同地痞无赖到农贸市场"抓街"那么方便，大大小小的麻烦事也不是没有。比如据《夷坚支志·庚集》卷一"黄解元田仆"条所说，被捉人家正在延请和尚道士做法事，那阴差就没办法进屋。这当然让人怀疑是僧道之徒散布的流言，想给自己找个免费吃喝另外还给零花钱的地方长住。又说和尚道士不在屋了，如果有妇女围守着，那阴差还是下不得手。这也让僧道之徒少不了嫌疑，因为就是到医院做陪床护理，也不能一天二十四小时守着，所以和尚不但要吃饭，还是要睡觉的。

袁枚《子不语》卷十"卖浆者儿"条，说如果人家延请"五圣"，鬼就不能入门拘人。但这延请仪式总有完的时候，所以阴差只好在外面死等，渴得喉咙冒烟，附于小孩子身上讨水喝。五圣就是五通、五显之类，自宋以来一直为江南民众所信奉。及至清初，江苏江宁府的五通神位竟坐到关圣帝君的上头，就该到了物极必反的时候了。果然，康熙时的理学名臣汤斌在巡抚江南时大毁淫祠，五通就成了邪神之首，凡有五通之祠，一律投之水火。于是一时之间，烟消火灭，似乎是根绝了。令人想不到的是，勾魂鬼卒对这邪神却像对阎王爷的小舅子一样地敬着，莫非是因为五通兼做着财神，而且专招邪财，善洗黑钱？

而纪昀《阅微草堂笔记》卷十六说生人有"神光"，只要待勾之人有生人守候，则"神光照烁，猝不能入"。这事已经在谈走无常时讲过，但也不要太信，如果把垂死之人放到热闹场所，让十万百万人围着，试图借着冲天的"神光"救命，是只能让人死得更快些的。

四

以上这些借着神气和人气的，顶多能苟延性命于一时，阴差瞅个空子就把魂灵儿勾走了。所以最好的办法就是躲，让阴差找不到你。前面讲的木匠蔡荣的故事即是一着，但那需要有冥府的内线来报信，冥府里的急差，立马要人，勾不到只好另找人替代，而且最主要的是蔡荣本来就没到死的时候，所以只要躲过一时就没事了。若是命里该死，就不会那么简单了，据说那要"闭门三年不出"才行。

干宝《搜神记》中那位偷看拘票的周式，是在《说冥簿》中提到过的，冥吏感激周式让他搭船，便给名在死簿的周式出了这个主意：一是三年不许出门，二是不许对人说起此事。周式如教遵行，已经两年多不出大门了，家里人甚感奇怪，可他又不能做任何解释。这天他家的邻居死了，父亲逼他去吊丧。周式不得已，又想不过是隔一道墙，转身就到的，不料刚一迈出院门，就见那冥吏正等着他呢。冥吏道："我让你三年不出门，你这是怎么了？如果我见不到你，顶多就是回去挨板子，可是既然见了你，那就无可奈何了。三日之后的正午，我自来取你。"但即便如此，周式已经多活了两年半。

戴孚《广异记》有一条罗元则的故事，是周式故事的翻版，但躲死之说略有差异，即三年不出门，只可以延十年寿命。这样说比较有分寸，总不能让他永远不死吧。当然这位罗元则也没躲过三年，所以这招看似容易，实则是很难做到的。家无隔夜粮的穷人是与此无缘了，孔夫子"三月无君则皇皇如"，而陈蔡绝粮，让他三月无窝窝头，可能就不仅是皇皇如而已了。穷人三天不出门就要全家饿死，即是一般人家，能做到三年不出门还有饭吃的也不多。所以唐人薛用弱《集异记》中，就把藏匿的时间暴缩为三日，但不是藏匿于家，而是流亡于外。主人公沈聿得到冥间亲知的密报，当夜骑匹快马，从三原跑到了同州，住到法轮寺一个相识的和尚房中。过了多日，他才悄悄回到京城，听三原庄上来人说："那天主人住的房子突然起火，烧得片瓦不存。"这当然是阴间官吏配合捣鬼，正与人间纵火制造假杀人现场一样，否则沈聿也不会藏匿成功的。

而神仙家的躲藏法比较高明，无须一藏三年，只要在指定那天让鬼差找不到你即可。据洪迈《夷坚乙志》卷一〇"巢先生"条：南宋绍兴八年（1138年），无锡县有道人，自称"眉山巢谷"，年一百十七岁，少时与东坡兄弟往来。状貌虽甚老，而面不鼈皱，瞳子炯然。自言三十岁时遇异人，授以秘法，使记其岁月日时，至期即于静室中步北斗，披发卧魁星下，即可免勾，必须如此五次，至年满一百二十岁，就可长生不死。据他自言，第一次时是在宿州天庆观，算定正月十六夜当死，便如那异人之教，借间空房，屏处其中。到正午时，已见屋外鬼物纷纭，似有所追捕，至夜半，来者愈多，而皆咨嗟叹道："必在此，如何不见？"到了天明，则寂无所闻了。巢谷道："如此已经四度，到今年又该来了，不知能脱否。"到十一月二十一日，他仍旧闭户屏处，过了三天还不出来，人们觉得事情不妙，打开门看，早已死了。

这一次没有躲过去，原因不详。但我觉得那前四次的侥幸也很玄，不仅如此，这个巢谷是真是假也都难说。眉山确实有个巢谷，而且也确实是苏氏兄弟的好朋友，据苏轼的《与孙叔静书》，在苏轼贬谪海南时，巢谷年已七十有余，还徒步万里前往劳问，可惜只走到新州就因病亡故。当地官府代为埋葬，而他的遗物收藏于官库。也就是说，或者巢谷早已亡故，南宋这位是冒牌货；或者么，那"亡故"不过是神仙的尸解，但既然成了神仙，那么也就无须再装神弄鬼地躲阴差，当然更不会被阴差勾走。

还有一种躲阴差的方案，和狐狸精躲天雷的办法相同，就是找个雷公或阴差不敢惹的大角色当保护伞。当然这也是向人间学的，正如亡命徒进了柴大官人的庄园之后就没有人敢来追捕一样。洪迈《夷坚甲志》卷十六"车四道人"条言：蔡京初登第，为钱塘尉，巡捕至汤村。有道人求见，饮之酒而去。次日蔡至他处，道人复至。接连数日如此。是日饮罢，道人曰："今不能归，愿同宿。"与蔡同榻，且命蔡居外。至夜，闻人声甚众，喧言追捕车四，欲就床擒之，而有人言："恐并伤床外人，帝必怒，吾属且获罪。"众人言："又被彼逃过一甲子！"遂去。次日，道人谢蔡曰："某乃车四，赖公脱此大厄，又可活一甲子，自此无所患。公当贵极人爵，吾是以得免，否则与公俱死矣。"

遂传蔡以铅汞之术。据说蔡京垮台之后，家属流放广西，就靠这炼金术过得很滋润。

五

与躲藏的消极策略相反的则是逃。因为还有一说，即鬼神各有自己所管辖的范围，出了这范围，他就无能为力了。这正与人间的地方官吏一样，抓捕疑犯也不能逾界，如果犯人逃出所辖范围，那就应该知会当地官府。唐人陈劭《通幽记》就有"夫鬼神所部，州县各异，亦犹人有逃户"之说，那里说的是神界的地方官对本辖区内鬼神的管理，即如当地的鬼魅精怪，如果遇到神明巡查，便可逃出界外，"亦犹人有逃户"。那么冥府对生人的拘魂是否也有这种限制呢？看来是有的。前面提到过的《阅微草堂笔记》卷五中膳夫杨义的故事即是其一，杨义以拘票有错别字而打发走了阴差，及至阴差改了拘票再来时，杨义已经随离任的主人北归，行至平彝（即今富源，属云南曲靖，算是云南的东大门，人称入滇第一关），又梦二鬼持票来拘。杨义仍不服，道："我已经北归，当属直隶城隍。你这是云南城隍的拘票，不能拘我。"争了半天，气得二鬼快疯了，却只好回去请示。看来虽然杨义北归，但只要不出云南境，就要服云南城隍管辖，所以第二天他行至"滇南胜境坊"下，眼看就要离开云南了，一下子从马上跌下，便倒地而死了。而《招魂》一篇中谈到的卢瓒之叔，两次被当地鬼神勾去陪酒，不放归来，最后也只好采用"惹不起还躲得起"之策，以"鬼神不越疆"而倍道兼行，逃出了那鬼地方。当然，鬼神无处不在，卢瓒叔侄逃得出吴郡，却逃不出大唐。

可是冥差偶然发生的失误，却也可以让人苟延性命，但那要有个前提，即当时的冥府是个"法制社会"。冥差拘魂要有拘票为法律依据，不能光靠一身老虎皮或戴了顶什么帽子便想抓谁就抓谁。纵观历史，冥府衙门和人间官府一样，这样守法的时候很少见，但也不能说绝对没有。于是侥幸碰上个马虎鬼的冥差，把传票丢了，而他又很守规矩，那么他就抓不走人。《夷坚丙志》卷一三"张鬼子"中的那个牛头冥卒就为此二十年交不了差：

洪州州学的学正，也就是专管校风的训导员之类吧，姓张，天性刻薄，偏偏老而不死，越老越刻薄，秀才们请假他也要克扣，学官给五日，他就改为三日，给三日，就改为二日，其余诸事，大都类此，所以他的遭恨是必然的了。当地有个绰号叫"张鬼子"的，以形容似鬼而得名。众秀才想了个恶作剧，让张鬼子装成阴府里勾魂的鬼吏，去把张学正吓上一吓。张鬼子欣然应允，道："愿奉命，但弄假须似真，要得一冥司文牒方可。"众秀才问："不知抓人文牒的格式怎么写？"张鬼子道："我曾见人写过。"便要张纸，用白矾水认真写了一通，而自己签字于后。当天夜里，一伙秀才和张鬼子来到州学，可是学校大门已经关了，秀才们很是扫兴，却见张鬼子竟从门缝里钻了进去，把秀才们惊得面面相觑。张学正见了张鬼子，怒骂道："畜生搞什么鬼，一定是那群秀才让你装成这模样来吓唬我！"张鬼子笑道："我奉阎王牒抓你了。"张学正让他把文牒拿出来，正读到半截，张鬼子把头巾揭下，只见脑袋上立着两个牛角，张学正失声惊号，当即就死了。张鬼子走出来，立于庭中，对众秀才道："我可不只是长得模样像鬼，而是真的牛头狱卒，当年奉命追此老儿，渡水时不慎把文牒丢失，至今二十年，惧不敢归。幸赖诸秀才之力，假戏真做，方得完成差事。"说罢拜谢而逝。

这故事有个漏洞，就是那个张鬼子是怎么出现在世上而为秀才们认识的。到了清初，王士禛在《香祖笔记》卷十二中对此故事稍做改造，其中交代张鬼子的来历道："时有乞儿曰张鬼子者，形貌怪丑，每夜宿城隍庙下。"值得注意的是，这个化为乞儿的张鬼子是城隍爷下面的鬼卒，宋朝时阎王爷勾魂的职权，到了明清就下放到地方的城隍爷手里，往返不出一县，抓人自然方便多了，而谁要再想侥幸漏网，也就更难了。

死错人的事是常有的

一

有名言道:"死人的事是常有的。"还有一句不名之言道:"死错人的事也是常有的。"

这里说的"死错",并不是指人世间的冤假错案,那些在冥府里算不得"死错",正如庸医杀人、豆腐渣发威一样,都是冥冥中的鬼神作用,看似"死错",其实正合"天意"的。这里说的死错,乃指生死簿中不到期限的,却被提前抓来,或者本应要抓马五,阴差却牵来了牛六。

衙门抓错人的事,本来应该能够避免,但实际上却是常常发生。差役们只管抓人,被抓者的辩解他们是不听的,挂在嘴边的一句话,就是"到了老爷那儿你自己说去",而真的到了老爷那儿,岂知老爷更浑,先来上一顿板子,等屁股开了花,再问就没一个喊冤的了。人世间抓错了,审错了,判错了,甚至杀错了的事都常有,想到这里,有时就不能对阴间求全责备。可是冥间里的错抓就等于人世的错杀,如果冥府里再糊涂些,那只能是走上了不归路。幸好鬼故事中的冥府却都是明白得很,生魂押到那里,很快就能甄别昭雪,昭雪之后立即放还回阳,很少会发生留下后遗症的事。这种知错就改的作风与人世的官场迥异,几乎是令人向往了,但如果能不出错或少出些错,岂不更好?这一点却不大好做到,像我曾经引用过干宝《搜神记》中的贾文合的故事,他赶上的那一"拨"被拘的魂灵,同名男女竟有十人之多,也就是一次就死错了十人!

揣测其原因,大约是因为冥府也和人间的官吏一样,总要有个考评,这考评需要这些被甄别平反的人给他们做广告。这些还阳的生魂,到了阳世肯定要大讲冥府的公正廉明,不放过一个坏人,也不冤枉一个好人,因为这同时也可以证明自己是个好人,所以讲起来特别带劲儿。然后再编成故事,写成报道,添枝加叶,描眉画眼,传到玉皇大帝那里,年终考评时便要加分提级,以至让阎王爷的声望竟能与人世间百年难得一遇的包老爷齐名了。

抓错人竟是这样的好事,那么何乐而不错抓呢?阎王爷做如是想,小鬼差们也乐于配合,虽然阎王爷会假模似样地训斥几句,但回过头就能向那个死过一遭还要谢主隆恩的家伙收取感谢费。在那开膛破肚都是家常便饭的地方,即便是给屁股赏一顿板子又算得了什么呢。

特别不容忽视的是,和尚们的热衷于此,更甚于阎王小鬼。因为他们可以趁机让准备还阳的生魂参观一下他们的地狱,于是而宣扬佛法、教化愚氓。俞樾《右台仙馆笔记》卷五有一条故事,对于冥府的屡屡误追颇表怀疑,认为起码一部分是故意的:

> 若此沈姓之误摄，则似有意，盖欲使之见沈恺在冥中受罪，转告世人以为鉴戒耳。

惩恶劝善，功德无量，接着而来的自然就是檀施更加无量，因为"和尚也是要吃饭的"啊！——此真大善知识言，虽然难免为那些从事不明不白行业的人拉来作为借口，但也胜过标榜自己并劝导别人一起吸风饮露的假道学多多了。

这样看来，"死错人的事也是常有的"这句不名之言还是大有升为名言的希望的。

二

虽然死错的事成了家常便饭，可是死错的花样却并不太多，千百年来，大抵是一个固定的模式：误抓入冥—查簿知误—参观地狱—放回阳间，而且临行之前特别要嘱咐，回到阳世后不要忘记对冥府和地狱的宣传。这在魏晋六朝时也许还有一些新鲜，如果千百年来一直那么不断地重复，就乏味得如同强迫人去啃塑料拖鞋了。我们不要以为编故事的和尚缺乏创造力，因为千百年来就是那么讲着，永远是《法苑珠林》那一套故事，信男信女们照旧听得津津有味、如醉如痴，受众如此，说法的和尚只需练好戏说的口才就足够了。

而细想起来，抓错人的情节也确实难于创新，归来归去，大致总脱不开姓名之误。偌大的一个中国，亿万多的人口，姓名完全相同的人已经不少，以近事为例，像"援朝""国庆""文革"这样的名字总有上万的重复吧；再加上姓名虽然不同但读音相近的，如章诒和先生说的，袁世海老先生把章伯钧听成张伯驹；再加上有人一时懵懂，看广告买了"刘德华"的票，进去才知道是"刘德海"；还有仅是姓氏相同名字并不一样，无奈都当着官儿，于是往人事处李处长家送礼，却误进了保卫处李处长的门，……如此之类，平时犯了一阵糊涂倒也不碍大事，特别是送礼，更是"难得糊涂"的好事，但如果这种糊涂犯到公检法手里，那就绝对是无妄之灾了。

同姓同名再加上同地，甚至同乡同里，抓错了绝对是情有可原，谁让他们起名字时一窝蜂似的赶时髦呢。问题是有些人的名字相差很大，也一样的弄错，像前面说过的，在冥界享清福的唐高宗想把并州判官裴子仪招来作伴，结果弄到地府的却是地官郎中周子恭，地名官名全无类似，而姓名中也只有一个"子"字相同，这就错得太离谱了。

此外有把名与字弄混的，如五代时期徐铉《稽神录》中所记，南唐右藏库官陈居让字德遇，这天晚上在库里值夜班，妻子在家，忽梦二吏，手把文书，问："这是陈德遇家吗？"妻子说没错，但一看那势头有些不对，不像是送礼或拉关系的，便赶忙说："我丈夫是字德遇，如果贵官要找名德遇的，那就是主衣库官陈德遇了。他家住在东边弄堂里。"二吏相对一笑，说："差一点儿弄错了。"

还有同名而不同姓的，往往也成了误拘的受害者。五代时期杜光庭《录异记》卷五有一事，西蜀有僧惠进，俗姓王氏，一日早出，见一人个头很高，色如蓝靛，紧跟在身后。他觉得有些不对劲，便紧走几步，钻进一家民户中。不料那人也随即赶到，死死拽住，不肯松手。和尚哀求饶命，这时那人才问了一句："你姓什么？"和尚说姓王。那人便松手说："名同姓异。"连句抱歉的话都没有，扭头就走了。

有的是同姓又同官，这很容易让鬼差弄错。洪迈《夷坚三志·己集》卷七"节性俞斋长"一条说的是宋光宗时的一件事，太学节性斋的斋长俞森字德茂，心痛暴作，不省人事，只见一黄衣卒持牒而进，以牒相示，上写"风州牒俞斋长……"，还没念完，黄衣卒忙说："差了也！"夺过文牒就走了。第二天，前廊学谕俞梁字季梁，突得暴病，当即死亡。原来俞梁是前任节性斋长，就任学谕之后，俞森接的后任。幸好文牒不只写了职务，还有名字。

官职的变动和名字的改换都容易给冥府的拘捕造成麻烦，而冥府有那么多的专职兼职的特务密探，按说是应该随时掌握这些情报的。《夷坚三志·壬集》卷四"丘简反魂"条，说有一士人丘简，为冥卒所追，逮入一官府。冥卒向上禀报："丘简拿到！"旁有一吏叱道："让你捉丘圆，怎么把丘简弄来了？快快押走送回！"冥卒把丘简带出，冷不防推落一深坑中，丘简洒然梦觉。不想此人本来就名叫丘圆，丘简是他新改的名字。于是他很得意，以为逃过了冥追。不料第二天那冥卒又把他捉去了，原来人家查到了他的旧名，仍然难以逃避追捕。

还有一种误拘，是同姓而非同名，只是排行相同。这更是令人不解了，难道冥间的勾魂票竟是"张老三"、"王老五"那么写？而审讯时也是"张老三，我问你"那么问？清人梁恭辰《北东园笔录三编》卷二"薛二"条写得很有意思，却正是这么写这么问的。

试用县令薛定云，一天在公馆里正要吃面条，忽来一卒，问:"你是姓薛吗?""是啊。""你是行二吗?""不错。""我们老爷让我唤你。"此卒也不让薛县令把面条吃完,硬把他拉走了。至一衙门,见上坐一官,冠带也是县令一级,劈头就问:"你是薛老二吗?"薛县令心里有气,我们是同级干部,怎么这样打招呼?上面那位又呵斥道:"见我为何不跪?"也不等薛太爷分说,命人拉下去先抽二十个嘴巴。薛太爷挨完嘴巴,心想,这位大人敢责罚我,想必官比我大了,便大声喊道:"求大老爷先查明卑职以何事犯责。"上面那官道:"你是什么东西,敢称卑职?"这时薛太爷才有空说明自己的身份。上面那位慌神了,赶快起身谢过,喝问哪个混蛋把薛老爷抓来的,然后把那个官差的屁股打了三十大板,前二十板抵了薛太爷的嘴巴,后十板算是对这混蛋的惩戒,然后让他把薛老爷送回家。出了官府,薛定云回头一看,原来是本县的城隍庙。他的脸抽得火辣辣地疼,肿得像一边塞了一个馒头,请了十天假,才能出来见人。那个混蛋城隍做得太出圈,结果一把天火把城隍庙烧得净光。

这个鬼卒捉错了人,缘由本是城隍大老爷的传票写得不清,但大老爷是不会认错的,只有拿鬼差代过。"聪明正直之谓何?"所以混账城隍的庙应该被烧掉。

而最为混账的,竟有男女不分,本来要拘丈夫却把妻子抓去了。这是清朝末年的事,仗着大臣们的调燮之功,阴阳两界从上到下都是一样的昏。

事见于《洞灵小志》卷八,说的是某县县令李嘉焯,他的儿媳彭氏暴病而死。按当地风俗,送死者必先用纸扎轿扎人,以为入冥时的代步,而几个纸扎轿夫的背上写着名字,都是县衙门已故的皂隶。纸人纸轿烧过,彭氏却尚未入殓,停在灵床上,几个人守着夜，其中就有彭氏的哥哥。不料到夜深时，彭氏突然从灵床上立了起来，守夜众人吓得屁滚尿流地跑了，只有她哥哥不怕，试着问道："妹妹你没事了？"彭氏说："没事了。几个轿夫都认识我，叫我少夫人，然后抬着我到了冥府。冥中的老爷一看，说弄错人了，赶快送回去吧。这样我就又活了。"可是正在大家为少夫人的复活庆幸时，没病没灾的少爷却突然死了，原来冥司要拘的是丈夫，却错弄成太太了。头一天丈夫哭妻子，第二天妻子哭丈夫，这大约是有史以来的第一例吧。

三

明末无名氏所著《集异新抄》卷三中有"周大"一条，写正在打摆子的周大，大白天被鬼差拴了脖子，就要牵走。幸亏另一鬼差发现了问题，摇手道："别弄错了，我们抓的是朱大，不是周大。"二鬼争辩半天，总算在周朱二字上得到了共识，然后就从窗纸缝中钻出。过了一会儿，二鬼又牵来一人，长仅尺许，那自然是朱大的魂儿了，一鬼拱手对周大说："适来冒犯，甚为惭愧。你颈上着绳处当患疮，但以蓬叶煎汤洗，自会痊愈。"我们的老百姓那时就很可爱，周大也忘记自己还打着摆子，一个劲儿地留饭，二位辛苦为公，又那么关心老百姓的病苦，怎么能不吃饭就走呢？这两个鬼差也很有良心，居然红着脸谢绝了。

一般来说，冥差捉错了人，是不会那么容易认错的。因为甄别平反，那金是贴到大官脸上的，而对于具体操作失误的总还是要给以惩罚，不惩罚下级怎么能昭显上级的英明呢？所以这些下级冥吏鬼卒发现出了问题，特别是已经把生魂牵到阴山道上的时候，那就宁可将错就错了。《夷坚甲志》卷十三"黄十一娘"中的那个被误抓的女子黄十一娘，心痛而死，魂灵被押行了数十里，已经快到冥府衙门了，那混蛋公差才发现出了失误，面带恐惧地说："糟了，阎王让我抓的是王十一娘，却把你错抓来了。今见大王，你只说你是王氏，如果你要说实话，我就捶死你！"黄十一娘只好应允，侥幸的是，她在冥府遇到了做大官的亡父，不然就只好将错就错成了冤鬼了。

遇到这事，就能看出人家大官的水平了。《夷坚甲志》卷四"郑邻再生"一条，写阎王爷处理此事的高明，很值得阴阳二界的全体官僚学习。本来要抓的是郑林，结果却把还有十八年阳寿的郑邻拿来了，发现失误之后，看人家阎王爷，一是不动声色，不能让人看出自己的心虚，二是和颜悦色，做出一副亲民的姿态，问："看你的样子就像是个大善人，在人间一定常念佛经吧？"一句话就让郑邻的心里暖乎乎的，便说："是的，我常默念《高王经》，看着本本念《观世音经》。"阎王道："果然不错，好人总要有好报的，我这就派人把你送回去，再活些年吧。"然后是第三步，那是为了防止郑邻还阳之后胡说八道而影响冥府声誉的，就让他参观一下地狱。看了众鬼魂在地狱受刑的惨状，郑邻已经魂不附体了，阎王爷这时还是一副为民父母的好心肠："看见了吧，这些人不学好，落得如此下场，你回阳世之后可要谦虚谨慎、多做自我批评哦！"郑邻再迂也明白，十八年后除了这里是没处可去的。

还有一种说法，即冥府误拘人魂，既经发现，却也不能白白地让其魂空回，必须让他为冥府做上一点儿事。这种莫名其妙的规矩自然也有它的道理：原来把这个本不该死的魂灵拘到冥府，是为了让他为冥府办事，办完了就会放回去，不存在误抓的问题。可是有时错拘来的却是一个孩子，那小儿能为冥府做什么事呢？但潜规则是不能含糊的。戴孚《广异记》"王琦"一条记有九岁的童子王琦被误拘，但放回去之前必须给他派个差使。当一次活无常去勾生魂？帮不上忙，那就麻烦判官查查生死簿吧，正好有条狗寿命将终，于是"使者授一丸与琦，状如球子，令琦击狗家门。狗出，乃以掷之，狗吞丸立死"。然后冥官就夸上几句，说"这孩子真伶俐，下次有差使还叫你"之类，于是放回，天下太平。——畜生的魂居然也要动用警力来勾，在幽冥故事中还真是少见，大约也是为了变通而破例吧。

这小孩子还算幸运，有的冥官见抓错了人，就找些别的理由把人整治一顿。我们可以用阳世司法的事做启发：如果官府把一个人屈打成招为杀人犯，可是在处决之前却发现那被杀的人施施然从外地回来了，这时就要把那个杀人犯改判为赌博犯、流氓犯之类，反正是没有抓错。冥府也正用同样的手段来证明自己并不是误拘，也算是给自己遮遮丑。《冥报拾遗》一条正写此事：咸阳有一妇人梁氏，死后七日而苏，自言到了冥府，被查明因同姓同名而被误抓。本来应该立即释放送回的，可是冥官又让查查她还有什么过犯，让她受刑后再放回。结果查出她唯有"两舌恶骂之罪"，于是"即令一人拔舌，一人执斧斫之，日常数四，凡经七日，始送令归"。还阳之后，梁氏舌头肿烂，从此再也不敢和人吵架骂街了。故事的结尾可以看出作者的用意，原来是赞美冥府不肯放过任何一次机会来教化愚民，如果不是看她尸首快臭了，可能教育得还要耐心持久些呢。

冥府误拘而最糟糕的事，莫过于发现时生魂的尸首已经腐败，无家可归，而且此人还必须还魂，因为人间有他的官禄，那是上天的安排，不得不执行的。结果出现了误拘而死后十八年才还魂的怪事。《广异记》载有博陵崔敏壳一事，此人出身世家，十岁时就被冥府误抓，过了一年才发现是个失误，而且此人一生有官禄，还不好含糊过去。阎王爷就和他商量："按理是应该放你还阳，可是你的屋舍已坏，你看怎么办？不然你就另托生人世，我给你的官禄加倍，如何？"崔敏壳说不行，我不管什么屋舍不屋舍，就是要回去。阎王没了办法，只好派人到西天去求重生药，这比唐三藏取经还艰难，过了十多年才回来，然后用药涂了尸骸，居然白骨生肉。敏壳复生之后，一心要和阎王捣乱。他在冥府已经知道自己一生要做十任刺史，当官之后，就故意专找"凶缺"，也就是上任不久就要死掉的官缺。这很让阎王爷头疼，因为冥府对这凶缺已经有过很周密的安排，必须让到任者死掉的，可是现在来了个无论如何也不能让他死的，冥府里一定要费一番周折，起码那冥间的很多档案都是要改的。这位不好惹的崔先生把冥府折腾了十来次，揣测其目的，也颇有教训和惩罚冥司草菅人命的意思。

清人许叔平《里乘》卷五"俞寿霍"条，记清初俞寿霍被鬼卒误拘，押到冥府那里饱尝了炮烙之刑，方才知道抓错了。冥官把鬼卒打了一顿板子，令其送俞寿霍还阳，可是天气炎热，只有一天功夫尸首就腐臭了。鬼卒无法交差，就教给俞寿霍一个法子，让他偷来狐丹，以成地仙之体，算是不幸之中的大幸了。但这故事是从《聊斋》的《王兰》一篇中偷来的。

有的冥官更为可恶，清人管世灏《影谈》卷三"误勾"条记一冥王，喝得醉醺醺的就升了大堂，明明是抓错了人，却怪那人不招供，百般用刑，把此人放到磨盘中研磨，骨碎筋糜，再把肉糜拌入血水，像和面似的抟成人形，然后再用锯解之刑，非要从石头里榨出油来不可。最后终于弄明白是抓错了，反倒振振有词："你明明是王栻之，为什么冒充是王棫之？"好在这冥王没有再治王栻之的冒充之罪，也没有再让他交纳石磨钢锯的磨损之费，也算是法外施恩了。

四

本不该死的人死了，不管是真死还是假死，也并不完全是冥府的"错追"。因为有一些根本与不慎和失误无关，只是因为冥府的需要，就有意地把不该死的人弄到阴间，即如前面说到的，只是阎王后殿有些倾斜，须从人间寻找巧匠修复，便要把无辜的蔡荣勾来，而且明显不是临时调用，勾来就不再放回了。

最可骇的是，冥官的车索断了，竟也要抽生人的大筋来替换。唐人段成式《酉阳杂俎》记庐州书吏王庾夜行郊外，忽听到前面有驺卒呵道声，便赶快躲到一棵大树后面回避。导骑过后，有人身穿紫衣，后面仪从如大使，显然是贵官了。再后面有车一辆，正要渡河，驾车者上前报告说："车鞗的皮索断了，无法前行。"紫衣者道："查查簿子。"从官数人翻检文簿，有一吏道："合该取庐州某里张道之妻背上的大筋来修替。"书吏一听，这张道之妻不就是自己的姨母么！稍过一会儿，只见一吏回来，手中拿着两条白晃晃的带状物，各长数尺，然后修好车辆，渡水而去。书吏到了姨家，他姨尚且无恙，可是过了一宿就闹起背痛，半日后就死了。

这文簿应该是生死簿一类吧，无论它是全国的还是地方的，分量都不会小，居然出行还带着，这真让人不可思议；但不必管它，故事这么编，只不过是想证明他们当官的就是扒皮抽筋也是取之有道罢了。但断了条车索就要一条人命，即便是此人正好该死，那也没道理抽人家的大筋啊。而且他们用的筋并不是从真人身上抽出来的"实物"，只是此人魂灵儿似的虚幻性的筋，这种东西冥间里有的是，何必要糟蹋人的性命呢？以人世的经验来看，什么东西多了就不值钱，冥府手里有的是人命，既然有新的，何必用旧的？更何况这活人就在手边上。

至于把该拘的放掉，再抓个无辜的魂灵儿顶缸，这种阴差的鬼把戏，就是阎王也照样耍着。本来决定要请自己的朋友某某来冥府做官了，可是此人家有老母，不想赴任，那便另聘一个。这些事看起来已经带些人情味，但也照旧是把人命当儿戏，因为那"另一个"就要没商量地提前死掉。再有就是冥府过堂，遇上颠顶的呆阎王，屁大的事也要从人间找证人，他那里也许只是问一句话，人世这边弄不好就是虚惊一场的大出殡。

虽然如此，我们还是要为冥府说些公道话，能够随意把活人的魂灵勾走的，并不全是冥府所为，还有天下大大小小的神祇，这些东西就和从公侯缙绅到土匪村霸大大小小的土皇帝一样，为所欲为时是根本没想过要经官府批准的。魏晋以来的幽明故事中，有不少是神祇抢男霸女的，见到谁家的妻女生得美貌，不由分说就娶了过来，而那"娶"的结果就是这女子溘然而逝。这种故事在唐代尤其多，上自被皇帝封为金天王的西岳华山大神（即华岳三郎，事见唐佚名《逸史》、牛肃《纪闻》）始，什么东岳之子泰山三郎（事见戴孚《广异记》、五代王仁裕《玉堂闲话》），冥界大神五道大使（即五道将军，事见牛肃《纪闻》），以及地方的小妖神，都有横夺人间妇女以充后房的劣行。当然相对应的是，这些大神的妻妾也耐不住寂寞，往往也要设法勾引人间少年，那结果倒不至于要了少年的小命，但不时地离一下魂是免不了的。像《广异记》说的那位多情的华岳三夫人，趁着每年七月七日至十二日岳神上天汇报，就把情人李湜召去偷欢。才子小说中说起遇仙会真，都是心向往之，可让李湜来说，那就是一桩风流苦差：他"每至其日，奄然气尽。家人守之，三日方瘥，形貌流涎，病十来日而后可"。

此外，有些麻烦是平民百姓自己找的。比如有些已经做了鬼的，却不明"人鬼殊途"的道理，还想如他活着的时候那样和亲戚朋友来往交际，而且根据不知是哪位天帝定下的规矩，阴间来的邀请是不能拒绝的，于是他的亲朋好友就只好无可奈何地跑一趟。

屠陵县令朱道珍和荆州户曹刘廓，都住在江陵，二人皆好围棋，不分日夜，兴来则至。可是朱道珍不幸先死，刘廓深感寂寞，但虽然寂寞，却也没想到阴间有人找他下棋。不料数月之后，刘廓正坐在书斋中，忽见一人来下书，信封上题着"朱屠陵书"，打开一看，上写"每思棋聚，非意致阔。方有来缘，想能近顾"。刚读完，这信就不见了，而刘廓随后就先病后死，硬被棋友召去了。

此事见于唐人余知古《渚宫旧事》，但记的是南朝刘宋时的事。或许认为那时去古未远，冥府对由明而幽的单行道控制尚不太严，但也未必然，此类故事在后世仍然不时见到。唐人陈翰《异闻记》中，写贞观年间，兄弟二人仗着家里趁钱，父母死时，丧事办得颇为铺张，而所用的棺木也超出平民的规格。弟弟死后，即因此罪而在冥府服役，困苦不堪，竟到阳世拉哥哥顶替他。弟弟自有他的道理，错误是两人犯的，罪过也要两人分担，不管哥哥愿不愿意，也是硬拉走了。

五代时期徐铉《稽神录》有云：老两口死了多年。这年儿媳妇也死了，但死了半个月又活过来，原来是老两口在那边少人侍奉，召她去给自己做饭了。老夫妇住处很是整洁，只是缺水，儿媳看水沟里的水很清，就勺上来做了饭，不想为婆婆发现，大怒道："不知道你那么腌臜，要你有什么用！"就把她赶回来了。

现在的人当然想不到，中国的冥间还曾有过那么和谐亲民、来去自由的时代。倘若一家有七个儿子，让媳妇们从周一到周末，轮番到阴世尽孝心，这倒也不错。只是这七个儿子和他们的太太再老了死了怎么办？代代相递，以几何级数增长，阴间成了老年化社会不说，这阴阳两界之间的交通也大成问题了。为了不给冥府添乱，所以到宋元之后，这种故事就很少见了，人一死魂灵就要过热堂，自顾不暇，谁还想什么探亲访友呢。

还魂再生

一

一般来说,"还魂"与再生或复活的意思没有什么不同,就是已经死了的人又活了。但具体来说,却分两种情况。一是人死了,魂离了躯壳,而躯壳也没有了生命的迹象,这时如果"还魂",那自然就是起死回生。还有一种情况,就是魂已经离体,人却并没有死,比如小说中常说的"心口尚温",这时如果"还魂",严格说来就不能叫死而复生了。两种情况其实只是略有差异,那个躯壳不管是不是死亡,没了魂灵儿总是和死人差不多的,所以此处谈的还魂,就包含着这两种情况:死人还魂和活人还魂。

由于佛教僧侣经常用还魂再生故事在民间为本教布法,所以一般认为还魂之说起于佛教传入之后。其实并不然。清人袁枚《随园随笔》卷二十"还魂因果不始于佛法"条中就提到《春秋左氏传》中被晋国捉住的秦国间谍,杀于绛市,六日而苏,及《汉书·五行志》中女子赵春死后还魂,这都是佛法未入中国之前的事。可是稍微仔细一些，就会发现这两个事件的性质并不相同，其差异即在与幽冥世界的关系，也可以说一个是复活，另一个仅是假死后的复苏，与还魂挨不上边儿。

《左传》的秦谍一事见于鲁宣公六年，但似只是伤重昏迷，人本未死，既不能说是复生，也没有魂灵离体的情节，《左传》特别记下，只是因为此人"六日而苏"，时间是出奇得长，堪称"怪事"，或称人体生理现象的奇迹了。当然这里的"杀"并不是砍掉脑袋，——我常想，后世的死刑所以多为砍头甚至把砍下的脑袋插到竿子上，示众三日，也未尝没有防止又活过来的意思。

而《汉书·五行志》中的赵春一条却是极典型的"还魂"了。原文如下：

> 平帝元始元年二月，朔方广牧女子赵春病死，敛棺积六日，出在棺外，自言见夫死父，曰："年二十七，不当死。"太守谭以闻。

赵春已经放进了棺材六天又活了过来，虽然希奇，却也未必不可能。仅看此节，与秦谍事没什么差异，但她自言死后见到了早已亡故的公公，这便涉及幽冥世界了，她的魂灵已经进入冥界，她的复活显然是魂灵的回归。只是有一点尚可注意，她的公爹知道她的寿命尚不当死，便让她回来了，细节则完全忽略，不像后世还魂故事中的大讲冥府的作用，或者当时还没有生死簿之说吧。

这事的真假不是主要的，值得注意的是这一事件所反映的当时（西汉末年）人的幽冥意识。毫无疑问，这种复生观念是中国本土自有的，袁枚所举的事例其实还是太晚，中国原始的巫术中就有招魂一节，当然那时更没有地下的"冥府"观念，其魂灵只是飘游在虚空中而已。即使在佛教流入东土之后，由于它的传播受到了极大的限制，三国以前，在民间的影响微不足道，所以在整个东汉及魏晋时期的大多数还魂复生故事都是中国本土性质，与佛教无关的。

当然，即便是赵春的"还魂"，也可以理解为医学中的所谓"假死"。它和此前《左传》中的秦谋，以及后来《晋书·刘曜载记》所记的张卢死二十七日，因盗发其冢而得苏，都并不排除一定的真实成分。即以《续汉书五行志五》"死复生"条所载为例：

> 献帝初平中，长沙有人姓桓氏，死，棺敛月余，其母闻棺中声，发之，遂生。（又见干宝《搜神记》卷六）

> 建安四年二月，武陵充县女子李娥，年六十余，物故，以其家杉木槥敛，瘗于城外数里上，已十四日，有行闻其冢中有声，便语其家。家往视闻声，便发出，遂活。（又见干宝《搜神记》卷六）

这些都可能是一种假死状态的复苏，即使时间居然长达"月余"有些夸张，但也还说得过去。

便是失去了真实的可能性，即如脑袋搬了家还能接上复活，可以吃饭生子，但只要不像赵春那样涉及阴间的死魂，就不是鬼故事,也不能归入幽冥文化,只能看作是虚构的社会新闻。这些传闻与魂灵在幽明两界的往返没有任何牵扯,当然就不能算是幽冥故事中的"还魂"。至于后来人们觉得假死的时间太短不足以耸人听闻,便脱离基本常识地编造起来,让复生者从埋葬了几个月、几年、几十年甚至数百年的坟墓中出来,就太离谱了。先看西晋时期张华《博物志》卷七所载的两条:

> 汉末关中大乱,有发前汉时冢者,宫人犹活,既出,平复如旧。魏郭后爱念之,录著宫内,常置左右。问汉时宫中事,说之了了,皆有次序。后崩,哭泣过礼,遂死焉。

> 汉末发范明友冢,奴犹活。(范明友是霍光的女婿。)说光家事,废立之际,多与《汉书》相似。此奴常游走于民间,无止住处,不知所在,或云尚在。余闻之于人,可信而目不可见也。[1]

这两条都是埋在坟墓里几百年而"犹活"的,但它们还是像社会新闻一样只是说的"人事",而不涉及幽冥鬼神,从这一点来看,它们甚至比几百年前《汉书·五行志》所载的赵春事还简单,对于冥界的信息是一丝也没有的。郭皇后们对再生者只是问汉时宫中事或霍光家事,却不问冥界的事,好像与"不问苍生问鬼神"的汉文帝趣味相反似的。显然,故事的作者特意提及这一

---

[1] 比张华时代稍晚一些的郭璞,在《山海经注》中记魏时有人"发故周王冢,得殉女子",应与此条为一事,只是一为前汉,一为周代,夸张的程度略有不同而已。

情节，只是为了证明复生者确是几百年前的死者，而人们似乎也只是把它看作一种很稀见的自然现象。

但也未必皆然。这些怪事虽然没有涉及"鬼"，而一旦为讲《洪范》五行的儒生们所注意，就要想办法把它们牵扯到"天意"上去，即把这些事件与日食、陨星、地震一样，当作预兆某种政治变故的"灾异"，成了上天对人世的"示警"。如赵春复活的事，他们关心的并不是她在冥间和死灵的交谈，而是这复活本身就是一个怪异事件，为"下人犯上之兆"，意即预示着大司马王莽的篡汉。王氏外戚家族在汉哀帝时已经被摧垮，绝无东山再起的希望了，可是正在韶年的汉哀帝突然病死，王莽竟奇迹般地一夜之间死灰复燃，这就和赵春的死而复生好有一比了。

这些儒生并不靠什么预测，只是把"灾异"与发生时间相近的事件相凑合，机械而不伦地类比，在顺逆立场上却又没什么准星。比如三国末吴帝孙休永安四年，安吴民陈焦死七日复生，穿冢而出，干宝说这是乌程侯孙晧"承废故之家，得位之祥"，而晋武帝咸宁二年（276年），琅邪人颜畿病死复活，则又说成是五胡乱华，刘渊、石勒僭逆亡晋之应。这些似与我们要谈的幽冥故事无关，所以要说这些，只是想指出，在中国的儒生眼里，这些复活故事如果能激起他们的什么想象，也不是朝幽冥方向发挥，他们更多关注的是天意与人事的关联。

明人谢肇淛《五杂俎》卷五中曾说过，汉末和魏晋时多有掘墓复活的事，往往载入正史中的《五行志》，其最可异者，魏明帝时发掘周时冢，其中殉葬女子犹活，计不下五六百年。但他又说：奇怪的是，唐末时"温韬、黄巢发坟墓遍天下，不闻有更生者"！

掘墓复活的故事独多出于汉末魏晋之代，这个现象确实是值得深思的。

<h2 style="text-align:center">二</h2>

汉魏以来，中国的幽冥文化在民间正发生着重大变化，谈死人复生而不探索其人在冥间的情况是不合常理的。这问题大约是稍晚于张华不久的干宝提出来的，在《搜神记》卷十五中，干宝先叙述了一件往日的传闻：曹魏时，太原有人发冢破棺，发现棺中所葬妇人面貌如生，扶出与语，正是个活人，便把她送到京师。可是问她自己死后的事，她什么也不知道。只是看她坟上的树木，大约有三十年了。然后干宝设问道：

不知此妇人，三十岁常生于地中耶？将一朝欻生，偶与发冢者会也？

这个妇人是以一个活人的形态在地下生活三十年，还是死而复生，而且恰恰在别人开墓那一时刻复生呢？这个设问会让现代人感到太蒙昧了些，但其实并不像表面上看的那么简单。对这一设问，干宝是有答复的，那答复就见于《晋书·干宝传》，即我曾经说过的干宝父亲侍妾的故事。

（干）宝父先有所宠侍婢，母甚妒忌，及父亡，母乃生推婢于墓中。宝兄弟年小，不之审也。后十余年，母丧，开墓，而婢伏棺如生，载还，经日乃苏。言其父常取饮食与之,恩情如生。在家中吉凶辄语之,考校悉验,地中亦不觉为恶。既而嫁之,生子。

这个被活埋的干宝父亲的婢妾,竟然处于一种介于幽明两界之间的状态,她是生人,十余年一直"活"在坟墓中,但她又能与干宝父亲的亡灵共同生活,冥间的一切在她眼里与世间无异,并没有感到什么不适应。这是只有鬼魂才能体验的。她吃的是人间的食物,所以能维持生命,但又沾染了鬼魂的灵气,所以能与鬼一样前知吉凶。

虽然是堂堂正史,但《晋书》所载的神异故事也同样是不可信的。但我们现在不是追究是否真有干宝家的这档事,而是看一看当时人是怎样以干宝的虚构身份来表述自己的幽冥观的。《搜神记》卷十五中还有一个与此相似的故事:晋世杜锡家葬而婢误不得出。后十余年,开冢祔葬,而婢尚生。云:"其始如瞑目,有顷渐觉。"问之,自称那感觉也就像睡了一两宿觉而已。初婢埋时,年十五六。及开冢后,姿质如故。更生十五六年,嫁之有子。我觉得这几则故事应该出于同一母题。但后世仍然有类似的故事,如《太平广记》卷三七五引《塔寺记》云崔涵死后复生,自言"在地下十二年。常似醉卧,无所食。时复游行,或遇饮食,如梦中,不甚辨了"。而引《惊听录》云李仲通婢在地下三年,复生后自言"适如睡觉"。

这是一种与佛教丝毫也不相干的幽冥观,它完全是中国本土的产物。这一生人可以处于幽明之间的观念到后世一直存在着,成为中国很多鬼故事,特别是生人与鬼魂恋爱交媾故事的思维基础,直到明清的志怪小说,比如《聊斋》,仍然可以找到很多例证，只不过以肉体之身在幽冥中生活的时间没有那么长罢了。比如为读者熟悉的《伍秋月》中的这一段：王鼎与情人伍秋月闲步于明月莹澈的院庭中，王鼎问秋月："冥中亦有城郭否？"秋月答曰："和阳世一样，是有城郭的。但冥间城郭不在此处，离这里还有三四里之遥，只不过是以夜为昼。"王鼎想去那里看看，秋月答应了，于是：

> 乘月去，女飘忽若风，王极力追随，欻至一处，女言："不远矣。"生瞻望殊无所见。女以唾涂其两眦，启之，明倍于常，视夜色不殊白昼，顿见雉堞在杳霭中，路上行人，趋如墟市。

很明显，这里王鼎的入冥就是以生人的肉身，他不能如魂灵一样飘忽若风，而生人的眼睛也看不到冥间的事物。当他带着兄长王鼐的亡魂回到阳世时，王鼐之魂即与其尸相合，而王鼎就没有这道程序。

三

干宝曾经提出过"一朝欻生，偶与发冢者会"的设问。也就是说，人是死了，但又复活了，而复活的时间恰好赶上人家发墓。这也是当时人的一种合理的假设。但这假设很不稳妥的一处，即是怎么会那么"恰好"，如果不"恰好"又会怎样？于是而有了复活者向生人托梦或精魂附人体而发言，以及发生一些怪异的情节以作弥合。

干宝《搜神记》卷十五记西晋初年的一事：琅邪人颜畿患病，到医生张瑳家治疗，结果死于医生家了。棺敛之后，家人迎丧，可是那引柩的旐幡缠绕到树枝上，怎么也解不开，好像死者的魂灵依依不舍于人世，不免让送葬者深为哀伤。忽然，引丧的人仆倒在地，口中说的全是颜畿的语言，道："我寿命未应死，但服药太多，伤我五脏耳。今当复活，慎无葬也。"其父拊而祝之曰："若尔有命，当复更生，岂非骨肉所愿？现在只是把你接回家，并不是埋葬你。"这时那旐幡方才解开。及至灵柩还家，颜畿的太太又梦见他说："吾当复生，可急开棺。"他家里的其他人也相继得梦，最后总算说服了"不信邪"的老父亲，把颜畿的棺材盖掀开。只见颜畿的尸体果然有生命迹象，但"以手刮棺，指爪尽伤，然气息甚微，存亡不分矣"。

颜畿在棺材里乱抓，显然已经复活，但他的用旐幡作怪，附体托梦，却又显然不是平常生人所能做到的。所以也只能把棺材中的颜畿视为幽明之间的状态。干宝父婢能在墓中生活多年，而颜畿再晚一些就可能在棺材中窒息而死，同样的生人活葬却有两种结果，也大致可以看出幽冥故事的微妙变化和随意性。

这类发棺再生的情节当然也是本土的，发墓时必须托梦于亲人，因为只有亲人才可以合法地发墓。但这也很不容易，颜畿虽然托梦于亲人，但亲人也未必全信，幸好他老爹的唯物主义还不彻底，总算答应试验一下，否则他就只好自己抓棺材了。而唐人丁用晦《芝田录》一则，即言寻亲托梦之不易，萧氏夫人生一子而卒，丈夫崔生又续娶郑氏。萧氏死后十二年复活，却出不了棺材，此时丈夫已死，只好托梦于儿子，可是十二岁的孩子得梦后不敢告诉后母郑氏。萧氏无法，只好再托梦于老仆人。老仆也无权做主发墓,最后还是要禀告主母郑氏。亏得郑氏贤德,要是遇上个熙凤姐,那就非憋死在棺材里不可了。

但托梦无人也未必就要憋死,可是那境况往往比死还痛苦。《太平广记》卷三七五所引《神异录》一条言:魏文帝曹丕时,甄皇后的一个宫女,死后即葬于邺都。可是死后不久,"命当更生,而我无家属可以申诉"。这个"申诉"自然就是托梦了,这宫女大约很早就被送入宫禁,记不得自己的亲属现在何方,所以无梦可托,也就断绝了离开坟墓的唯一希望。于是这宫女只好幽囚于暗无天日的坟圹之中,求生求死两不能,直到三百年后,窦建德在邺城大规模发掘古墓时才把她解放出来。这三百年来她是处于什么样的生命状态,好像历来无人探究,人活世上,有吃有喝尚难越百年,那么在墓中应该是处于休眠或植物人状态吧,但那也应该有人给她打点滴呀。后来窦建德为唐军所灭,这个宫女深感窦建德的营救之恩,竟以死相殉,可见她感激的倒不仅是活了一条命,更是把她从那个坟窟中解放出来。

这个故事也有一点值得注意,这宫女的"命当更生"有没有冥府作用于其间?如果她的复活是冥府放回,那么这个冥府简直太混账了,既然让人复活,就应该让她回到人世间生活,现在是把她从冥界里扔出来,却又不问她能不能回到人间,正如沙漠中的监狱,把人放了,却不管他怎么走出大漠一样。可是故事中并没有提及冥府,只把复活的原因归到一个"命"。故事虽然写于唐代,但复活的模式却沿袭着汉魏之际的本土观念,即与冥府无关。

由此也可以明白农民军的大规模盗墓,也正如打土豪一样,除了可以得到补充军实的金银财宝之外,还有解放生灵的意外收获。像这美丽的宫女，当然做了窦大王的姬妾，如果是个虎痴许褚之类，就可以收编帐下，成为死士。只可惜这样的副产品太少，但也许是中国的国营私营的盗墓公司太多，生意太火，没等阎王爷降旨让死者复活，这边就已经把棺材收拾空了。

历史上盗墓的事情很多，特别是新莽时期的赤眉政权与东汉末年的曹操，更是名垂于盗墓史。风气所至，民间自然要效尤，所以因盗墓而出现死人复生的怪事也就难免要造出来，不胫而走，然后是踵事增华。前面谈到的"武陵充县女子李娥"复生事，本来是有行人听到她"冢中有声"，然后走报她家人而发墓复活的，但后来又出现了一个盗墓版本，也同样收录于《搜神记》中。原文近千字，比原来的"社会新闻"版的字数增了十倍，故事也曲折生动多了，显然已经大量加入了民间创作的成分。其中之一就是对盗墓贼的引进。故事的开头部分已经变成，六十岁的老妪李娥病死后埋于城外，已经过了十四天了。她的邻居有个叫蔡仲的，知道李娥家有钱，认定她的墓中也一定随葬了不少金银财宝，便去盗墓淘金。他掘开坟墓，就用斧头开棺材，才劈了几下，就听李娥在棺材中喊道："蔡仲，你小心不要砍到我的头！"蔡仲听了，吓得跳出坟坑便跑，却为巡逻的县吏撞见，结果终于让李娥重见天日。

此外，这篇故事还加进了一个重要的幽冥信息，即李娥的复活是为冥府错抓的，而她的魂灵所以能顺利还阳，也多亏她遇到了在冥府做官的外兄。汉末的复活故事传到魏晋之后，就发生了这样一个变化：冥府作用！在此之后的一千多年，大部分的复活故事就以此为模板了。魏晋之际本来就是中国思想界发生大变动的时期，幽冥文化也不能不受到影响，从而出现一些新鲜的内容。

四

　　认真说来，托梦也并不是被困在坟墓里的复活者与生人交流的唯一途径，因为据民间早就存在的鬼故事，这些困于墓中的主角，他们的魂灵不仅可以托梦于生人，还能现形于世间。因为中国本土的观念，人死之后，魂依于墓，在一定条件下，比如为"精诚所感"了，就可以逸出墓外与生人相见。何谓"精诚"？男女至死不渝的爱情即是其一。

　　干宝《搜神记》卷十五录有据说发生在秦始皇时民间的一个凄美的恋爱故事：王道平与同村的唐家少女恋爱，誓为夫妇。可是道平被征从军，讨伐南国，九年不归。唐家逼女儿另嫁刘祥为妻，唐女虽然心中不愿，但父母之命难违，只好嫁给了刘祥。但此后忽忽不乐，常思道平，忿怨之深，终于悒悒而死。唐女死后三年，道平方才回乡，知道恋人已死，便到坟前哭祭，祝道："汝有灵圣，使我见汝生平之面。若无神灵，从兹而别。"不想唐女之魂果然从墓中出来，道："妾身未损，可以再生，还为夫妇。且速开冢破棺，出我即活。"最后的结局自然是这对生离死别十五载的有情人终成眷属。

　　很显然，这个故事是同样收入《搜神记》的"吴王小女紫玉"故事的喜剧版，是同一个模式在不同地区不同时代的演绎。吴王夫差的小女儿紫玉，在恋人韩重到齐鲁游学期间，因父亲不同意她下嫁韩家而郁结病死。及韩重在三年之后回来，"哭泣哀恸，具牲币，往吊于墓前"，而紫玉的魂灵就从墓中而出，与韩重相见。后来韩重送紫玉还冢，"玉与之饮宴，留三日三夜，尽夫妇之礼"，但最终还是以"人鬼异途"的悲剧结束。

但紫玉故事中生人入冥而与鬼魂"成夫妇之礼"情节，无疑是幽冥故事的一个突破，而除了死生异路的悲惨结局之外，又有向另一个方向的演变，即只要他们的夫妇生活坚持到一定时间，就可以使枯骨生肉，死人复活。魏代曹丕《列异传》记有谈生故事，应该是此种类型最早的一个了：

> 谈生者，年四十，无妇，常感激读书。忽夜半有女子，可年十五六，姿颜服饰，天下无双，来就生为夫妇。乃言："我与人不同，勿以火照我也。三年之后，方可照。"为夫妻，生一儿，已二岁。不能忍，夜伺其寝后，盗照视之，其腰上已生肉如人，腰下但有枯骨。妇觉，遂言曰："君负我，我垂生矣，何不能忍一岁而竟相照也？"……

夜半所见的"姿颜服饰，天下无双"，只要受到阳火就现出一床枯骨的原形。这可以成为一些喜好讽喻的文人笔下的恐怖题材，但我们古代的人鬼恋爱却是情意绵绵，谈生见到半具枯骨而不惊怕，女鬼也并不因为火照而暴怒，整个故事哀婉感人，尤其是那美丽女鬼多情多义，在即将永远逝去之前，还安排丈夫和孩子与自己富有的父母相认，让悲惨的结局中添了些欣慰，同时也更添了些凄楚。

在干宝之后，此类故事在民间继续流传并不断丰富着。陶潜的《搜神后记》中也记载多条，而其中的广州太守徐玄方女及武都太守李仲文女二则，可以代表着此类故事在结局上的悲、喜两种趋向。两则故事情节极相近，可见此类故事已经为民间大量复制和加工，成为民间故事的一个类型。

武都太守李仲文之女，年十八病死，权葬于郡城之北。后任太守张世之，有子名子长，夜梦一女相就，遂为夫妻。后来仲文遣婢女来视女儿之墓，先到张太守家打个招呼。不想在子长屋内发现了已故小姐的一只绣鞋，婢女便偷偷带回，报告了主人。李太守问张太守："你儿子怎么会得到我亡女的鞋？"张太守叫来子长，子长具道本末。两位太守都觉得奇怪，便掘墓发棺，只见李小姐肉体如生，姿颜如故，只有右脚有鞋。但很快肉体腐烂，不能复生了。

故事以悲剧结束，但"徐玄方女"一条则是皆大欢喜，其中谈到复活的过程，如大病初愈，很是娓娓有致：

……掘棺出，开视，女身体貌全如故。徐徐抱出，著毡帐中，唯心下微暖，口有气息。令婢四人守养护之。常以青羊乳汁沥其两眼，渐渐能开，口能咽粥，既而能语。二百日中，持杖起行，一期（即一周年）之后，颜色肌肤气力悉复如常，乃遣报徐氏，上下尽来。选吉日下礼，聘为夫妇。

这类故事对后世的影响很大，是因为它给为礼教所幽闭的人性开了一扇透气的窗子，让人性得到一些复苏。这是让卫道者很不舒服的事，于是另一种主题介入进来，企图在这一故事模式中维护他们的正统道德。刘宋时期刘义庆《幽明录》记有三国时官至太傅的钟繇的一段故事。钟太傅忽然不怎么参加朝会了，原来常有一女子私奔到他家，其"美丽非凡间者"，所以让他沉溺于情爱。同僚问清后便说："必是鬼物，可杀之。"于是当女子再来时，钟繇虽然有些不忍，还是给她来了一刀。女子逃走，血流于途，踪迹之而至一大冢，发墓则见一妇人，其形如生云云。五代道士杜光庭记录在《仙传拾遗》中的一则故事，更把亡妻的复活也视为尸妖：

> 蜀川张尉之妻死而再生，还为夫妻。叶法善曰："尸媚之疾也，不速除，张死矣。"投符化为异气焉。

这真是大煞风景的事，让人不得不把叶天师看成妖道了。而宋代随着理学的影响渐起，在还魂故事中还特别加进惩戒"淫奔"的说教。

洪迈《夷坚支志·庚集》卷一"鄂州南市女"中，富人吴氏有女，看上了对门茶楼的伙计彭先，无由以通缱绻之意，积思成病。父母问知其意，便向彭先议婚，不料彭先"鄙其女所为，出辞峻却"。于是吴女遂死，葬于百里外老家的墓地中。丧礼很是排场，远近观者甚众。山下有少年樵夫，料其殉葬之物丰，便趁夜盗墓。打开棺材，扶起女尸正要剥衣，不料吴女开目相视，肌体温软，竟是复活了。吴女感激樵夫救命之恩，许以痊愈之后嫁之为妻。但她还是念念不忘彭先，便让樵夫陪她回了鄂州，径直到了茶楼。她打发樵夫到楼下去打酒，便邀彭先见面，说起再生缘由，还想与他相好。可是彭先竟抽着她的脸骂道："死鬼怎敢白昼现形！"吴女哭泣而走，彭先紧追着，结果吴女坠于楼下，再一看，已经摔死了。这案子官府判得也很混账，樵夫坐破棺见尸论死，而那个混蛋彭先仅得轻判。

洪迈在结尾时说，这故事与廉宣《清尊录》中大桶张氏女事微相类。那是指复活的女子被推倒而死,但故事整体却全然不同。《清尊录》是讲一烈性女孩死后复活,寻负心男人论理复仇,在被推跌再死之后,官府以谋杀罪判处那负心的富二代死刑,结局要比《夷坚志》痛快多了。

五

到了明代,这种道学恶趣继续繁衍,可以作为代表的就是明初人瞿宗吉《剪灯新话》中的《牡丹灯记》。

宁波月湖的牡丹灯故事在民间初传时也许不错,但一个好端端的"人鬼情未了",到了瞿佑手里就成了"宝塔镇河妖"。魏晋小说中的人鬼相恋,在此定性为女鬼对一个好色书生的蛊惑。女鬼暮来朝去,夜夜与书生媾欢。及至邻翁偷窥,"见一粉骷髅与生并坐于灯下",随之和书生到湖心寺一暗室中找到那女鬼栖形的棺材,书生便顿生忧怖之色,恳请法师降鬼。法师给他朱符二道,令其一置于门,一置于榻,仍戒不得再往湖心寺,从此女鬼才不敢登门。但一日书生在外醉后,忘记法师之戒,径取湖心寺路以归,又遇女鬼。女鬼"即握生手,至柩前,柩忽自开,拥之同入,随即闭矣,生遂死于柩中"。此后书生与此女更成了吸取生人精气的妖鬼,作祟地方:每遇"云阴之昼,月黑之宵,往往见生与女携手同行,一丫鬟挑双头牡丹灯前导,遇之者辄得重疾,寒热交作;荐以功德,祭以牢醴,庶获痊可,否则不起"。居民共请法师捉妖,无奈妖鬼成祟,无能为力,只好到四明山顶拜求法力更大的铁冠道人。这才招来黄巾力士,"以枷锁押女与生并金莲俱到,鞭棰挥扑,流血淋漓"。最后代表"天地正气"

的道士在判词中宣布："乔家子生犹不悟，死何恤焉；符氏女死尚贪淫，生可知矣。……恶贯已盈，罪名不宥。陷人坑从今填满，迷魂阵自此打开。烧毁双明之灯，押赴九幽之狱！"瞿佑一生仕途并不得意，还因为写诗获罪遭谪，虽然也当着管学校的小官，却很难把他算成"统治阶级"，真不知道他卫道的劲头为什么那么大，以致到了失态的地步。一些人的心理真是难于揣摩，有的是少年装老成，老来真风流，有的则是年轻时写艳诗，老来装正经。

《牡丹灯记》着力描写的是女鬼对生人的蛊惑和祸害，以及书生的好色和执迷。其中人鬼相恋的基础是色欲，书生并没有生死与共的痴情，女鬼为了情欲也不惜把情人拉进棺材。在这故事中一点儿也看不到魏晋以来人鬼情爱的忠贞和牺牲怀抱，只能让人感到恐怖和憎恶。所以当有人说《牡丹灯记》"上承唐宋传奇之余绪，下开《聊斋志异》的先河"时，我就不能不感到困惑。当然，《聊斋》中的《画皮》在故事情节上与《牡丹灯记》颇有相似之处，但请注意，《画皮》中的"鬼"其实是个没有人性的妖魔、魔鬼，与人死后所成的"鬼魂"完全是两种性质的东西。[1]所以如果把《画皮》与《牡丹灯记》相对照，就只能看出二者的取向全然相反。也就是说，《聊斋》中的多情女鬼，其实包括人间的多情女子，在瞿佑笔下却是颇类于画皮的恶鬼的。

---

[1] 平步青《霞外攟屑》卷六《聊斋志异》条，认为《画皮》本于《宣室志》吴生妾刘氏一则，而刘氏正是"夜叉"所化。南宋人所作的《鬼董》卷一有"吴生"一条，与《宣室志》所记正是一事，虽然未明言刘氏为夜叉，但她"目若电光，齿若戟刀，筋骨盘蹙，肉尽青色"，还是夜叉之类的恶鬼，而不是"人鬼"。所以《画皮》不妨作为广义的"鬼故事"看，却不能算是"幽冥故事"。

几百年来，《牡丹灯记》在中国的民间，包括在故事发生地的宁波，几乎没什么影响，这现象恐怕只用《剪灯新话》一书在国内的渐趋湮灭是解释不通的，人民真正喜爱的故事不会失传且将不断丰满，《白蛇传》就是一个很好的例子。即便是现在，《牡丹灯记》也只是为宁波本地和一些专门研究者所关注，而其起因则是这故事"出口转内销"的结果。

原来这个才子加道学的恶俗小说在明代嘉靖年间，就为东瀛的和尚翻译引进。这故事的基本情节虽然老套，可是那"红粉骷髅"一节却是僧侣宣讲"色戒"的极好例证，但由此也渐渐融入他们本土的"怪谈"，完全日本本土化的《牡丹灯笼》据说竟与《四谷怪谈》《阿菊》齐名，列入了日本的三大鬼话了。这一怪谈的文本我只能从王新禧先生编著的《日本妖怪奇谭》中读到，除了把道士捉妖那最恶劣的结尾删掉之外，故事大体与《牡丹灯记》一样，而特别突出的是对骷髅恐怖的极力渲染。瞿佑只是一句"见一粉骷髅与生并坐于灯下"，怪谈则铺演为"乱发如秋后枯黄的野芦，披散在头上；半裸的皮肤呈铁灰色，肌肉干缩龟裂地贴在骨骼上；凹陷的眼眶中已经没有眼珠的存在，数尾蛆虫爬进爬出"，而这具腐尸之妖正为男主人公热烈地拥抱着。近年日本又把《牡丹灯笼》拍入《怪谈百物语》剧集，立意和情节远胜于瞿佑的原作和日本的"怪谈"。但不管怎么改编，如果说牡丹灯笼是本故事不可缺少的道具，那么"红粉骷髅"就是它的戏胆，所以电影也与"怪谈"一样，仍然不肯放弃把少男少女的欢爱展示为人与骷髅的交媾，结果画面比文字更阴晦恐怖，丑恶得令人作三日呕。异国人士追求恐怖效果的奇怪趣味我们是奈何不得的，而他们认为没有了这一情节就不成其为《牡丹灯笼》，也是其中的一个原因。

剧集《怪谈百物语》中的《牡丹灯笼》比起瞿佑的原作，可以说做了脱胎换骨的改造，主题不仅是得到了升华，而且是点铁成金。那是因为改编者在其中注入了纯真执着的人鬼情恋，不但为这一对男女安排了前世的姻缘和承诺，而且女鬼于阴气伤人毫无所知，当女鬼知道爱人将因自己的爱而死，就断然放弃了相见，要在地下或来世等待重逢。虽然改编者未必直接从我国的幽冥小说中取材，但这结局不是太与《聊斋志异》中一些故事（比如《吕无病》）相似了么。听说宁波已经有人把《牡丹灯记》改成越剧了，如果剧本对日本新编的《牡丹灯笼》有所借鉴甚至再做提高，那么最好不要加上"瞿佑原作"之类的字样，以免引导人们去找他的"原作"。瞿宗吉风花雪月的东西写了不少，虽然格调不高，也算是一代才人，而且这《牡丹灯记》也许是他的一时失手，倘若地下有知，羞愧难当，化而为蠚，岂不重可惜乎？所以如果有人说《剪灯新话》是别人所作而伪托才子瞿宗吉之名，那么我是万分赞成的。

真真假假的卫道者在这一故事套数中注入的恶趣，看似气势汹汹，实则声气屡弱，无论是思想还是艺术，在民间都很难得到

日剧《牡丹灯记》中，情郎眼中的美女，在别人眼中竟是一个骷髅。

共鸣。精诚所至、情鬼复生的故事，在明末和清初的戏曲小说中不但是我行我素，而且是愈演愈烈，像汤显祖的《牡丹亭还魂记》、蒲松龄的《聊斋志异》等一批杰作，就成了我国民间人鬼情恋故事的主调。他们遥接魏晋小说、唐人传奇的正气，其中的人鬼情爱几乎看不到任何恐怖的成分，反而比人世更浪漫更美好。这两年一些年轻朋友极力撺掇我，你什么时候写写"艳鬼"啊，其向往之情的深切令人感动，但《聊斋》之后，谁还敢谈"艳鬼"呢？曾有"老人言"，"少不看《聊斋》"。真是奇怪，年轻时不看，什么时候看？

附记：

以上所述的几种复生，即使除去生人活埋者外，那些死去幽灵的还魂也与冥府没什么关系。有的说一句"不当死"，有的说一句"命当更生"，都没有什么更明确的缘由，只是死去的人又复活了，至于为什么出现这种怪事，那是没有任何道理可讲的，就和人昏倒之后又爬起来似的。这就是中国最原始的复生。

但冥府既已出现，而且人的生死也已经有了专门记录的冥簿，那就总有一天要把鬼魂的复生与冥府牵到一起。最多的自然是前篇表过的误拘，此外还有明明死期已到，已经把魂灵押到阎王殿下，核对冥簿无误了，仍然可以通过走关节，开后门，和尚或道士说情，天帝或菩萨特赦等手段，放人还阳重生。这里面的猫腻甚多，值得另外在谈冥府时开题详述。此处只对冥府介入后，还魂时出现的一些新气象稍做介绍，由此可知冥府里的官员也不是白吃饭的。

自从冥界出现了衙门，连接阴阳两界的大道，对于生魂来说，就成了一条单行道，络绎不绝的是荷枷带锁，穿做一串，而由明入幽的戴罪生魂。逆向行走的当然也有，那只是奉命出差的官方人士，总应该穿着等级不同的制服，带着上峰交代下来的公文。这时倘若出现了异样人等逆向行走，那自然是很刺眼的，受到盘查扣留正是理所当然的事。但"死错人的事"既然已经常有，此类行人也就屡见而不怪，再由不怪而麻痹，于是而弊窦生焉，那就是可能有些鬼魂要从冥间乘机溜走。[1]

冥府对付这些逃犯的办法，除了多立关卡、严加盘查之外，就是给合法释放的魂灵发予"证明"。这"证明"在唐代是在魂灵身上打"官印"。戴孚《广异记》言张瑶在和尚的关照下被阎罗王赦免，遂即以印印其股，曰："将此为信。"这样他在还阳途中遇到盘查，只需把裤子脱下亮出屁股上的冥府大印即可过关。据说他还阳之后，那印文还很鲜明，真可称得上叫"灵魂烙印"了。又《太平广记》卷三八四"朱同"条引《史传》，说朱同被拘入冥，遇到冥府主簿，恰是父亲当年的同事，便领他到判官处说情，居然放还。主簿便"书其臂作主簿名，以印印之。戒

---

[1] 戴孚《广异记》"李迥秀"一则中说，生魂还阳时不能原路返回，要走另一条专为还阳者提供的道路。那么冥间就是有两条"单行道"了，这也是防止逃亡的一个办法。但此说仅见于此，后来便不大为人提及。敝地的殡仪馆在存放骨灰的大楼之前有两座小桥，在安放骨灰时，要从一个桥进去大楼，出来时则要走另一个桥。百思不得其解，莫非是怕送进去的魂灵会从原路随着人出来？

曰：'若被拘留，当以示之。'"果然，当朱同出城行约五十里处，过一客店，店中以大锅煮人，煮熟之后，放到案子切割而售。如此的大排档总有数十个之多，买卖很是兴隆。此时他们见到逆行的朱同，立刻拥上来几伙人，抢着要把他请进自己的汤锅。朱同赶快把胳膊上的印文让他们看，于是鬼卒们立正，敬礼，放行。

我曾经说过，阴间不但没有农业，也没有商业，看来这故事大可做一反证了。但我觉得还要推敲一下才好，免得上了别有用心者的当。首先，可以看出，这些被煮的应该都是冥府的逃犯，此时下了汤锅，颇有就地正法、以儆后来的意思，但把正法的尸首当人肉卖，正如人间的刽子手卖"人血馒头"，阴阳两界的官吏"卖法"，能叫做正常的商业吗？所幸来买人肉的都是勾魂的阴差，内部消化，无人检举也就罢了。其次，这种冥间的"人肉"是不能当饭吃的，如果能吃，十八层地狱里面可供煎炒烹炸、生剥白斩的人肉有的是，哪里还会有一年只吃三顿饭的饿鬼？而且勾魂的阴差又何必花钱到这大排档里来买，押解的生魂一串一串的，就等于是一批会走路能保鲜的两腿羊，随时可以拣那肥嫩的地方割上一块来涮火锅的。所以这一情节纯属虚构，意在诋毁冥府的清誉，居心真不可测，众位不要受其蛊惑。较为可信的是唐临《冥报记》中所记，虽然也是在胳膊上打印，却是由冥府中的佛教代表和尚来操作，那么这印就不属于冥府而是佛门，大可保证其纯净无私的了。还阳路上绝对没有私设的汤锅，只是有三道关卡，查验臂印，即放行无阻，从来不另收费，这是经得住任何团体个人检查的。

到了宋代，制度有些变化了。宋代官府爱在徒流迁徙的犯人脸上刺字，美其名曰"打金印"，想来冥府对拘来的犯魂也应如此。但如果发现错拘了，回去时再给人家的屁股上"打金印"，未免有些搞笑，对官府的威严也有影响，于是而改为发予文牒，用现在的词儿就是通行证。《夷坚甲志》卷一九"误入阴府"、《夷坚乙志》卷二十"徐三为冥卒"等条都有记载，没什么可稀罕的，从略不叙。

还我皮囊

看外国电视剧,一个病人死在医院的病床上,主治医生要郑重地宣布,几点几分某某人死亡。不知中国,更不知中国的古代,是不是也有这个规矩,但我知道在中国的幽冥故事中,尽管说某人"死了"(那一般是指"没气了"),但只要"心口尚温",也就不能葬埋,因为还有活过来的希望。在这时,其人的"死"还是"活"就很难判定,因为既然心口尚温,那么脏器以及人体组织就尚在生命状态中,所以就不能宣布其人的死亡,而既然没有死亡,他的还魂也就只是还魂而已,谈不上"复生"——活过来。那么这种还魂也不过就是较严重的昏厥,较沉迷的睡梦,对于宣传幽冥的作用和效果就不那么耸人听闻了。所以若想让愚夫愚妇们感受到冥府的回天和随时又可以让你"回地"之力,最好就让其人真的死上一回。

于是我们的还魂故事中,还有不少并不"心口尚温",而是整个躯壳都失去了生命迹象,也就是说,其人是真的死了,但依旧能顺利还阳的情节。为了这种震撼效果,此时的主人公无疑要冒着更大的危险,因为从人死的那一刻开始,魂灵旧居的"屋舍"已经面临着先鱼烂而后瓦解的自然强拆。这方面的医学知识我是一窍不通,但看过一篇岛田庄司的犯罪小说,大致介绍了这一过程的时间表。比如说人死两到三小时后就开始出现僵直,十二至十五小时,僵直现象会达到最高峰;十五小时之后,尸斑达到饱和,三十六小时之后,尸体已开始出现腐败性变色,下腹部呈现绿色;经过四十八小时后,很多脏器都已经软化分解,开始变得黏糊糊的,头发和指甲也很容易剥离了。也就是说,如果魂灵还体的时间是在死亡两天之后,那么他将面临的是一个徒其表但内部零件已经锈蚀成一团烂铁的机器。可是在我们的幽冥故事中,即便是死了六七天的躯壳也不妨,因为我们衡量尸体质量的标准是看这躯壳的外表,不管里面已经成了什么狗屎般的东西,只要看上去还有个人样,那么躺在那里就可供人瞻仰,而一旦魂灵注入,便立刻可以坐起来横吃竖拉,渰云殢雨,叱风咤雷。

如果时间拖得再久,久到那尸身量变到质变,连外表也有碍于观瞻了,那就要发生麻烦,所以冥府中发现捉错人的事,最好是尽快遣返。我们看到的返魂故事多是及时发送的,因为没能及时发送的就形成不了故事,我们自然也看不到。照我看来,这未能及时遣送的比例应该是不小的。戴孚《广异记》中金坛县丞王甲被误抓,幸亏在冥府中遇到了生前故交崔希逸,正在冥府里做着判官一类的官差,方才得以甄别清楚。但即便如此,崔判官还要向冥吏千叮万嘱:"金坛王丞是我的亲友,按命簿他本不该死。事情办完,希望尽早发遣。天气太热,恐其舍坏。"由此可知,如果不叮嘱紧些,误了开车时间又不准退票的事就可能发生。

但万一发生了"庐舍坏"而其人又必须还阳的事，怎么办？那就只有修复这"庐舍"，让魂灵能够住进去。前面我们提到过博陵崔敏壳一事，那是阎王派人到西天去求来重生药，用药涂了尸骸，就可以白骨生肉，自然五脏六腑、奇经八脉也就同时恢复了运转。那故事也出自《广异记》。看来这本书的作者对庐舍问题特别关注，还有好几则故事都是谈庐舍修复的，只是方法却不大一样。

武城县尉魏靖，因病暴卒，入殓之后却因故尚未下葬，不料十二天之后却活了过来。"呻吟棺中，弟侄俱走。其母独命斧开棺，以口候靖口，气微暖。久之目开，身肉俱烂。"即便如此，魏靖喝了杯牛奶，居然就能说话了。原来有一和尚是贼赃的窝主，魏靖审理时已经要把他宽放了，可是曹州刺史嫌他手软，把案子移由自己审理，最后竟把和尚一顿板子打死了。这和尚是个欺软怕硬的糊涂蛋，到了冥府，他不找曹州刺史算账，却控告是魏靖杀了他。于是冥府便把魏靖抓去，两造对面辩论一通，和尚理屈词穷了，冥官便令把魏靖放还。但底下人说："不好办了，他的尸体已经烂了。"冥官让人取了一包药，交给冥差，道："可还他旧肉。"冥差把魏靖送回其家，听到门内有哭声，魏靖惊惧不敢入，冥差强把他拉进院子，到了房门，把药散洒入棺中（棺材虽然是钉着的，鬼物却是可以从容出入的），然后拉着魏靖的胳臂推入棺中。魏靖复活之后，过了一个多月，身上的肉才逐渐恢复如故。

据这故事，好像这药不会是崔敏壳用剩的，而是冥府里的常备物品，看那冥官不甚宝重的样子，可知死错人的事是常有的，死错又不及时放回的事也是常有的。只是把魏靖抓到冥府里对质，本来就是悬案，说回去就回去的，何至于要迁延到十二日之久？也许人家冥官胸有成竹，反正库房里有成垛的药？或者药虽然没有那么多，但只供应当官的少数人，也就不至于拮据了？

另外，从这故事中可以顺便明白一件事，魏靖听到院子里的哭声，就吓得不敢进去，所以死了人的人家最好不要总是哭个没完，即使忍不住悲哀，无声之泣也就是了，如果不但自己大哭，还要雇些人来代哭，取其嚎声震于里巷、孝名播于远近的效果，那就影响了死者的还魂。袁枚《续子不语》卷八"温将军"一条中说"嘱家人无哗，尤戒哭声，哭则魂散，不可复归也"，正同此意。

魏靖的事发生在武则天时代，到了唐玄宗时代，那药好像又由散剂改成丸剂了。汲县县尉霍有邻，让一头死羊告了状，被抓到冥府对质。阎王问："这位羊先生说，你不等把他杀死，就生取其肾，你怎么能做出这种残忍的事？"有邻道："这是刺史段崇简大人要吃羊腰子，催促得急，屠户也顾不得杀羊了，割开肋骨就直接取腰子。我只是中间传令办事的。"阎王再让判官查段崇简的食料簿，原来此羊就在簿中，便怒冲冲地训斥那死羊道："你命中注定要做段使君的食料，你非但不感谢为官长服务而带来的荣光与幸福，还要告什么歪状？真是不折不扣的刁民！"霍有邻准令放还，路过冥府的御史大夫院，问知此时担任此间御史大夫的是狄仁杰，武则天时代的名臣，最主要的是自己的亲娘舅，便进去探望。多亏他绕了这一圈，狄公对他说："你来了已有七日，天又这么热，屋宇肯定早就坏了。"命左右取两丸药，对有邻说："拿回去之后，研成粉末，身上哪里坏了就涂抹哪儿。"后面的事就不用说了，反正霍有邻还阳之后，脸上身上是一塌糊涂，要不是娘舅给的药，那模样将极大地影响政府官员形象，县尉的差事肯定做不成了。

即便是库房里药品无匮乏之虞吧，这种把嫌犯的形象当儿戏的做法也是大有疵议之处的。所以就有了一种防患于未然的改良措施："凡事未了之人，皆地界主者以药傅之，遂不至坏。""地界主者"就是现在说的土地爷，冥府里的药品直接发到基层，由土地爷亲自或派人看守着尸首，不时用那药涂抹着，以达到保鲜的效果，直到其事了结。其说见于唐人陈劭的《通幽记》（又见于唐代佚名《会昌解颐录》），但那件未了之事拖得也实在太久远，竟至于过了九十年也没解决，最后只好不了了之。然而那结果却完美得令人艳羡不止。

韦讽家住于汝颍，诵习诗书之余，修葺园林，亲务稼植。那天小童割草锄地，见土中有人的头发，锄渐深，而头发渐多却又不乱，如新梳理之状。韦讽甚感诧异，便亲自如专业考古队一般小心翼翼地用手挖掘，深及尺余时，开始出现一个女子的头颅，肌肤容色，俨然如生。继续深挖下去，整个身躯全部露了出来，只有衣服随手如粉飞散。稍过片刻，女子形气渐盛，稍能坐起，然后亭亭而立，盈盈而拜，自称是韦讽祖先某某的女奴丽容。这丽容冤死的缘由不妨省略，总之是冤案在冥府得到甄别，但还没有落实平反，主管的判官却离职了，其他冥官也和人世间的官僚一样"事不关己，高高挂起"，结果这案子就成了没人睬理的死案，挂了将近一世纪。幸好这年天帝派来天官巡视，检察冥府积滞陈案，幽系诸囚一律释放，她这才得此还阳的机会，当然韦讽的锄地也是鬼使神差的结果。从此之后，丽容就和韦讽住在一起，充当起修仙道、炼内丹的炉鼎，数年之后，二人双双失其所

197

在，大约是一起入山或升天成了"神仙眷"了吧。

一件缘由清晰的案子居然沉滞了九十年，实在是让人抑制不住地要骂娘，但这只是十个指头中的一个小指头，冥府里的光明面还是主要的。首先，那位姑娘的魂灵虽然在冥界待了近一个世纪，但她并没有被幽囚，而是允许她到处走走，毫无拘束，比如到九幽十八狱中免费接受再教育之类。最主要的也是最值得宣传的是，为了给她的尸首保鲜，冥府耗费了成吨的珍贵药品，不管这笔开支是出于中央还是地方，还是最后要掏纳税人的腰包，这件事还是很让人感动的。于是想起前些天在公交车里听广播，说德国法院为了给一个小偷做一分钟不到的举证，让在澳大利亚的证人乘坐飞机来德国，往返车票全由德国政府报销，车上不少人为此发出了感叹，可是与我们祖先的冥府相比，他们又算是个屁啊！所以难怪到了明朝，这情节为汤若士采用到《牡丹亭还魂记》中，就继续感动中国至今而不衰了。

不过到唐朝以后，这种用药品重塑或保养死人形象的服务项目就停止了，只是到了清初徐岳写《见闻录》时，才翻出尘封几百年的牟尼泥补尸的神话，用来把汤聘复活的社会新闻，改编成道德说教的演义故事。这个汤聘就是《聊斋志异·汤公》中的那个"汤公"，此人在蒲留仙的笔下，是用"功过格"来表彰自己的德性纯正的假道学，自称一生最大的"恶迹"不过是"七八岁时，曾探雀雏而毙之"，比那位抽了老牛一鞭子而终生戚戚的仇季智还会装蒜；而在徐岳手里，他则是一个不当官死不瞑目的大孝子。在《聊斋》中，汤聘死时已经中了进士，而《见闻录》中汤聘暴亡时不过是个秀才。《聊斋》和《见闻录》成书时间相差不多，孰先孰后，已经无法查考，但一个故事同时出现最少两个版本，可知汤聘复活在当时确是有些轰动效应的新闻。这新闻的始创当然出自汤聘个人之口，但这样一个自吹自擂的伪劣故事竟能感动了蒲留仙，也是件怪事。

且说汤秀才的魂灵为鬼卒拘至东岳大帝处，大约此人习惯于什么事都要讨价还价一番，此时便向大帝恳请，说自己是个大孝子，不能现在就死，其理由有二，一是"老母在堂，无人侍养，聘死则母不得独生"，二是"读书未获显亲扬名"，得不到功名就有碍于孝道。东岳大帝说："你寿命就是这些，功名也是到此为止，我没有办法了。你既是儒家弟子，那就去找孔圣人吧。"好在曲阜离泰山不远，汤秀才一灵很快就押到了孔庙。不料孔夫子也打起官腔，道："生死隶东岳，功名隶文昌，我不与焉。"文昌帝君远在四川梓潼，这可麻烦了，汤秀才出了孔庙，不禁涕泗交流，号啕起来。偏巧观音菩萨经由此地，闻听汤秀才的哭诉，顿生大慈大悲之心，道："真是个大孝子啊，怎么能不特殊照顾一下呢？"说着就要开条子。押送他的鬼卒说："菩萨啊，现在说什么也晚了，他的皮囊已经臭烂了。"菩萨说无妨，便命善财童子到西天取来牟尼泥，补完其尸。那泥应该就是唐朝时崔敏壳用过的"重生药"了，但阎王为取此药用了十几年才回来，善财童子凭着菩萨的人脉，却只用了三天。

顺便提一下《聊斋》中汤聘的腐尸复活，那里是观音菩萨"撮土为肉，折柳为骨"，用的是哪吒太子的莲花再生法，远非冥府腐尸生肉的"打补丁法"所能企及的。而徐岳只想让西天的牟尼泥露一手，却不小心让观音菩萨的神通来个大滑坡。且说此泥色若楠檀，香气扑鼻。善才带着汤聘魂灵回到他家，其尸果已腐烂，蝇蚋嘬于外，虫蛆攻其中。这牟尼泥的修补尸体是全自动的。"善才以泥围尸三匝,须臾臭秽渐息,蝇蚋四散,虫蛆亦去,腐烂者完好如常,遂有生气。"然后善才令汤聘之魂从嘴部钻入尸身,那尸体便坐了起来。后来汤聘做了举人,中了进士,在康熙八年当了真定县令(历史上似乎是真定府下的平山县令),死于任上。观音菩萨费了那么大周折救活的汤孝子,让人以为要做什么惊天事业呢,原来不过又白吃了多少年老百姓的小米而已。[1]

---

[1] 除了用药物培养恢复人体组织的办法之外,还有其他更离奇的说法。如唐人牛肃《纪闻》中所说,李强名的妻子崔氏暴疾而死,但其魂灵见梦,自言当复生,因其形已败,天帝命天鼠为她重生肌肤。根据老鼠的习性,想象那几个大白老鼠在她的灵柩里钻来钻去,应该是从别处叼来新鲜的东西进行移植吧。所以虽然过了四十九天,居然肉生于白骨,而且肌肤之美倍于往昔,但终究不堪让人深想,因为那"新鲜东西"的来路实在让人生疑。唐人传奇中的离奇情节多为文人师心自造,天鼠之说也未见别处言及,而且这位崔氏复活之后,沉静不语,更不提冥间之事,百日之后,又忽然死了,便不由不让人疑心是一时为妖物所凭。

借尸

一

"借尸还魂",或称"易形再生",也就是自己的躯壳彻底报废,无法或不想修复,那就只好让魂灵借用别人的躯壳而重生。

在道理上借尸还魂与古老的"魂灵附体"是一回事。古人喜欢把人的躯壳比作房舍,那么一般的魂灵附体,如巫婆的"下神"和民间常说的"中撞科"之类,那房子只是暂借一下,原来的主人还在,或者临时腾开,或者在一起挤挤,过户手续是不能办的,因为到时候还要还给人家。而借尸还魂就大不一样了,房子的主人已经被扫地出门,而且决无落实政策重返故居的可能,剩下的是一个无主的空壳,只要搬进去,就可以长住,直到自己寿终正寝。

大家都知道,这样的房子每天每时都要空闲出一批,如果任由游魂们随意搬入搬出,换来换去,天下非大乱不可。所以一般的借尸还魂都是由官府安排,不能无政府主义地乱来,那一般的程序就是,阎王发现某人虽死,其寿未尽,可是躯壳已坏,便找一个刚死的,"取其宅舍与之",于是张三的魂灵就合法地占据了李四的躯壳,但这只是事情的开始,因为张三同时还要合理地占据李四生前所有的一切。此类例证甚多,而最为人知的要算是《西游记》中"刘全进瓜"一节了。刘全与妻子李翠莲吵了几句,李翠莲一时气恼,找根绳子上吊了。及至阎王查出刘全夫妇命中都有登仙之寿时,李翠莲尸体已经不像样子了。正好唐太宗的御妹李玉英,此日应该猝死,阎王便命鬼差借玉英尸首,教翠莲还魂。那鬼差领命,即"将翠莲的魂灵,带进皇宫内院。只见那玉英宫主,正在花荫下徐步绿苔而行,被鬼使扑个满怀,推倒在地,活捉了他魂,却将翠莲的魂灵,推入玉英身内。"一个平民之妻转眼间就成了公主御妹。由此可知,如果冥界没有官府管束着那些脱壳的魂灵,他们一定全挤在皇宫王府的大门口,等着哪位贵人腾房子了。

但也并不是所有的借尸还魂全是政府行为,有的游魂或者见缝插针,或者因缘际会,便与恰好闲置出来的躯壳附到一起了。借尸还魂中最出名的人物——八仙中的李铁拐,就不是冥府安排的。仙人李某(此称李某,不是失去了名字,而是在不同版本中名字不同,李玄、李岳、李岳寿、李孔目、李八百、李凝阳,等等不一,此处只好省略了)要去太上老君那里赴宴。但仙人远行,不同于凡人,他无须穿鞋举足,只要躺倒后把眼一闭,元神出窍,人就走了。所以如果阁下听到某位大仙说他一瞬之间就能周游四海,也不要以为他会像炮弹那样在天上飞,其实只是眼一闭一睁,真的是一瞬间就完活了。且说李大仙"出神"之前,嘱咐童子看好自己的躯壳,不要被什么贪嘴的东西啃了,说七天之后回来,如果不回来,便把躯体火化。不料那童子的母亲恰好病重，来人捎信让他赶快回家。这时已到了六天头上，童子自作主张，就把李大仙的躯壳烧了。等李大仙的魂神按时回来，却找不到家了，情急之中，也不辨好歹，随便找个路边上的饿殍做了躯壳，落得个又瘸又丑的模样。这形象比起原来的仙风道骨是大大打了折扣，但拄着拐杖的瘸子却成了他的招牌形象，也算是"坏事变好事"，所以他也就没再物色新壳。此故事不仅见于明人的《列仙全传》，元人杂剧和明代的小说中都有各种不同的版本。不仅如此，元杂剧中除《吕洞宾度铁拐李岳》之外，《黑旋风借尸还魂》《萨真人夜断碧桃花》都有同样情节，由此看来，借尸还魂真是深入人心，冥界里惯常操作，比证券界的借壳上市还要方便顺手。

除此之外如果还有第三种，那就是官府与个人协商解决了。但此类的借尸还魂极为少见，我只从旧书中见过一例，而且还很不可靠。唐人张读《宣室志》"竹季贞"一则中说到冥府中有一规定，每隔三十年，就有一个再生名额，允许冥中的鬼魂向冥府提出申请。这申请的内容就是陈述自己生前的罪福，说明自己曾经是个大大的良民，复生之后也不会给阴阳两界的政府找麻烦。如果蒙恩俞允，便可以重生了。这事看起来简单，其实比人世间考状元还要难上千百倍，一是时间上的三十年对三年，二是冥间的鬼魂要比人间的举子多不止十倍，而竹季贞先生就是这样幸运的一位。但他已经死了十多年，宅舍早就坏了，冥官问他怎么办。竹季贞说："我同里有个赵子和，刚死几天，愿老爷能把他的尸体供我还魂。"这冥官也不问赵子和与他的老婆是否同意，更不去了解一下竹季贞是否有图财图色的居心，随随便便地一点头，竹季贞就合法地成了赵家的主人，老婆孩子田地房宅全归他所有了。

这种自选官批相结合的办法颇易引起外人的疑窦，为了稳妥，冥府的随机分派就合理得多了。当然，这种三十年给一个名额的惠民政策虽然有助于鼓励两界百姓的守法向善，但申请的鬼魂数以百万计，黑压压地挤在十殿大门外，光是维持秩序就要动用成千上万的警力，再加上递来的申报文书堆积如山，阎王判官抓人审人的正事还忙不过来，又要牺牲睡眠和娱乐，审阅评比、内查外调、讨论面试，这不成了孙行者来过之后最大的乱子了么。所以这一新政顶多也就实行了一两次，以后再也无人提起了。

二

尽管人们口头上说魂灵比起躯壳来是如何的重要，但人世一涉及财产的所有权问题，却都是按躯壳来分配的。张三的躯壳占有着张三的权势财富、身份名望、妻儿老小等一切，这在正常的世界上好像没什么疑问。但如今出现了借尸还魂，魂灵与躯壳重新组合，便发生了难缠的事。比如张三死了，李四跑来说，张三的魂灵住在我的躯壳里了，于是便要登张三之堂，入张三之房，还要上张三之床，恐怕就要被人打将出来。张三的魂灵即便感到委屈，怕也是无可奈何，只好回去上李四之床。当然，小说中传下来的不少故事中，往往是李四说明原委，就被张三家接纳了，而张三之妻也往往是初则忸怩，后则坦然，[1] 但这种事终究让

---

[1] 但有些情况是无论如何也不能"坦然"的。俞樾《右台仙馆笔记》卷十五记兄弟二人同时病死，俄而其弟复苏，却是哥哥的魂附在身上了。弟妻引之入室，不可，回头要入兄室，兄妻又拒之。他只好移居于外，旬日之后，身体痊愈，再回来，两位太太见了就躲，弄得他有家难回，只好去做了和尚。

人感到蹊跷,容易被心怀不轨的第三者利用,不但插足,而且取代那倒霉丈夫的。

借尸还魂而闹出纠纷的大多属于此类,不但是历代笔记小说,就是见于正史的也非仅一例。如《金史·五行志》中的一条:

> (金世宗大定)十三年正月,尚书省奏:"宛平张孝善有子曰合得,大定十二年三月旦以疾死,至暮复活,云是本良乡人王建子喜儿。而喜儿前三年已死,建验以家事,能具道之。此盖假尸还魂,拟付王建为子。"上曰:"若是则奸幸小人竞生诈伪,渎乱人伦。"止付孝善。[1]

良乡县死于三年前的喜儿,却借了宛平县张合得的躯壳复活了,二地相距不远,均在今北京城外。事情惊动了中央政府尚书省,是因为此类事情虽然在志怪小说中屡见不鲜,及至真的发生了,却要牵扯到很多实际问题,最明显的就是财产地位继承权的归属。尚书省认为既然是"借尸还魂",就应该把张合得送还给王建。但金世宗看来要比那群大臣考虑周密得多,他注意到此例一开,弄不好民间就会出现成批的借尸还魂事件,某人睡上一觉,再醒过来就成了大财主死去的儿子,更可怕的是,某人要说是皇上的老爹老妈皇子公主借了他的尸体还魂,那不比吕不韦的买卖还便当吗?所以正如纪昀所说,民间再发生此类事端,"官为断案,从形不从魂。盖形为有据,魂则无凭。使从魂之所归,

---

[1] 周密《癸辛杂识》大约是记录此事的最早文本,其别集卷下对金世宗的话叙述较详,云:"若然,则吾恐奸诈小人竞生诈伪,有乱人伦。既身是合得,止合付合得家。"身体是谁,就归于谁家,这实在是既简单又明智的做法了。

必有诡托售奸者,故防其渐焉"。(《阅微草堂笔记》卷四)而后来虽然正史中也有借尸还魂的记载,如《明史·五行志》:"洪武二十四年八月,河南龙门妇司牡丹死三年,借袁马头之尸复生。"却只作为妖异看待了。[1]

但如果换个方式,张三死了,李四的魂灵占了张三的躯壳,那就可以大大方方地到张三家登堂、入房、上床,只要本主不说,没有人会质疑张三已经被别人鸠占鹊巢,即使说了,恐怕也未必会有人相信。清人汤用中《翼駉稗编》卷六"借尸还魂"条写一老儒生,年过七十,贫困潦倒。一夜与老妻共卧,梦中跌落床下,大约就此死了吧。但不知怎么,那魂儿却跑到别人身上了。他一觉醒来,"窃怪肤肉丰润,衾褥亦香软异常,不类布素。同床更有人卧,触手滑泽,非复老妻,大骇,披衣起坐,同床人亦醒,呼婢以火来,则己与同床人俨然二十许少年夫妇也。"一个垂老穷儒忽然就成了富家公子,虽然丢下的老妻可悯,但自己却是"意亦良得"的。而原来的一个草包少爷,一觉醒来却是诗书满腹,对于这个财主家来说也是大大的幸事。至于原来那位少爷的魂灵流落到何方,此时就没有人会想它了。故事的结尾是很厚道的。这位老儒"每忆前生妻子,辄背人流涕",当年他就中了举人,及去京赴试时,又绕道寻其故居,"见老媪白发颓然,二子穷窘,前身枢亦未葬,为之怃然,厚恤金帛而去"。这样的好事不大容易碰上,可是有人碰上了却未必就当成

---

[1] 正史中虽然作为妖异记载,但笔记中却是另一回事。明人祝允明《野记》记述此事的结局是,司牡丹借袁马头之尸复活之后,惊动了官府,但官府不能决,正好懿文太子自陕西还,河南府官启禀此事。"太子回言于上,上遣中人召至,面问确实,赐钞帛遣还。诏令两家同给养之。"就是明察如明太祖,也只能含糊过去。

好事。《聊斋》中的《长清僧》，一个持戒甚严的高僧，死后魂灵不由自主地附到一个跌死的贵公子身上，醒过来，只见"粉白黛绿者，纷集顾问"，从此老僧眼不敢睁，气不敢喘，众姬妾也是全体守活寡，这就彼此都不合适了。但有这样戒行的高僧在红尘中一万个里也找不出一个，在众生眼里简直就是一个怪物，更不会成为学习的好榜样。明末洪承畴兵败松山，成了满洲的俘虏，绝粒引吭，誓以死殉。这天他躺在炕上正闭着眼睛，冥心待死，那魂灵儿已经将要离开饿了几天的躯壳了，忽觉有人近前，先是吹气如兰，然后是娇声如莺，原来是皇太极的太太亲自来劝他进食了。此时洪承畴便"眼睛一闪，而兰麝熏心，有求死而不得者矣"（《长清僧》"异史氏"曰）。同样的兰麝熏心，但洪经略就能选择一个彼此都合适的结局，蒲老先生写这篇《长清僧》大约也是别有用心吧。

三

借尸还魂事件中的形、魂二主，绝大多数都是相距不远，协调起来方便，有时甚至可以当亲戚一般走动。偶尔有相距百里之外的，则略费周折，但既然阴阳两界都可以沟通，同在地球村内，即是万里之外也不算什么大麻烦了。

郭则沄在《洞灵小志》中记有他的同年许溯伊所述亲历一事。溯伊任职译部，曾见有法兰西公使送来文牒，言越南人某既死复苏，却说起中国话，找来翻译，才知道是山东某县人借尸复活。法兰西政府甚感其事怪异，请求清政府移文山东以访查之。查的结果此文没有说，但数年之后郭再写《洞灵续志》时，又记下同社诗友杨味云所述的另一异事。杨味云说那年他正在山东财政厅做着厅长,有某县长来谒,言县属某乡有农民某,病死复苏,语㖿啾不可辨。其人本不识字,忽索笔作书,文理斐然,自云是越南人某借尸复活。(那时越南和朝鲜一样,知识分子中通汉文字的人很有一些。)杨味云觉得这事稀罕,便让县令把这位山东老乡解到省垣,躬亲细问。杨味云听人说越南人善于凿井,问这老乡会不会,此人自言略知水脉,也能凿井云云。看来这两件事其实是一件事,山东人和越南人都不辞万里之遥,互换了躯壳。这事的解决也不会是太大的难事,只要让中国阎王与越南阎王交涉,把他们的魂儿再换回来就是了。

一般来说,对于"魂灵"一方,他的借尸重生都是只赚不赔的。本来已经要沉埋于冥狱的鬼魂,能以自由人的身份重回人间,这总不能不说是意外之喜,而且有时甚至是皆大欢喜,至多不过是主客双方一时的惊吓和尴尬。即便是地位由富贵而贫贱的大幅下跌,但好死不如赖活着,也没听说为此而自杀的。较为苦恼且影响到旁人情绪的,却是一个和富贵贫贱相比似乎不那么重要的问题,即形体的变化。像李铁拐那样,从仙风道骨一下子变成了不但残疾而且丑怪,他是神仙,不妨游戏人生,可以"真人不露相",最主要的是他没有老婆和以貌取人的世俗朋友,所以他没有心态不平衡的苦恼。而对于俗人来说就不一样了,刘义庆《幽冥录》中有个"士人甲"的故事,是个拿南朝士人开心的很不错的小品,被《太平广记》收入,当成了第一例"易形再生",虽然那只是局部的"易形",也已经逼得主人快要上吊了。

那是东晋初年元帝时的事。士人某甲,衣冠族姓,暴病而亡。到了天上(当时还有天帝司冥的残留观念),司命老爷发现他寿算未尽，赶紧让他返回阳世。可是某甲的脚出了毛病，走不动了。几位阴吏发起愁来，因为某甲如若以脚痛不能及时还阳，他们就要坐枉人之罪。于是请示司命，司命思之良久，道："正好新勾来一个胡人康乙，就住在某甲不远的西门之外。其腿脚甚为矫健，更换一下，彼此无损。"可是这胡人形体甚丑，那双脚尤其不能入眼，某甲不肯相换。冥吏说："您若是不换，就要长留于此了。"某甲没办法，只好同意。冥吏令二人全闭上眼，倏忽之间，二人的脚就调换了。某甲复生之后，一看那双脚，果然换成康胡的了，丛毛联结，且臭气熏天。而某甲本来就是个顾影自怜的人，就是那手足也爱惜甚至，不时把玩，忽然之间变成这副模样，自然是懊恼欲死了。正好家人说康胡还没下葬，某甲便前去观看，只见自己的那双脚正在康胡身上，不禁潸然泪下，对那双中看不中用的脚深情地凭吊一番。麻烦的事还在后面，原来康胡的儿子是个大孝子，知道换脚之事后，每逢过节及朔日，想起先人，难禁悲思，便跑到某甲府上，抱着某甲那双臭毛脚号啕一顿。有时在路上遇上某甲出行，这孝子也攀援其脚，啼哭不止。那双脚本来就是人家亲爹的，硬性拒绝有些说不过去，于是某甲只有躲之一着，每出入时，常令人守护门户，左张右望，以防康胡之子的突然袭击……

只换了双脚尚且如此，如果把整个的康胡换给他又将如何？借尸还魂本身就存在着不确定性，世上村姑的数目远远多于皇姑，想必借尸的诸位也不会生此妄想，而潘安和麻胡虽然都是少数，可是一旦摊上个麻胡的躯壳，即使自己认了，老婆却未必能让他进家。（袁枚《子不语》卷一"灵璧女借尸还魂"一条说俊俏的魂灵附上丑妇之尸后，居然能变丑妇为美女，但这种能把皮囊翻新的特例太少,还是别抱希望为好。)但这还不算是最让主人难堪的,如果让男魂附上了女尸又怎样,那就不由人不想到林之祥在女儿国的遭遇。

钮琇《觚賸》卷七"巡检附魂"一条记的是康熙年间的一件事,河源县蓝口司巡检王学贡,死后不久,他尚未出嫁的女儿因哭父成疾,没几天就也死了。可是正要把她入殓,她蹶然起坐,自看其体道:"我是王巡司,怎么弄成女人打扮了!"原来王学贡阳寿未终,理应还阳,便奉阎王之命,借了女儿的尸首。阎王爷自是一片好心,一是就近解决,省却不必要的口舌,二是一人还阳,全家团圆。但没想到,这位待字闺中的姑娘竟解下缠脚布,又让人给自己剃发留辫,这倒也不奇,奇在她找到县太爷,要求顶替她爹爹的原职。

而纪昀《阅微草堂笔记》中所记一事就有些恶谑成分了。这事乾隆年间发生在户部员外长公泰家。他家一个仆妇,才二十多岁,中风而死,第二天又活了。可是她举手投足,却是男人模样,见了丈夫也和不认识一样。众人细究其由,她方才说自己本是男子,死后入冥,判官查明他阳寿未尽,理应还阳,但有个条件,要谪为女身,就这样恍惚之际便躺在人家的床板上了。再问她姓氏籍贯,她坚不肯言,别人知有隐情,也不再追问。到了晚上,丈夫拉她上床,她说自己无断袖之癖,说什么也不肯顺从。但她丈夫虽然看似粗蠢,却是个不信邪的好汉,终于让她正视现实,回归了妇道。从此每次房事完毕,她都哭泣不止,抽抽搭搭直到天明。有人还听到她窃窃自语道:"老夫读书二十多年,做官三十余载,乃忍耻受此奴之辱乎!"说归说,这辱她还是要忍着。据说直到死,她也没透露前身的一点儿信息,也是怕传到故乡,"亲者痛,仇者快"吧。

四

看了上面的故事,便觉得冥府为还魂而分派的尸体,也并不完全是随机或随兴抓取的。同是还魂,转瞬之间就发生了大变化,或坠于深渊,或升于青霄,便不能不让人慨叹造化之弄人。于是惩恶扬善的主题便自然引入,从此不仅轮回果报多了一种快捷方式,而且这轮回还带着前生的完整记忆,就更多了一层教训的意义。做官三十年的结果是每夜"忍耻受此奴之辱",便可以推想他的官是怎么做的。

但用借尸还魂来阐发果报主题的故事模式还有另外一种,与灵和肉的主人都不相干的。

朱海《妄妄录》卷三"借躯托生"条,说某甲是个大财主,放高利贷,开典当铺,为人极为苛刻。他已经年过六十,妻妾接连故去之后,仅余一子,现在又病重濒死了。这天夜至三更,忽然有人敲门,原来是拿着钱要赎所当之物。某甲心里正烦,恨恨地斥骂着,让他明天再来。那人道:"明天天一亮赎期即过,我砸锅卖铁,好不容易才把钱凑够,就是为了把东西赎回来啊。"某甲忽一转念,心想儿子就要死了,此生盘剥百姓,为了钱干了那么多缺德事,如今留这些钱还有什么用。到了天明,他便把各家质当的田地物品全部无偿退还,那些借钱的字据也一把火烧光。但儿子终究还是死了,他抚尸饮泣,到了半夜还呆坐在灵床边落泪。忽然一人推门而入,他抬起头,认出原是经常找他借债的一位。那人道:"你这儿子是个讨债鬼,把你上世欠他的钱讨光，自然是要走了，所以你也不必悲伤过度。我念你焚券高义，愿做你儿子，以奉余年。"说罢，此人就不见了，而同时灵床上的尸体竟然苏醒过来。次日某甲到那家打听，才知道那人已经死于昨夜，自己的儿子正是他借尸还魂。

俞樾《右台仙馆笔记》卷三中的一则，故事编得似也巧妙。苏州有某翁，于庚申（咸丰十年，1860）之乱中丢失了儿子，但在乱中又收养了一个失去父母的孩子。乱定之后，他回到故乡，把那孩子认作自己的义子，还给他娶了房媳妇。可是不幸这孩子又死了，这天正要入殓，此子忽然活了过来，拜过父母，便道："与爹娘相别已久，二老身体可好？"那动作和声音，却又是自己亲生儿子的了。再一细问，此子便说起当年离散之后，自己流落于某地，及至乱定，方才搭了某人的船回家。正说着，门外进来一人，正是儿子说的"某人"，道："我载你儿子还家，不想刚到门口，你儿子就暴病而亡了，现在他的尸首还在我船上呢。"这时某翁方才明白，原来是自己亲子的魂灵借着义子的躯壳复生了。

粗看起来，这两个故事的情节很是相似，但一细想，那尸与魂的借用却是完全相反的。既然叫"借尸还魂"，二者中的主体自应是魂。前一个故事却不是那样，只要皮囊是儿子的，不管里边装了谁的魂灵，那就是我的儿子，这不成了"借魂起尸"了吗？按照此类故事历来的规则，这个复活的儿子念念不忘的是他魂灵的本家，他应该主动地去探望自己的老父老母、妻子儿女，如果这里有什么"报应"之说的话，那就是他一下子从穷光蛋变成了大财主的继承人。梁恭辰在故事末尾阐发了一通感想，道："讨债儿去，还债儿来，即在一身。借因结果，善恶之报捷于影响如此。"这未免有些过于牵强和自作多情了吧。当然，这故事也可以从另一角度去思考，老财主盘剥一生，最后的结果是，走了一个讨债鬼，换来的则是另一个讨债鬼，只不过这个是坐地接收，不走了。一时的善念，换来了一个亡子复生的假象，想起此人坑害的穷人不少，老天对他也算不薄了。

第二个故事从报应角度来看似乎合理些，老人家丢失的儿子，只是生死未卜而已，所以他的收养别人的孩子确是好心的义举，最后的假子变成真子，也算得上善有善报了。但一个大漏洞，却让全篇面临崩溃：既然亲子理应还魂，门外就是自己的尸体，外部完整无缺，内部新鲜软和，何必去借用别人的躯壳呢？如果俞曲园也像梁恭辰那样即兴发挥一下，说"亲生的儿子来了，认养的儿子也不去，亲子养子，合于一身"，也许能略有补苴吧。何况那旁边还有个儿媳在，亲子如果不借义子的躯壳，不但要造成一个新寡，再娶一房媳妇也是要破费一笔的。

在借尸还魂题材中引入这一类的果报，好像是起于清人的创造，以前还未曾有过的。姑不论果报之说的庸陋，把果报着眼于延续香烟的尤其庸陋，就是只看故事本身的编造，也都是很不成功的。至于袁子才在《子不语》卷十二"借尸延嗣"中，写一家穷人儿媳身亡，这家再也无力续娶，眼看着要子孙断绝，于是这家祖宗的鬼魂千哀万求，终于感动冥府，让某姑娘的亡灵附上儿媳的尸身，使一个生孩子的机器重新运转起来，那故事就更远在随园的正常水准之下了。

移魂大法

移魂与借尸还魂相类似，都是把某人的魂灵转移到另一人的躯壳中，但其间的差异却让它们有了邪正之分。借尸还魂是把一个死人的魂灵附着于另一个死人的尸体上，而所谓移魂，则是把一个生人的魂灵转移到另一个死人的躯壳中，或者是把两个活人的魂灵互换躯壳，而占主动的一方，则怀有不但很功利而且很邪恶的动机。

借尸还魂往往以冥府的官方行为而赋予合法的外衣，虽然那最后的结果未必让人间的法律所认可；它往往是喜剧的，最差也仍带有谐谑的性质。可是移魂就大不一样了，它的操纵者是术士和巫师，以不能见人的诡秘手段施行一种以生命和财产为目标的大型骗局；它的过程是恐怖的，结局往往是凄惨的。

从巫术的技术角度上看是"移魂"，而最后的目标是让主角"易形"，所以这种巫术又称"易形法"，好听一些叫"借形法"，此外还有叫"铁牛法"的，则不知其名之所自了。

我在笔记中见到的最早的易形术材料，是周密的《癸辛杂识·别集》卷下中的一条：

> 建康有陈道人，常与忤作行人往来，饮酒甚狎。忤问道人将何为，回曰："吾欲得十七八健壮男子尸。"一夕，忽有刘太尉鞭死小童，忤与致之。道人作汤浴其尸，加自己之衣衾，作跌坐于一榻上，道人亦结跌其前。至明，道人尸化而童尸以生矣。

忤作，就是从事殓葬行业的人，这一行对城市中的尸首情报最为灵通，所以这个老道要想物色中意的尸体就要与忤作行人结交。移魂换形的过程极为从容温雅，沐浴更衣，相对跌坐，从旁看去，简直是一幅师徒传道图了。甚至还可以把这一过程更理想化一些，比如说成小童把自己的全部"器官"一揽子"被自愿"地捐献给了老道，但这种说法有些太像今天的某些"专家"，不大为我等草民的理解能力所适应。

周密是南宋末年和元朝初年人，此前是不是还有移魂易形的记载，恕我读书有限，还没有见到，但并不能据此认为这种巫术没有更早的历史。如果我们把范围扩大些，成书于魏晋间的《列子》中，扁鹊为人移植心脏的故事便可以看作移魂易形之滥觞。因为那里说的心脏包含了这个人魂灵所具有一切，实际上就是通过医学手段为人换魂。《列子·汤问》故事大致如下：

鲁公扈、赵齐婴二人有病，同时去请扁鹊求治。扁鹊把他们的病治好了，又对二人说："你们二位得的病是自外而侵入脏腑，用药石就能治好。但你们还有天生的心病，与日俱增，却不是药石所能医治的，我把它们也治了吧。"然后接着说："公扈志强而气弱，所以足于智谋却不敢决断；齐婴志弱而气强，所以少于思虑而失于专断。如果把你们的心对换一下，每个人就都完美了。"于是扁鹊给二人饮以毒酒，迷死三日，剖胸探心，相互置换，再投以神药，二人就苏醒如常了。二人辞别而归，公扈却直奔齐婴的家，把齐婴的妻儿当成自己的，他们自然不肯接纳这个陌生人；反过来齐婴也一样把公扈的家当成自己的，也照样被赶了出来。两家都闹翻了天，最后还是由扁鹊出面说明，才算平息。两家太太只能"得意忘形"，慢慢去适应这个面目全非的丈夫了。

但这个移魂手术的主刀者不是移魂的当事人，扁鹊用的也不是巫术，只是其思路与移魂易形出于一辙而已。至于这一故事是不是受到民间巫术的启发，那也是不能悬揣肊测的。问题在于，即使当时民间尚无移魂魔法，但名医扁鹊的巧妙思路和借尸还魂的成功经验，也可以启发巫师开发这一魔法，更主要的是，中国的皇帝最喜好在延续生命上做实验，只是一个炼丹，不管是内丹外丹，连汞化物的九转大丹和含有硫黄的春药都敢吃，相比之下这个移魂大法要安全得多。但千古一帝及其追随者所以不肯为这一魔法立项目、掏赞助，乃是因为，权势者的那个躯壳对于他们是太重要了，那代表着万万人之上的地位、权势和财富的东西，哪怕是个草包，是个酒囊饭袋，也是人们所认可的唯一一个。他们绝对不能舍弃眼下这一副皮囊，试想，如果始皇帝的魂灵转移到陈胜、吴广身上，即便壮得生龙活虎，李斯、赵高以下还会承认他是皇帝吗？所以他们只能用不死丹、长生药、房中术来永葆外表的"青春"，起码让人看着是红光满面，神采奕奕。而对于江湖术士、牛鼻子老道来说，就没有这层顾虑，他们失掉的是个旧皮囊，得到的也许是想要的一切。

明人祝允明在《志怪录》记载了一个元代末年的故事，已经为移魂法注入了恐怖的成分。一个叫叶宗可的人，前往淮阳的途中，遇到了兵祸，贼寇大至，积尸遍野。时已入夜，他听到前面有动静，不敢再走，就卧于地上，与众尸相杂。月光下只见有人走近，是一个道士，旁有一童子执烛，照察众尸：

> 凡妇人老翁幼稚羸尪残废者俱不用，以手提而掷之，轻如一叶。俄得一壮男子，骸体魁硕。道士细视之，有喜色，乃即解衣，与之合体相抱持，对其口呵气入其中。良久，道士气渐微。尸冉冉动，俄而欠伸，又开眼，遂推道士于地，蹶然而起立，仍令童子执烛前导，飘然而去，不知所之。

于深夜旷野中趴到尸体上嘴对嘴地咻咻不止，这景象不仅令人毛骨悚然，而且形象也有些不堪了。这事后来被清人陈尚古在《簪云楼杂说》"易形"条中做了翻新，地点改为浙江嘉兴崇德县，寇贼变为倭寇，道士变为老人，而易形的过程也由卧式改为立式：

> 逐尸翻阅，无首者弗顾也。独一尸体甚丰硕，老人解衣裸身，扶尸如人立，交口相向，偎抱片时，老人遽堕地，尸已蠕蠕动矣，忽起立，披衣著冠，随灯而去。

这是一种类型，即用新鲜的死尸为换形对象，人与尸体两口相对，就是用作魂灵转移的通道。但陈尚古还讲了另一种类型，则是两个活人躯体的对换。

这是崇祯年间发生在淮安府东安县的事。一座关庙里，住着一个和尚和他的徒弟。师父年有五十余，而徒弟年仅二十许。师父有事到海阳去了，只留下徒弟守庙。这天有个老和尚来寄宿，年岁有七十多岁了。第二天，老和尚掏钱请小和尚搓了一顿，然后说："想找师兄借件东西，不知你能否答应？"小和尚说："那要等我师父回来才行。"隔了一天，老和尚又摆了一桌，求借之情更为恳切，小和尚想了想，大约觉得庙里也没有什么太值钱的东西，也就没有细问，便说没问题，可是究竟要借什么东西，老和尚也没有再说下去。这天夜里二人同寝，到了半夜，小和尚只听着老和尚打开门出去了，再也没见回来，甚觉奇怪。第二天一早，小和尚就起来询问邻里，不料众人一见他，就和不认识一般，问："老师父从何处而来，几时飞锡到此？"小和尚说："小僧就是本庙某某啊。"众人又大惊道："不意如许少年，一夕遂成老丑。"小和尚赶快回去照镜子，想不到却是那七十岁老和尚的模样了。最后自然是不胜悲恸，没有几年就老病加愁苦而死了。

清人慵讷居士《咫闻录》卷十一有"换身"一则，情节大体相类，只不过移到了江西赣州。但最后一段是，小和尚发现自己成了老和尚，心里虽然明白是怎么回事，嘴上却很难说清楚，只是请别人替他去抓老和尚。别人说："你不就是老和尚吗？"他说："不是那么回事。老和尚昨天对我说要借我的屋子住，我答应了，但没想到他不是借我的屋子，是借我的身子。现在他把我的身子拐跑了，却把他的身子给了我。我就想把自己的身子找回来，把我现在的身子还给他。"众和尚越听越纳闷，都当他是老糊涂了。这和尚最后只好去告官，两榜进士出身的县太爷理解能力强多了，事情是听明白了，却说世上哪里有这种怪事，你要是再胡说，我就判你个妖言惑众！

这类事我总觉得应该是江湖术士和冒牌老道才干得出来，安到和尚头上就有些栽赃之嫌。过去的民间常把和尚当作异类，连编笑话也忘不了他们，或者这里的栽赃，也与"和尚却在，我到哪里去了"的糊涂解差故事有些牵连吧。为了不让和尚感到太委屈，下面再讲个老道的故事，庶几二教平衡。由此也可以看出，即使和尚真的会玩易形法，也不过是换个年轻的躯壳而已，可是到了老道手里，移魂大法却是财色兼顾了。

故事见于袁枚《子不语》卷一。李通判是广东有名的大富豪，金银珍宝，多如山积，光是漂亮的小老婆就养了七个。只可惜，李富豪只活到二十七岁，来了场急病就呜呼了，金钱美女一个也带不走，肯定外间就有闲人替她们操心，他们最大的企望就是把李通判的家财分成七份，由七个美女均分，然后各嫁一人，而自己就是幸运儿中的一个。可是李通判家有个忠诚朴实的老仆人，替故主看守着留下的这份家当。此时他正为主人的早死哀伤，便与七个年轻的女主人共设斋醮，超度亡人。这天忽然来了一个老道持簿化缘，老仆呵斥道："我主人刚去世，没有工夫管你。"道士笑道："你不想让家主人复生吗？我能作法，令其返魂。"老仆一听有这种奇事，赶快向女主人们汇报，女主人自然同意，让老仆接待那活神仙。但老道又说了："阴曹地府有规矩，死人还阳，须得有一人替代。"七个女子在这一点上意见也很一致，都不愿意做替代，于是老仆毅然道："诸娘子青年可惜，老奴残年何足惜！"便对道士说："您看老奴我能做替代吗？"道士说："没问题，只要你一不后悔二不胆怯就行。"老仆说："只要主人能活，我什么都不怕。"道士说："念你一片诚心，可出外与亲友作别。待我作法，三日法成，七日法验。"老仆奉道士于家，旦夕敬礼，自己则到主人的诸家亲友处，一一告知，泣而诀别。其亲友有笑者，有怜者，有敬者，有揶揄不信者。老仆经过自己一向信奉的圣帝庙，便走进去，且拜且祷道："老奴代家主死，求圣帝助道士放回家主魂魄。"话刚说完，只见一赤脚和尚立于香案之前，叱道："你满面妖气，大祸将至。我来救你，你切勿泄漏。"便给他一个纸包，让他事急时打开，说完就不见了。老仆回到家中，悄悄打开纸包，见里面有手爪五具、绳索一根，不知何意，便揣到怀中。很快三日之期已过，道士命移老仆床与家主灵柩相对，铁锁扃门，凿穴以通饮食。而道士则于群姬相近处，筑坛诵咒。过了一会儿，什么动静也没有，老仆不禁起疑，但就在这时，床下忽然飒飒有声，只见两黑人自地跃出，绿睛深目，通体短毛，身长二尺许，头大如车轮，两目闪闪盯着老仆，且视且走，绕棺而行，然后用牙连咬带撬棺材缝。棺材盖被二鬼咬开一缝，便听到棺内有咳嗽声。二鬼便把棺材盖掀开，扶主人出，其状奄然若不胜病者。二鬼手磨其腹，主人口渐有声。可是老仆看那人是主人模样，声音却是道士的，不禁愀然，暗道："圣帝之言得无验乎！"急忙把怀中纸包打开，只见五爪飞出，变为金龙，长有数丈，攫老仆于空中，以绳缚于梁上。老仆昏昏然注目下视，见二鬼扶家主自棺中出后，搀至老仆卧床，却不见老仆的人影，不由惶然。此时只见主人气急败坏地大呼道："法败矣！"二鬼狰狞，绕屋寻觅，却到哪儿去找老仆。主人大怒，拿起老仆床帐被褥，连撕带咬，片片粉碎。这时一鬼仰头，见老仆原来在梁上，大喜，与主人腾身跃起，要抓老仆，可是还没够到屋梁，便震雷一声，老仆坠落于地，棺材盖合拢如故，二鬼也无影无踪了。诸女闻听雷声，便赶去打开屋门。老仆把所见讲了一遍，再一起去看道士，道士已为雷震死于坛上，其尸上有硫黄大书"妖道炼法易形，图财贪色，天条决斩，如律令"十七字。

道士的邪术是让自己的魂灵注入李大财主的尸身中，老仆的"替死"在此处只是一个幌子。当然，老仆作为知情者，必须死掉以灭口，同时也是妖术实行过程中不可缺少的一个交换条件。

但替死之说却也不是无稽之谈，戴孚《广异记》中就记有唐天宝年间，术士张夜叉行此法术，让洛阳尉马某替代了坠马而死的剑南节度使章仇兼琼，但却没有袁子才写的那么妖气森森，让人毛骨悚然。袁子才的故事情节中或有为了追求耸动人心的效果而做的文人创作，但移魂替死，事关生命，那法术本来也不应该太简单。他在《子不语》卷十七"广西鬼师"一则中谈到"捉生替死"的"接火"巫术就很阴森恐怖了：

设一坛，挂神鬼像数十幅，鬼师作妇人妆，步罡持咒，锣鼓齐作。至夜染油纸作灯，至野外呼魂，其声幽渺。邻人有熟睡者，魂即应声来，鬼师递火与之，接去后，鬼师向病家称贺，则病者愈而来接火之人死矣。

郭则沄《洞灵小志》卷三所谈的"接火"是"粤俗"，好像也应该包括广西在内，叙述略有不同，但阴森恐怖是一样的：

其术于昼日至病家设坛，悬诸神鬼像，俱狰狞可怖。所诵非道经，非佛经，咕喃莫辨。夜深人静，则搓纸作小索，注油燃之，吹海螺呜呜作鬼声，遍行街巷。有生魂夜出，见火争前夺之，则病者愈而夺火者代死。

这里说的"生魂"，应该是人们沉睡之后逸出的梦魂吧。但这些梦魂为什么要凑过去夺火，却没有交待，似不如"鬼师递火与之"更合理。但这不合理中却埋伏下一个合理的"风险"，即巫术进行时，巫师对来接的魂灵是不能选择的，谁接了谁就认倒霉。曾有一巫师持火夜行，见一妇人前来夺火，一细看，竟是自己的老婆，赶也赶不走，躲也躲不及，竟看着老婆夺火而死了。据说也有防止的办法，巫师出家门之前，把家人的鞋摆成一俯一仰，那么梦魂就不会逸出大门去夺火了。

此外还有一种移魂邪术，施术者并不把自己的魂灵移入别人体内，而是把某人之魂移入另一人之尸。纪昀在《阅微草堂笔记》卷十五中记有与袁子才齐名的蒋心余所述一事，即是此种。

某甲赴朋友游湖之约，至则画船箫鼓，有红裙女子在船上陪酒。此人于灯下细看，竟是自己的妻子。但其家在两千多里之外，妻子怎么会流落到此呢？而且那女子对他宛若路人，既无惧意，也无羞色，说话的声音也不像自己的妻子。宴会之后，他怔忡不安，没过几天，就接到家书，原来他妻子早在半年前就去世了。某甲虽然觉得此事蹊跷，但只当作遇见了鬼，慢慢便淡忘了。但这时突然发生一事，有个术士被雷劈死了。这术士的仆人渐渐透露出，此人能持咒摄取新殓女子之尸，又能摄取妖狐淫鬼之魂，附其尸以生。他把这些女子当作侍妾自奉，及至有了新的，就把旧的转售出去，新陈相替，获利无算。某人之妇，有可能就是被摄走的尸首之一。

顺便说一下，和大多数巫术一样，移魂易形这一邪术，不仅中国有，外国也有。对西方的巫术史我是一点儿也不知道，但从西方的一些恐怖电影中也可以略知一些皮毛。（如果这些电影也和中国的某些"大片"一样，除了人还有些像是本国人以外，历史和民俗都像是从不知哪一个外国的电影和电子游戏中"借鉴"的，那就不大好说了。）美国恐怖片《万能钥匙》（又译《毒钥》）是很典型的移魂大法，老巫婆把自己的魂灵与一个年轻姑娘互换了躯壳，从而使自己攫得更新鲜的肉体。但那个互换躯壳的魔法必须双方同时施展，也就是说，它的原始形态是要双方互愿的（正如老和尚要借"屋宇"也要征得小和尚的同意一样），年轻姑娘当然不愿意变成一个又老又丑的女人，于是影片中的老巫婆就设了一个巧妙的骗局，诱使那姑娘不自觉地学会了巫术，并在适当的时机为了保护自己而施发出来，那结局自然是适得其反，她中了圈套，与老巫婆互换了躯壳。

此外，美国剧集《阴阳魔界》中《法老的诅咒》一集，写一个著名的魔术世家，每过三十年，魔术大师就要从当代年轻的魔术师中物色一个接班人，把自己的衣钵传授给他，然后自己退隐。在大庭广众之下，老魔术师和年轻人合作表演魔术"法老的诅咒"，于是移魂魔法以魔术的形式施展出来，老魔术师的魂灵占据了年轻人的躯壳。衰老的巫师已经年轻化，再过三十年才须故伎重演一回。而那个年轻人的魂灵已经被幽闭在衰老的躯壳中，他要替代老家伙"隐退"，默默地等死。如此的传授已经过了很多代，人们见到的是魔术世家的代代相传，谁也不知道在不断更新的外表之下，其实还是那个陈旧的魂灵。

这收尾有些让人郁闷，那就随便说些开心一点儿的，看看采用最先进技术的科学换形术。曾看过一幅外国漫画，医生和病人商量下一步的移植器官问题。但那躺在床上的"病人"只是本人的一段盲肠，因为他身上的其他器官都是别人的，拆下之后就只剩下这些，也就是说，只有这段盲肠才能代表本人发表意见了。漫画中没有我能看懂的文字，估计那医生和病人都感到为难，再换还能换什么呢。

凄惨的"鬼仙"

这里说的"鬼仙"与道教中说的"鬼仙"不是一回事，那是人死之后的灵魂经过修炼而升入仙阶，只是地位尚低；本文所说则是对一种鬼物的称呼，大多为儿童的亡魂，却为术士所操纵，能为人预报吉凶、通灵接亡，甚至做些更邪乎的事。此种鬼物在民间名目很多，如耳报神、樟柳神、灵哥灵姐、灵童、鸣童、神童、神神，乃至肚仙之类全是，他们品类交错，或同物而异名，或名同而实有小异，但性质大体不差，其实是一种东西的不同变种。此处借清人的一种称呼，统名之为"鬼仙"，算是奉上一顶惠而不费的高帽。

由于名实上的混乱，要想把这些细类之间的关系分辨清楚，即是明白人也要极费口舌。而在下头昏口拙，无力办此，只是大致按时间顺序，自近而远，把他们排列开去。而文中所加的小题，也只是从当节文字中选上个名目，取眼下商家广告似是而非、连蒙带唬之意，只图醒目，聊别于一二三，若是责求其实，那就上了当也。

樟柳神

明人王兆云《挥麈新谭》卷下有"樟柳神"一则，其中讲了一个故事，说苏州乡下有一张二，充任本地里长，每月十五都要到官府点一次卯，所以那天半夜三更就要动身进城。这天走到中途，月色甚明，忽觉足下踩到一物，捡起来看，"乃木刻成一小儿，形长三寸，面貌甚精，毛发皆具，装饰诡异"。他随手将它插到帽檐上，接着前行，途中只觉有人在耳旁小声说："张二张二，县前点卯，要打屁股。"张二回头看，却并没有人，心里吓得直发毛，腿也软了下来。到了县里，他果然因为迟到挨了板子。往回走时，又听到耳旁小声说："张二张二，老婆在家偷汉。"说了又说，张二听得好不焦躁，忽然想起是帽檐上的小木人在说话，气得赶忙把它砸碎扔进路旁的粪坑里。

这里的樟柳神是个爱说实话的唠叨鬼，并不是大毛病，只是没好好学习卜商先生"信而后谏，未信则以为谤已也"的格言，又偏偏遇上个喜欢"报喜不报忧"、宁肯悄没声地戴绿帽子的主子，结果葬身于茅厕，大可为直臣之鉴。

这故事被清人宣鼎改写之后，收到《夜雨秋灯录·续集》中，文字婉妙动人，颇有瓜棚豆架之趣，而那个小木头人也就成了个可爱顽皮的小生灵。

故事说一个叫张大眼的乡间催租隶，五更起身入城，到衙门去结清秋赋。当他行至秋稼湾时，朝阳初上，觉得燥热起来，便到路旁人家小院的豆棚下歇息：

> 忽闻棚上有歌者，声啾啾如秋后知了吟。倾听之，歌

曰:"郎在东来妾在西,少小两个不相离。自从接了媒红订,朝朝相遇把头低。低头莫碰豆花架,一碰露水湿郎衣。"大眼闻之,骇诧欲绝,周回细询,则一小木雕婴孩,粉面朱唇,目清眉秀,长二寸许,趔趔豆花上,笑容犹可掬也。然却为一缕头发系颈,扣棚隙苇叶上,不能逸。大眼心知其为樟柳神,必茅屋中有术人止宿,夕系于此,吃露水耳。素审其灵妙,能报未来事,即断发擎腕中,戴笠西行。

快到县城了,小家伙乱蹬乱蹿,很不老实,张大眼就把他扣到草帽底下。不一会儿,就听他小声唱道:"张大眼,好大胆,来捉咱,一千铜钱三十板。"大眼只道是胡说,并不在意,可是刚进城,就遇上县太爷鸣锣喝道地入庙上香。张大眼心急脚忙,被眼尖腿快的衙役们疑为宵小,揪到轿前。他吓得气喘心慌,一时竟说不出话来。县太爷怒道:"一看就不是好东西,给他三十大板!"于是大眼被按在当街,扒下裤子,打了三十大板。不料大眼裤子还没提起,先扑哧一声笑了起来。县太爷大觉奇怪,再一问,才知道樟柳神早已预知。等到县太爷又弄明白大眼是给衙门效力的编外人员之后,便从国库里出了一贯钱,算是他枉受板子的补偿,却一文不添地把那小家伙要了过来,装进自己的口袋。最后说县太爷的一段更精彩:

宰由是听狱必以神置帽中,坐堂皇,为两造预言曲直如目睹。人争诵神明,比诸虚堂悬镜,无微不烛,而不知公帽中有樟柳神也。公卒后,为乡里城隍,甚灵。

这县太爷有些弄神弄鬼，不必苛责，包龙图不是还要探阴山吗？只看他不以两造的钱袋大小判案，就是难得的好官了——虽然作者也未尝不带些讥刺。而从樟柳神的角度来看，脱离江湖术士的黑爪已是万幸，而竟然高升到县太爷的纱帽中，为百姓理曲直，真是"朝为田舍郎，暮登天子堂"，堪称自有樟柳神以来最风光的一位了。

故事很好看，听说还被汪曾祺先生改写成小说，那当然更好看了。但宣鼎先生这篇小说也有一点儿不足，就是无意中让读者产生一个误解，以为樟柳神总是像杨柳青大娃娃似的那么可爱活泼、笑容可掬。而真实的樟柳神，不过是一个命运极为凄惨晦暗的小鬼魂，另外，他也没有那么大的预知本领。

一个木雕的小娃娃，有没有唱小曲的兴致不好说，但能说话，更主要的是有预知的神通，这就很值得让人视为神物或怪物了。但他能"预知"的大抵只是一些琐事。明人王同轨《耳谭类增》卷四十二"外纪鬼篇上"中，说他只能"谈人往事，及家居坟墓园宅，如指诸掌"，而王士性《广志绎》卷四又说："其神乃小儿，故不忌淫秽，不讳尊亲，不明礼法；随事随报，然亦不能及远，亦不甚知来。"而《夜雨秋灯录·续集》中又说一事，言有人从巫师家购一樟柳神，望其能预报吉凶，不料"所报者，无非鼠动鸡啼鸦噪等事，且夜伏枕畔，唠唠烦琐，搅梦不酣"。仅此而已。

近人孙玉声《退醒庐笔记》中所说的樟柳神本领稍大些，但必须由术士念过咒语之后方可于半夜对语，"问以次日贸易事，言必有中，问及他事，则以不知对。问多则怒，且会詈人。"但能预测第二天的市场赢亏，这一点也很可疑，否则他的主人大可去炒股票，何必只做走江湖的术士呢。另外还有个故事，一位先生花了十两银子买了个樟柳神，指望着能发财，小试几次，居然都很灵验，正要大笔投入，却冥顽不灵，竟连屁也不放一个了。算了算赢亏，还算不错，赚了十两，正是买那樟柳神的本钱。原来不过像崂山道士一样和他开了个小玩笑。

虽然如此，也够难为这个小东西了。只是一个木头刻的偶人，就能有如此神异，首先让人想到的，这雕刻所用的一定是特殊的材料。

一种说法望文生义，认为樟柳神就是用樟木与柳木接凑，雕刻而成人形（清代破额山人《夜航船》卷六），又有以为"取樟木作灵哥，柳木作灵姐"（《海游记》第十五回），都是指樟、柳二木。但也有以为纯用柳木（见《阅微草堂笔记》卷二十、近人孙玉声《退醒庐笔记》），甚至有说仅用柳枝者。但以上诸说似乎并不妥当，因为樟、柳二木都太普通，取材既便，刻出的东西就不稀罕，岂不弄得像手提电话般人手一只了。灵物的出身总是不同凡响的。其实明人谢肇淛《五杂俎》早就指出，其木为"樟柳根"，而"樟柳根"并不是樟树和柳树的根，而是另一种植物"商陆"的根，必须下面埋着死人，上面才会长出根如人形的商陆。

所以清初的张尔岐在《蒿庵闲话》中认为，樟柳神的正名其实是"章陆神"，因为商陆又叫章陆，而"陆"字也可读如"六"音："左道刻章陆根为人形，咒之能知祸福，名章陆神。"商陆这种植物，在《尔雅》中叫作"蓫"和"薚"，李时珍只说它有"逐荡水气"的功效，对它的根部的灵气似乎不大注意。清人郝懿行的《尔雅义疏》说得较详，并说它又叫"王母柳",还叫"夜呼","如人形者有神"。商陆是长不成人形的,正如谢肇淛所说,如人形的应该是它的根,但恐怕只是偶尔见之,挖上百十棵也未必能见到一个的。中国古代对植物的根部凡是长成人形的,都有着特别的崇敬,如人参、茯苓、黄芪之类,或者认为它可以使人长生,或者认为它可以通神,这商陆就是一例。

但说樟柳神可以用柳木,也未必全无根据。明人姚士麟《见只编》卷中提到"中州"有柳木生出木瘤,如人形,多至千百:

>其"人",余曾见之,长二寸许,光润非人工可到,头髻向后,俨若妇人,面有二黑点稍突,即眼也,身有衣纹,但下截无足。此特其一耳,闻更有奇肖形状者。

这简直是天然的樟柳神了!柳树上生出这样人形的树瘤,平常人看了会心里发毛,但有眼光的人就会想到可以当作樟柳人的毛坯。书生姚士麟这时就想到了古书中记载的另一种灵物"枫鬼":

>尝读《临川记》,抚州麻姑山枫树数千年者,有人形,具眼、鼻、臂、口而无脚,与此政同。盖木附土而植,植非动物,故无足也。

刘宋荀伯子《临川记》在以上所引这几句后面还有一段,见于《太平广记》卷四百七:

入山者见之，或有斫之者，皆出血。人皆以篮冠于其头，明日看失篮，为枫子鬼。

这"枫子鬼"有说是枫树上的瘿瘤，有说是枫树上的寄生物，但在南朝时，却已经开始被神化，当成有灵性的鬼物了。最晚到唐朝，人们就因为枫木的灵性，用来做罗盘中的天盘，地盘的材料则是另一种有灵性的木料枣木，所谓"枫天枣地"即是。不仅如此，刘恂《岭表录异》卷中已经记载着这枫木的另一种用处："越巫云：取之雕刻神鬼，易致灵验。"这就不妨让人猜测，也许樟柳人的前身早在唐代时便已经出现了。而且也不能说是孤证，且看段成式《酉阳杂俎·前集》卷八中的一条，说道士秦霞霁，勤于修炼，存想不息。忽有一日，梦见一棵大树，树上忽然现出一个大洞，出来一个小儿，于是一下子就惊醒了。"自是休咎之事，小儿仿佛报焉。"树中的小儿能有预报吉凶的功能，这不就是樟柳神的前身吗？

但一块有人形的木头，不管是原来就像，还是后来的加工，那灵气的天然成分总是有限。像王兆云所说的"不必生人魂爽，只以草木合而为之"，这块木头就会成为能预知休咎的神灵吗？樟柳神的制造是术士的专利，一般不会完全透露给别人，书斋中的文士也只能略知一二。即使我们从笔记中看到的那"一二"，也会发现事情可不那么简单。那不能轻易透露的秘密，便是要为这木头小人注入人的灵魂！

谢肇淛说到挖取章陆之根时，那过程很是神秘：要在夜静无人之时，用油煎猫头鹰肉，等到那气味把四野的鬼火都吸引到此，这时才能掘取其根。为什么要等鬼火出现？因为一个鬼火就是一个鬼魂，鬼魂四集，这样在挖取章陆根时附结鬼魂的概率就更大些。只有在木头上附集了鬼魂，才能谈到回来之后的"以符炼之"。"炼"就是"炼魂术"，没有魂还炼什么？

《广志绎》卷四说，那木头所以能雕刻人形而有灵，是因为在树下曾经埋过章、柳二家早殇的小儿，日久天长，因而得了灵气。但下文又说，仅用此木雕刻成小儿形状，并不能立刻有灵应，巫师要用一根针刺入小儿耳内，炼以符咒，四十九天之后，小儿能在耳边传言，然后才拔去针。这就是所谓"炼樟柳神"。

看到这里，让人隐隐觉得这樟柳神有些血腥气，绝不是《夜雨秋灯录》中说得那么"笑容可掬"了。但其血腥远不止此！

灵哥灵姐

《海游记》第十五回说起樟柳神又有男女之分，称为灵哥、灵姐，炼制的方法是：

> 取樟木作灵哥，柳木作灵姐，每用男女天灵盖各四十九个为粉填空心，半夜用油煎黑豆，把鬼拘在木人上，符咒百日，炼成一对。

这简直比梅超风练九阴白骨爪还恐怖，也更难。《海游记》是本神魔小说，说起来话来有影而无踪，但天灵盖依附着鬼魂，把鬼魂拘到木人之上，则是不错的。因为这正合于中国人的科学思维。即使是正统的儒家老夫子们，在讲祭礼时，不是也说只要孝子顺孙们精诚灌注，就能把先人的灵魂依附于"木主"也就是牌位上吗？当然，祖宗的灵魂是不能用作炼樟柳神的原料的，那需要借用别人的亡魂，而借用的办法，正和旧时代拉壮丁相似，有抓来的，有花钱雇来的，有骗来的，但据说也有自愿报名应募的。

明人陆粲《说听》一则云：一书生文奎（即明代大书画家文征明的胞兄），与一术士交游，学炼樟柳神法，那鬼就是招募而来：

> 客教令断欲四旬，乃设食于野外，以夜同往。客作法召鬼，享以食，鬼来无虑万数，如风雨怪骤。奎惊甚，几丧魄。客呼鬼名一一问之曰："愿从公子游乎？"鬼言"不愿"，即去。次至一鬼，云"愿从"。客出小木偶人，书鬼姓名，及生年月日于其上以授文，缝著衣领间。

这种招募来的鬼魂，最无法律追究的风险，但我总觉得这不过是术人粉饰邪术的一种游辞。那些鬼魂，即使是无家可归的野鬼吧，图个什么，非要去给妖人做鬼奴不可呢。当然鬼物中也应该有一类缺心眼的格涩鬼，那些"不高兴"虽然没头脑，也许正好合于术士的需要。

沈平山《中国神明概论》"玄术篇"言及"柳人预报术"，当亦樟柳神之变种：此术流传已久，传说大凡命相、道术之人都会此术。炼时先择吉日，取东方常流水边的柳枝一段，雕刻成人形，长二寸六分，按阴数眉目七窍玲珑，左手阳仰，右手阴覆，头绾双髻，身著绿衣，用朱砂乳汁调写"心肝脾肾肺"于黄纸上，卷入腹中，次以鸡冠血抹口内，记年、月、日、时八字，待甲子、庚申日，祭炼于静室之中，用白鸡、鱼脯、兔头、香果供献，每日甲辰先念《二炁咒》，次念《追魂现形咒》四十九遍，午晚照前行持。炼至二十一日，所挂红旗自然交加，是显灵也。二十五日见形，不许猫犬及家有产妇或丧事之人触污，置于瓦器内，羃以红布，持竹箸击器，则其中扑朔有声，能告以未来事。

虽然说得很详细了，但在要害的情节上却还是遮遮掩掩。什么生辰八字，还要有"追魂现形咒"，这分明是已经选定了某个鬼魂来炼了。但这个鬼魂是怎么选中并勾摄来的呢？明末《集异新抄》卷八"耳报法"一条中，作者详细地说起他自己炼樟柳神的经历，其中就讲到这一情节，虽然炼法与前述的并不完全相同。

按炼魂术的规定，要先选"聪明夭死及横死人"，把他的名字写成牌位，与家堂神（即中霤神）、灶神一起供于密室，施符咒七日夜，其鬼即至。初至时，耳内微有声如蝇，渐渐声大如蜂。然后再念《开喉咒》，此鬼即可耳语了。这时就要与此鬼立下文券合约，令其供自己役使，但时间有限制，最长也不过一年。但作者试了一次，却是白忙，无影无响。后来由术士华某协助，倒是招来一鬼，说起话来（这自然是附于华生身上来说的），不想却是自己的亡友。"亡友"一听招他来的缘由，气得大骂："生前交厚，何至以妖术见侮！"第三次试验，是作者试图招取刚刚自缢而死的邻居，不料炼了九天自己就病倒了，一病就是两个月。据说后来鬼是招来了，但只是在梦中一见，好像也不算数。看来这三次都是以失败告终了。作者最后的结论是，此术"非吾辈所宜道"，"遂焚其书而绝华生"，似是有些觉悟，但看他的记述,其实还在发着昏。

但我觉得,这些都是术士能够公开对人说的法术,虽然已经够邪,但阳世一般不立严禁招鬼叫魂的律条,被人听到也就无大妨碍。至于他们真正使用的炼樟柳神法,是绝对不能让人知道的。写过《红楼评梦》的乾嘉年间人诸联,有本笔记叫《明斋小识》,其卷十二有"鬼仙"一则,所指的"鬼仙"就是"樟柳神"。潘成章雇的小书童,拾到一个二寸长的木偶,耳目口鼻一应俱全。他以为是个玩具,就把它掖到怀里。不想过了一会儿,那小木偶竟然说起话来:

> 声若雏鸡朱朱然,家事琐屑俱以告。自言朱姓,生于华亭,三岁之富阳,今为"鬼仙"。

"生于华亭,三岁之富阳"是什么意思?清人钱泳《履园丛话》卷二十四中的一条说出了奥秘:

> 今吴越间有所谓沿街算命者,每用幼孩八字,咒而毙之,名曰樟柳神。

这里的"吴越间"就是位于浙西的富阳一带,那里有一批制造樟柳神的专业户。而孙玉声《退醒庐笔记》中说得更明确:

> 樟柳人相传为"富阳法",出自富阳,乃由术者侦访聪慧子女之年庚八字,拜祷之。

把幼孩"咒而毙之"，取其灵魂附入木偶，原来这"樟柳神"是用小儿的灵魂造成的！那个小鬼仙本是华亭人，在他三岁的时候被术士"咒而毙之"，鬼魂就带到了富阳，也许要在那里"炼"成鬼仙吧。当然，樟柳神能"前知"的本领，到了妖巫的手里，可就不是仅仅当作"玩具"了，他们要用这些可怜的幽灵来讹诈钱财。《聊斋志异》中有"珠儿"一则，说到一个妖僧能够"知人闺闼"，使人"相惊以神"，就是靠着一个"偶戏门外，为妖僧迷杀桑树下"的小儿的幽灵。

所谓"迷杀"或"咒而毙之"，正是制造"鬼仙"的最主要手段，谢肇淛《五杂俎》卷六谈到元朝时有生剥人皮以为巫蛊咒诅时，说：

近来妖人，有生剖割人，而摄其魂以为前知之术者，盖起于此。若樟柳神、灵哥，又其小者耳。

所谓"生剖割人"，即"采生摘割之法"，也就是通过一种极残忍恐怖的凶杀来取得鬼魂，具体的手段后面要陆续谈到一些，此处先说另一种灵哥——肚仙。

肚仙

与樟柳神、灵哥灵姐搅不大清的还有一种钻到人肚子里的"肚仙"。袁枚《子不语》卷十四有"鬼入人腹"一条，就把这三物视为一种。焦举人的太太金氏招来一个算命的瞎子，这瞎子讲起举人太太过去之事,无一不合。金氏大为信服,便赠以钱米,恭送出门。可是到了夜里,家里就作起怪来。

> 金氏腹中有人语曰:"我师父去矣,我借娘子腹中且住几日。"金家疑是樟柳神,曰:"是灵哥儿否?"曰:"我非灵哥,乃灵姐也。师父命我居汝腹中为祟,吓取财帛。"言毕,即捻其肠肺,痛不可忍。

举人太太在家里闲得难受,没事找事地去算命,结果给自己招来了麻烦。这且不去管她,只说这肚子里的鬼物,虽然不是木偶,却也可以称作樟柳神或灵哥、灵姐的。胡朴安《中华全国风俗志》下编"江苏"章述江湖中有以"管灵哥"为业者,

> 业此者自谓有樟木神,能介绍已死之魂与生人接谈。喉间作声唧唧,闻者不明,必须其为之翻译,方能明了,谓之"管灵哥"。

按此"管"应即"关肚仙"之"关",民间巫术中的"关亡"——招请亡魂与亲属对话——的简称;而"喉间作声唧唧",其实就是不到位的"腹语术",肚子里的灵哥灵姐即"肚仙"在"说话"。"关肚仙"是主要流行于浙江慈溪一带的民间巫术,其源头不可考,但起码从明朝末年到清朝末年一直存在着。先看清人笔记,俞蛟《梦厂杂著》卷八《齐东妄言》云:

> 浙东西有"关肚仙"之技者,皆妇女为之。关,索取

也。关肚仙云者，生人念死者不置，倩妇召之，告以其人之生卒年月日，少选，妇腹中乌乌作声，如泣如诉，倾耳以听，其言可辨不可辨，其事亦可信不可信，然亦有与其人生前事迹往往相合者。故世人信而不疑，竟呼之为"肚仙"云。

这个肚仙只是一个灵媒，专门为死者的亲属通报亡灵的起居，钱财虽然也要收取，但并无大的恶迹。道光年间慈溪人尹元炜的《豀上遗闻别录》卷二中记载了当地的一个传说：有一老妇平时奉肚仙，凭以赚钱为生。老妇死后，肚仙无所依托，遂不时现形。其名为王秀英，淡妆雅饰，丰姿绰约，一年之后方才绝迹。可见这个肚仙也是一个鬼魂，与樟柳神在性质上没有区别的。

"肚仙"之说又见于通俗小说，《禅真后史》即有"问肚仙半夜有余；荐医士一字不识"的回目，专言肚仙预报吉凶事：

> 张氏道："我寒家敝邻徐妈妈腹中有仙，能言过去未来休咎，极是灵感，不如接彼占问决疑，然后行事。婶婶以为何如？"聂氏道："甚妙，但是隐蔽些方好。"张氏道："不妨，我自令人悄悄接他从后门入来，管取无人知觉。"

《禅真后史》书成于明末崇祯年间，作者方汝浩为浙人，可知在明朝时浙江民间即有"关肚仙"之俗了。至于肚子里闹鬼的故事，追究起来就很久远了，像陶潜《搜神后记》中讲的某人腹中有鬼、弄得肚子疼了多少年的故事，恐怕还不是最早的。但那是鬼病，不是鬼仙，只会往里赔钱的。然而也很难说，正如前面那位举人太太肚子里的灵姐，在巫师肚子里是鬼仙，转移到平常人肚子中不就成了鬼病吗？当然也可以另换个角度看，即是肚子里真的有了什么邪物，只要宣传得法，也可以"转化"为宝贝的。清人汤用中《翼駉稗编》卷三有"痞语"一则，自述少时亲见一媪，腹中有一痞块，能作人语，众人呼为老神仙，因为她可以招来亡魂与亲人对话，说起以往之事也很像真的。但后来却被真的鬼魂附体，用她自己的嘴揭穿了自己。

> 媪战跪地自言：实因穷苦，有口技者授以此术，能闭气从腹中作语。痞乃用僵蚕薰腹，捶以巨砖，久自坟起。操此术游江南十余年，获利无算。

肿瘤加口语术，这是假的肚仙，而真的肚仙则要用真的鬼魂来炼成，不要说痞块，就是牛黄狗宝也不够冒充的资格。王同轨在《耳谭类增》卷四十五"显灵宫道士"一条中谈到肚仙，并大致说了一下"炼制"的方法。北京有一座敕建的大道观叫显灵宫，位置大约在今天的四眼井一带。万历年间，一个术士寄居于此，和这观中的道士打得火热。那道士很爱风流，每天早出晚归，干的就是寻花觅柳的事。可是这些缺德事被方士知道得一清二楚，竟好像一直在后面盯梢似的。道士感到奇怪，一问，方士说自己肚子里有个鬼，能探知别人隐事。道士觉得这是个很值得开发的赚钱工具，便掏了不少银子，从方士那里求得了炼鬼之术，然后如法炮制：

> 因用符水于天坛僻地，杀一行路小儿，取肝、心及耳、鼻、唇尖，咒之，儿灵爽即归道士腹中，语世间祸福幽隐皆验，赚取资财无算。

此处不是把小儿魂灵移入樟柳人，而是摄入术士自己的腹中，用时就把这鬼魂放出，刺探目标的隐事，然后再回到术士肚子里，向术士汇报。如果肚子里的鬼仙不止一个，那么这术士的肚子就是个情报站。至于"关肚仙"时的腹语，则是由鬼魂自己直接对顾客交代，其实已经有些表演性质，那对象多是愚夫愚妇，山寨版的肚仙就居多了。

童哥

慈溪一带的巫婆神汉不过是借着"肚仙"弄些钱花，获利是有的，但"无算"的可能不大，如果为此而担个杀人的罪名，那便很不划算。所以公开的说法，那些肚子里的鬼魂所以甘供术人驱使，是因为他们生时欠了术人的债。俞樾《右台仙馆笔记》卷五说：

> 慈溪之俗，有所谓肚仙者。相传鬼于生前负人之钱，则入其人腹中。其人借鬼之力，为人招致亡者之魂，人必以钱酬之。偿满宿债，则鬼自去。有腹中止一鬼者，有数鬼同居一腹者。鬼之初入，人必大病，每食必大呕吐。俟鬼所居妥帖，由口出入，游行无碍，而后病愈。慈溪人极信之。

究竟是因为这种还债法让债主成了巫婆神汉,还是巫婆神汉有意地放债,弄得欠债人不得不卖身为肚仙,以常人的智力应该不难判断,因为谁都明白,世上的一些慈善家,肚子里没有鬼的确实不多。

沈德符《万历野获编》卷二十八"三孝廉作鬼"一条,说起自己幼时在无锡,有孙姓术士来访,此人炼鬼为役,那鬼"谈往事如目睹,问以后事,娓娓酬答,然多不验。此鬼颇能诗文,顷刻数百言,敏而不佳"。问答间,知道此鬼不但是个知识分子,还曾举丁卯解元,起码是一个省的高考状元了。问他为什么不托生,却甘愿给术士做马崽,则云:"前生负此人钱,填满方得去。"

但文末一句颇有点睛之妙:"或云亦孙教鬼妄言,无其事也。"

此类把戏历史久远,我见到的最早材料是五代孙光宪《北梦琐言》卷六中的一条,那里的鬼魂是赫赫大名的唐穆宗时的魏博节度使田布,而役使他的是一个老巫婆。人问:"君以义烈而死,奈何区区为愚妇人所使乎?"田布之魂怃然曰:"某尝负此妪八十万钱,今方忍耻而偿之,乃宿债尔。"区区巫婆竟一出手就是八十万钱!估计这个鬼魂不但前生欠债的事可疑,即是那田布的身份也未必是真的。

金人元好问著《续夷坚志》,其中有"童哥"一条:

南渡后(按:此指金朝在蒙古的威胁下迁京到汴梁),京师一满师事一神童。自言出贵家,姓阿不罕氏,八岁,遭平章进忠弃都城，为人马蹂躏而死。前世负满师钱无算，今来偿之。童自与人语，明了可辨，寻其声，在空中。酹酒在地，则下如就饮者。问逷亡遗失，不涉争讼、不关利害则言之。问以千里外事，则曰："我往问之。"良久至，必以困乏为言。

这里说的"满师"，疑指女真族萨满教中的巫师萨满。童哥是幼儿的鬼魂，既说是金人从旧都大撤退时为人马践踏而死，那么他的夭死就与这位满师无连带责任了。但不管怎么死的，你这巫师也不应该把人家的鬼魂弄来做鬼奴的，所以"前世欠债"就成了最现成的理由。

但还是让人难解，这个贵家小儿，还有魏博节度使、高考状元，家中都是不差钱的，此世不会欠债，上世欠的债难道不能在此世活着的时候偿还吗？难道非要等死了之后把灵魂做抵押、供驱使，才能以此抵债吗？在梅菲斯特与浮士德的故事中，西方的魔鬼要想役使生人的灵魂，还有预先签订契约的手续，那个倒霉鬼起码有些自愿的成分，或者叫"知情权"吧，而中国的巫师则完全是黄世仁的风格，不知怎么就"消费"了、"欠费"了……

五代南唐的徐铉在《稽神录》卷三"舒州军吏"条中，记有"神神"一物，正与灵哥灵姐是一类。此鬼生前也是富家子，只因前生欠人家十万钱，死后便给债主做了"神神"。与前面所举诸例不同的是，债主不是专业巫师，而是一个小军官，还有一处引人注意的是，这鬼魂做"神神"服役偿债，竟是"地府"的判决，有法律依据的！其实想一想，也没什么可奇怪的，巫师既然可以报假账，造假户口，那么假的判决书又算什么呢，就是变出个假地府、假阎王也很平常吧。

髑髅神

元顺帝至正三年（1343年），在陕西行省所属察罕脑儿宣慰司（今内蒙古自治区鄂尔多斯地区）发生了一起轰动一时的奇案，因为案中的主角及原告是看不见的鬼魂，事情弄到大都的中央政府中书省，所以又称"中书鬼案"。情节大致就是，一个"妖巫"王万里，用极残忍的"采生摘割术"杀死幼童，取其灵魂，驱使作恶，而最后这幼童的鬼魂把王万里的事揭发了。案情简单，其中却多有奥妙，我另在《中书鬼案》一文中剖解，此处只说那"采生摘割术"。据王万里说，此术是一个邪道"刘先生"向他传授："我要课算好，专拣性格聪明的童男童女，用符命法水咒语迷惑，活割鼻、口唇、舌尖、耳朵、眼睛，咒取活气；再剖腹，掏割心肝各小块，晒干，捣碎罗筛为细末，收取用五色彩帛包裹；这时再把生魂用头发相结，用纸做成人形样，就可以书符念咒，遣往人家作怪。"整个"摘割"过程都不能让幼童断气，想起来真是令人发指。

元代之前是宋、金，那时的"鬼仙"除"童哥"外还有"髑髅神""鸣童"诸种。"髑髅神""鸣童"是取生人魂灵制作，手段也是残酷至极。

"髑髅神"见于佚名《湖海新闻夷坚续志》，此书编于元人之手，所述却多是宋、金时的故事。"髑髅神"发生在南宋，与"童哥"虽然地分南北，却几乎是同时。南宋理宗嘉熙年间，某村民有个十岁的孙子，忽然丢失不见了。撒出榜文和人众四处寻找，毫无消息。村民这天正在外寻找，却遇上大雨，便在一家门屋下躲避。忽然他听到孙子喊祖父的名字，不禁骇然，等到认准确是此儿的声音之后，立刻报官搜捕，果然在这家的柜中发现了这孩子，时已枯朽，略无人形，只有奄奄余息了。抬到官府之后，还能勉强说起其事之本末：

> 初被窃，温存备至，一饭必饱，自是日减一日，继用粽子亦减，久则咸无焉。每日灌法醋自顶至踵，关节脉络悉被锢钉，备极惨酷。

此儿说完就断气了。巫师不得不认罪，而他的全家老幼也跟着他赔上了性命。作者最后说：

> 今世言人之吉凶者，皆盗人家童男如此法，待其死后，收其枯骨，掬其魂魄，谓能于耳边报事，名"髑髅神"也。

"髑髅神"这名字起得恐怖，而"造神"的手段更是残忍。或疑这"髑髅"二字与"樟柳"二字是一名的音变。因为此物虽然恐怖，但与髑髅并无关系，所以这"髑髅神"可能是另外一种名目的误读。其实不然，这髑髅的预言本领是有根据的。我在《髑髅的幽默》一文中曾引过释赞宁《东坡先生物类相感志》中的一段话，那里用蓬草穿过的，或塞上泥土、种以赤豆的髑髅也能预报吉凶，其实就是"髑髅神"。这一巫术没有完全失传，后世以至清代制樟柳神有用死人髑髅者，即是。

另外，南宋时还有一种"鸣童"，制造的手段也是相当残忍，而且是从孕妇身上直接取胎，这就要多夺去一条生命。周密《癸辛杂识·续集》卷下记位于浙西的安吉一事：

> 安吉县村落间有孕妇，日饁其夫于田间，每取道自丛祠之侧以往。祠前有野人以卜为业，日见其往，因扣之，情浸洽。一日妇过之，卜者招之曰："今日作馄饨，可来共食。"妇人就之，同入庙中一僻静处，笑曰："汝腹甚大，必双生子也。"妇曰："何从知之？"曰："可伸舌出看，可验男女。"妇即吐舌，为其人以物钩之，遂不可作声。遂刳其腹，果有孪子。因分其尸，烹以祀神，且以孪子炙作腊，为鸣童预报之神。

这里的"鸣童"不是用木头，而是以腊制胎儿为质，那鬼魂本在其中，可能连"炼"的手续也省略了，但其残忍也更上了一层。

这些采生摘割的故事都是以巫师为主角，而民间各种"拍项"（即近代所说的"拍花"）、迷魂之后再事剖割的传闻几乎从来没有断绝过。说句公道话，笔记中的此类记载与市井间的流言差不多，不一定全是真的，以讹传讹、渲染发挥的成分很大；但也不好说绝无其事。无论事之真假有无，问题在于，能想象出这种惨绝人寰的方术，要有什么样的变态心理！

鸣童之说在南宋看来比较普遍，当时人谢采伯《密斋随笔》卷二中似要探讨它的原委，以为即汉武帝所祀的"神君"。其实"鸣童—樟柳神"一类神物的主要功能是"预报"，而"神君"

却不尽如此，这在《史记·封禅书》中介绍得很详细了。但樟柳神的源头确实很远，不但不止于宋、金，而且也不止于西汉。如果推想起来，应该起于很原始的巫术。

耳报神

"鬼仙"中还有一个为人所熟悉的别名，叫作"耳报神"。王兆云《挥麈新谈》卷下"樟柳神"条云："耳报之术有数端，……如世传樟柳神。"王士性《广志绎》卷四有云："奉新有樟柳神者，……俗名'耳报'。"周元暐《泾林续记》则把"耳报—樟柳神"连称，《集异新抄》中说到炼樟柳神，也称为"耳报法"。可见樟柳神就是耳报神中的一种，只不过用这个称呼可以特别强调他的刺探和传递消息的功能。

"耳报神"一词常见于明清时小说。《西游记》第八十二回："孙大圣他却变得轻巧，在耳根后，若像一个耳报，但他说话，惟三藏听见，别人不闻。"这个"耳报"就是耳报神，因为他附在主人耳边上轻语，别人看不见、听不到。

《红楼梦》第四十七回也有一段贾太君的话："又不知是来作耳报神的，也不知是来作探子的，鬼鬼祟祟的。"第七十一回中凤姐说："这又是谁的耳报神这么快？"这"耳报神"在此是个比喻，用现在的话讲，指的是那种专精于刺探隐私、打小报告的东西，而且还有个特点，就是传递情报非常之神速，因为他是个"神"。但在民间，他当然还不具备官府密探的资格和功用，只是在邻里家庭之间传播些闲话、挑拨些是非而已——实际上，在几十年前，"耳报神"这名词还能见于人们的口语中，只是自从有了"特务""密探"这些新名词，人们才把它"代谢"了。

但耳报神的历史要比樟柳神久远得多，而且也不像樟柳神那样只用于召亡通灵、诈骗钱财一类的小把戏，他曾有过参与军国大政的辉煌，这是无论如何也不能让它湮没的。

巫师妖人用"鬼仙"为顾客占算未知，也就是换个钱花，而这手段如果被帝王贵人用了又会怎样呢？同样是不龟手药，洗染店用它可以在冬天也有营生可作，到了大人物手里，就成了武库里的东西，冬天给战士抹上，杀人略地顺手多了，从而成就了大人物称王称霸的雄图。樟柳神的主要功用是"耳边报事"，如果帝王养上一批"耳报神"，配给东厂西厂锦衣卫的特务做装备，那么不要说臣僚百姓的一举一动，即便是灵魂深处的"私字一闪念"，怕也要在监视之下了吧。

其实这样的好主意，古代的明君贤相们哪里会想不到呢，我们祖先的典籍中就有记载。《国语》中的《楚语》里，昏暴双料的楚灵王在拒绝臣子的劝谏时就有一段名言，道是：

> 左执鬼中，右执殇宫，凡百箴谏，吾尽闻之矣，宁闻它言！

三国时的吴人韦昭在此下注曰："中，身也。""夭死曰殇。殇宫，殇之居也。执，谓把其录籍，制服其身，知其居处，若今世云能使殇也。"大致的意思就是，掌握着夭死鬼魂的"录籍"（如果简单些就是生辰八字了），就能对他实行控制，用他来侦察臣僚的一切行动和言论，臣子们的心里打着什么主意，不必写成奏章，就早被楚王侦知得一清二楚了。这正是汉魏时的"使殇"之术。

当然，能控制鬼中和殇宫的应该是专门的巫师。清学者惠士奇撰《礼说》，对于楚灵王的拒谏，他认为正是利用巫师的降神之术。云："使殇，犹下殇，所谓巫降之礼盖如此。""下殇"就是降下殇神，而"巫降"就是降神附于巫体。而近人平步青《霞外捃屑》卷五"樟柳神"条中说的更是一针见血："鬼中者，鬼身也。殇宫者，小儿魂也。此即今之樟柳神、耳报法之所为也！"

惠氏《礼说》的一个重要见解，就是认为古代统治者的御民之策中掺杂着不少巫术。西汉末年以儒学起家的大臣师丹，建议"使巫下神，为国求福"，于是被杜业劾以"背经术，惑左道"。而惠士奇认为，杜业这是出于党同伐异而乱扣帽子，因为师丹所为乃是当时的"礼俗使然"，不足为怪的。

惠士奇的这一见解并不是矫情立异。远古社会的领袖和统治者能够坐到那个位子上，很大程度是因为他能有效地实行巫术。社会的进步渐渐地冲淡统治者的巫师成分，但巫术却从来没有从统治术中消失，即便是到了独尊儒术的西汉，儒学政治也始终是和方术相关联，甚至儒生本身就已经方士化。如依此说，楚灵王的"使殇"也未必是他的独创，很可能早就是庙堂中的国策之一了。

春秋时楚国被中原诸国视为蛮夷，或许这种下作的东西不会为堂堂诸夏所齿吧？也不然，这种鬼蜮伎俩的发明者恰恰正是诸夏。也是出于《国语》，但在《周语上》一篇中，写的是周厉王的事：

厉王虐，国人谤王。邵公告曰："民不堪命矣！"王怒，得卫巫，使监谤者，以告，则杀之。国人莫敢言，道路以目，王喜，告邵公曰："吾能弭谤矣，乃不敢言。"

这段历史已经为读者所熟知，但未必注意到那位"卫巫"。韦昭注曰："卫巫，卫国之巫也。监，察也，以巫有神灵，有谤必知之。"周厉王用卫巫来监督舆论，而卫巫使用的当然是巫术，所谓"有谤必知之"，正是因为他有了"耳报神"，用的是"右执鬼中，左执殇宫"那一套。这卫巫不仅是卫国人，更可能是卫侯御用的巫师，然后推荐给周天子的吧。作为康叔之后、周天子嫡亲的兄弟之邦，卫国自然是诸夏之一。周厉王早于楚灵王三百年，我们怎能把"殇宫"的发明权让给蛮夷之楚呢？

"使殇"的材料就是小儿的性命，对大奴隶主和封建领主来说，这材料是很方便的；他们用不着像后世的术士妖道那样拐骗迷杀，只须挑些小奴隶，让他们宣誓效忠之后再杀掉就是了。所以我又想，这"使殇"正如对阉人的使用，其发明权也许正是上层的大人物，只是到后来才流散于民间小巫手里，大材小用，与"不龟手药"走的正是相反的路。

为了役使天真无知的孩子的灵魂，让他们为自己暴虐的统治服务，就对他们的肉体尽力折磨，对他们的灵魂尽力摧残，让他们温顺、服从、阴暗，直到卑劣和凶残，还有比这更值得万世诅咒的罪恶么！

二〇〇九年六月

附： 中书鬼案

元顺帝至正三年（1343年），在陕西行省所属察罕脑儿宣慰司（今内蒙古自治区鄂尔多斯地区）发生了一起轰动一时的奇案，因为案中的主角是看不见的鬼魂，事情弄到大都的中央政府中书省，所以又称"中书鬼案"。此案的主要情节在元末明初人陶宗仪的《南村辍耕录》卷十三《中书鬼案》一篇中有翔实的记录，被害鬼魂的倾诉悲惨而凄楚，凶手采生的手段之残忍与血腥，让人读后产生的阴森和压抑久久不能释去。除了陶宗仪所摘取的原始档案之外，当时的翰林学士承旨李好文，又节取官中狱案写了一篇"记"，而燕南人梁载又为序其事，这两篇文字大约已经做了不少艺术化的处理，以致大手笔宋濂觉得其中多有"辞不雅驯者"，便又"痛删去之"，重做了一篇《王弼传》。此传现存于《宋学士文集·銮坡集》卷二，与陶宗仪所述相比，仍然是原案的"小说版"。所以后来被袁枚略做删节，改题为《王弼》，抄到《子不语》中，也是适得其所。此外，蒲留仙《聊斋志异》中《珠儿》一篇，也是以宋濂《王弼传》为蓝本而创作的。

一件"鬼案"，四百年内为四五个大文人所注目，而且注视的角度也各有不同，看来还是应该介绍一下的。

案子的原告是察罕脑儿的居民王弼。下面根据《辍耕录》所载王弼向当地政府所呈报的文件，大致介绍一下案情。

事情发生于至正三年九月内，王弼住在八匝街礼敬坊，这天他来到义利坊平易店,一个外来的算卦先生王先生在此居住并摆了个卦摊。王弼看着面生,就上前盘问,不知怎么,二人便争吵起来。事态好像得到了控制,没有发生更激烈的打斗之类。但这才只是开头。

就在这个月的二十九日夜晚,王弼睡房窗下,不时发出一阵阵的声响,好像风吹葫芦声。塞北深秋,夜风本来就很大,风吹葫芦声应该不那么吓人吧,可是王弼警觉得出奇,立刻认定这怪声与鬼物有关。于是他立马请来个李法师作法"遣送"。这好像是小题大做了,但并不然,这时只听虚空中有人说道:"是算卦先生驱使我来。"说着便哭起来,抽咽声内还口称冤枉。王弼便向虚空之中祝祷道:"你是神还是鬼?快如实告诉我。"便听那鬼道:"我是丰州黑河村周大的亲女儿月惜。至正二年九月十七日夜,因出后院,被这王先生将我杀了,做奴婢使唤,如今需在你家作怪。"王弼把鬼魂所述记录下来,便到官府投诉。官府派卢捕盗等,与社长(应是地方保甲之类)吴信甫,至王先生住房内搜查,搜到木印二颗,黑罗绳二条,上面钉有铁针四个,魇镇女身;小纸人八个,上有五色彩帛、五色绒线,俱有头发相缠;又小葫芦一个,上拴红头绳一条,内盛琥珀珠二颗,外包五色绒线;另有朱砂所书的符纸一叠。

此时王先生肯定已经被捕收官了,但事隔一月,官府仍没有定案,看来审讯的进展并不如王弼所预想的那么顺利,王先生未必承认王弼的控告,那些搜出的东西他自然也会申诉为栽赃。于是在一个多月后,王弼又提供了新的案情:

十一月初三日,有鬼在空中对王弼说:"我是奉元路南坊开张机房耿大家的第二个儿子顽驴,被这王先生改名顽童。我年一十八岁,被那老先生引三个伴当杀了我。"

二十二日,又有鬼于空中对王弼说:"我是察罕脑儿李帖家的儿子延奴,又名抢灰,那老贼杀了我,改名买卖。我被杀时,年十四岁。"

三条少年的人命,虽然到此时还没有任何实物证据,而证人只是王弼一个人听到的鬼魂的话,但此案也很值得重视了。大刑肯定要动的,口供也照例要互相配合,于是而得到了一份王先生(本名王万里)的最后状招,转述如下:

王万里,年五十一岁,江西省吉安路人。曾在襄阳周先生处学会阴阳课命。至顺二年(1331年,距至正三年13年)三月,王万里到兴元府,遇见一个"刘先生"。刘先生说:"我会使术法迷惑人心,收采生魂,使去人家作祸,广得财物。我有收下的生魂,与你一个。"于是便从身边取出五色彩帛一块,上面有头发缠结,说:"这个小名唤作延奴。我要课算好,专拣性格聪明的童男童女,用符命法水咒语迷惑,活割鼻、口唇、舌尖、耳朵、眼睛,咒取活气;再剖腹,掏割心肝各小块,晒干,捣碎罗筛为细末,收取用五色彩帛包裹;这时再把生魂用头发相结,用纸做成人形样,就可以书符念咒,遣往人家作怪。"

刘先生跟着王万里到了王的落脚处。到了夜间,刘先生焚香念咒烧符,这时只听有人说话,却不见人影,道:"师父,你教我去谁家里?索甚去?"这自然就是李延奴的生魂了。刘先生便吩咐李延奴:"你与这先生做伴去。"说罢,再念咒语,把生魂收禁。王万里便掏出七十五两的钞票,买下这块用头发相结的一块五色彩帛。刘还说,这生魂可以改名买卖。于是向王万里传授了采生、遣使、收禁生魂的符命咒水,最后叮嘱道:"牛肉和狗肉会破法术，千万不要吃！"

此后，王万里又经过房州山地面，遇见广州旧识邝先生。邝先生说："我也会遣使鬼魂。我有收下的生魂，卖与你。"王万里交付纸钞一锭（银二十五两为一锭），邝先生就取出五色彩帛头发相结的纸人儿一个，说此魂名叫耿顽童。王万里便把耿顽童与李买卖一处遣使，以课卦为幌子，前到大同路丰州黑河村地面往来。

至正二年八月，王万里到周大家算命，将其女周月惜八字看算，见她性格聪慧，便蓄意要其将杀害，收采生魂。至九月十七日夜，王万里于周大住宅后院墙下黑影内潜藏，见一人往后院内来，认得是月惜。万里密念咒语，向前拖拽，往东奔走。用咒将月惜禁止端立，脱下贴身衣服，用刀将其额皮割开，扯下悬盖眼胆。又将头发割下一缕，用纸人并五色彩帛、绒线相结作块，一如人形。然后割下鼻口唇舌、耳尖、眼睛、手十指梢、脚十趾梢，却剖开胸腹，才方倒地气绝。又将心肝肺各割一块，焙干捣末，装于小葫芦内。

至正三年九月内，王万里来到察罕脑儿平易店住下，开张卦肆。因与王弼相争，心怀仇恨，令生魂周月惜等三名前往王弼家作祸。但只因王万里买马肉吃，而店内却误把牛肉当成马肉卖给了他，结果破了王万里法术，不能收禁生魂，才惹出周月惜向王弼控诉一节。

以上全据王万里口供。下面是官府的调查取证：

一个叫李福宝（即李帖）的打来证明，说：生个孩儿延奴，因常有疾病，于五岳观口头应许出家，改名叫抢灰。至天历二年（1329年）二月，让他赶牛牧放，从此不归。当时正闹饥荒，猜想被人亏害，就不曾根寻。

中书省又行文至奉元路咸宁县及大同路丰州，据当地官府回文，勘得耿顽童、周月惜致死缘由相同。

最后是刑部拟判：王万里残忍不道，合令凌迟处死，其妻子迁徙海南安置。

案件就这样结了。从审判程序上不会找出三级官府的任何漏洞，人证物证俱在，犯人的供词也都通过查证落实了，可是总让人感到这里面有些不大对劲儿。作为故事，此案平淡无奇，可是如果作为一个惊动中央政府和最高司法机关的刑事案件，却全以鬼魂的话作为证词，自地方至中央的司法官员全无异词，那么可能古今独此一例了。

但刑部拟议把王万里凌迟处死的时候，王万里早已瘐死于狱。瘐死，在旧时代官场上是个相当含糊的说辞：病死、受刑而死、谋杀、自杀，只要死于狱中，都可用"瘐死"含糊过去，从而使有关部门摆脱任何责任。既然被告王万里已死，什么翻供、上诉的事也都可免，怎么判他他都不会发出怨言了，所以最后的定谳几乎是不费吹灰之力。可是陶九成摘要的案情中忽略了一个人物，据宋濂《王弼传》，其实犯人不止王万里一人，还有一直随他行卜的侄儿王尚贤，作为从犯，他竟然被无罪释放了。而且还有两个涉案的重犯（同时也是重要的证人）刘先生和邝先生，说是找不到，于是就不了了之。已死的主犯判了极刑中的极刑，未死的重犯却不予置问，岂非咄咄怪事？

这完全是一个葫芦提官司，从实质上看，是一个莫须有的案由得了个没下梢的判决。

对于此案的真实情况，我们当然找不到任何线索和佐证了，但清人梁恭辰《北东园笔录四编》卷六《采生案略》一则中却记载了另一桩情节逼似的"奇案"。《北东园笔录》的作者是非常相信因果报应的，但与当时大部分官吏一样，对"妖人"的邪术却并不认可。此案虽然发生于四百年之后，但与中书鬼案的情节如出一辙，两相比照，中书鬼案的真情就洞若观火了。

事情发生于乾隆四十几年，某县有某商人（由于作者"不忍斥言其地与人"，地名与人名全都隐去），以善贾致富。县有恶绅欲借钱，商人不应；许以重息，不应；嗣以公事派出，又不应。恶绅便把商人恨之入骨了。正好商人的女仆有二岁女夭亡，恶绅便诱使女仆到县衙控告，说她女儿是被商人以妖术采生而死。县官不受理。恶绅又觅同时夭女者，得五六家，贿之以利，使皆控女被某商妖术致死，县官仍不受理。恶绅又唆使众人到府中控告，而且自己亲自出马劝太守准状。太守道："似此妖术，自古无此说，亦自古无此事，今安得办此案乎？"仍不予准。恶绅又鼓动夭女之家告到省里，掌管司法与监察的司、院二衙门俱仍不准。县、府、省三级都碰了壁，恶绅仍不死心，便写信寄与都中当轴者，言商人采生妖术已致死多命。当轴者把此信转回到其省巡抚处理，巡抚怕此事闹大，连累自己的前程，觉得就是冤枉一个商人也算不了什么，便下令收捕商人拷讯。重刑之下，没有不招的，于是锻炼成狱，斩罪立决。不料临刑之日，天为之变，突起黄风，白昼昏暗，城中人无不叹息："此某商之冤气也！"

没有两天，有从其县来者，说恶绅之子忽得疯疾，大声呼冤，所言皆某商语。恶绅入视，其子即手指呼骂，越数日而亡。又过旬余，恶绅也病疯而亡。巡抚闻之大惧，使壮仆三四人自护。一日，巡抚与司道诸员议事，正说着，忽然厉声道："杀你的是某绅，又不是我，奈何寻我？"司道让左右赶快把主人扶入内堂，延医救治，不数日亦亡。

最后一段虽然大快人心，但其真实性却颇可怀疑。世上多少冤死鬼，都这么闹起来，恐怕执法者就有死绝的危险了。可信的是，省、府、县三级官员对"妖案"的态度。他们也未必都不相信妖术的存在，但只说幼童的魂灵被人采走，这种捕风捉影的事根本就无法采信取证。王弼一案，弄到刑部之后，刑部也曾派人来核查，王弼把鬼魂显灵的事说得活灵活现，可是刑部的人一来，那鬼魂就屁也不放了。此时王万里已经瘐死狱中，作为"证人"的鬼魂硬不出庭，明显的是这案子要砸锅了。亏得元末官场上一片昏暗，上下其手，把已经死了的判个无法执行的凌迟，活着的赶快放掉，糊里糊涂地结了账。

正如"采生案"的主角是那位恶绅一样，"中书鬼案"的主角实际上是王弼，此案从头到尾都是他一人在操纵。在宋濂《王弼传》中，王弼似乎是个正直行义的"隐于医"者，但却也不能回避他本来的身份：宣慰司的奏差，相当于府级衙门中的九品吏员。这身份让他在衙门和乡里间广有人脉，一般百姓是惹不起他的，何况王万里一个走江湖的外乡人！而"二王"争执的起因在《王弼传》中有较详的交代，是王弼听说新来个算卦的，特意前来"拜访"，结果是"忿其语侵坐，折辱之"，也就是看王万里不懂规矩，没有低三下四地奉迎，便给他个下马威，实际上等于要砸他的生意。仅从纠纷之起，就可以看出王弼是个不好惹的地头蛇了。但王万里这个江西佬肯定没有就此服软，折了王大爷的威风，于是"恶向胆边生"，惹出了王大爷的杀机，做了个妖人采生使鬼的恶毒圈套。王弼究竟是在官场上混过来的，他竟然找了十个旁证，一起为周月惜鬼魂的显灵、控诉签名做证。十人联名告状，再加上衙门中的关系，在王万里的房里栽上"物证"，那都是轻而易举的小事了。

但不管这圈套设计得再大再精细，哪怕是找了一百个证人，弄出一屋子物证，如果没有一个黑暗而昏浊的官场，王弼的心机也是白废。所以从此案中王弼的得逞，也就可以从一个侧面看出元朝末年是什么样的政治了。此后只过了不到十年，"石人一只眼，挑动黄河天下反"的"妖言"一出，举国响应，天下沸腾，元朝的统治就快完了。

但更令人惊讶的不是鬼案的弄假成真，而是当时的大知识分子竟然也相信这一套鬼话！翰林承旨李好文，从国立大学的博士和副校长起家，做过监察御史，有平冤狱、除豪强的光荣履历，有"取前代帝王是非善恶之所当法当戒者为书，名曰《大宝龟鉴》"的见识，他竟然把中书鬼案渲染加工成一本"纪实文学"，以扩大在民众中的宣传效果。宋濂的名气更大了，朱洪武开国元勋中仅次于刘伯温的文臣，居然在入明之后还有兴趣用"史传"的形式让中书鬼案成为定案。一个时代的精英人物居然如此识见，这才是最可悲的！所以到明初，王弼还被朝廷误以为是什么有道之士，召请到都城南京，只是看他根本没有召神召鬼的法术，才给他一领袍子作为赏赐，打发回家，这就可以看出"大手笔"们宣传的力量了。

用现在的观点来看，中书鬼案显然是一起大冤案，只是冤主不是那三个虚构的灵童，而是那个瘐死于狱的王万里。与宋濂等人相比，陶九成可能要清醒得多，所以他那篇《中书鬼案》的短文，实际上是用原始文件来对应李好文、宋濂等人的"小说家言"或"史笔"。有兴趣的读者可以把《王弼传》找来，用《中书鬼案》对勘一下，也许能悟出很多传记、回忆录之类的猫腻。顺便说一下，《宋学士文集》不好找，但《子不语》（又名《新齐谐》）却是很方便的。袁子才把宋学士的《王弼传》收到子所不语的"怪力乱神"堆儿里，这态度也是很明朗的了。

提到袁子才，就难免想到纪晓岚，因为这两个人我都觉得可爱。而纪晓岚也差一点儿搅成一起"妖案"大狱，却也和"中书鬼案"有些因缘。

当时纪大烟袋正由于犯了错误下放到乌鲁木齐，以四品大员当了温福将军的文案。可是他以戴罪之身，有时还不能忘情于卖弄，而文人一卖弄就要惹事。当然，他立功赎罪，找个倒霉蛋做垫脚的热忱也是不容抹杀的。

此时乌鲁木齐有个道士卖药于市，而市井间就有了传闻，说这道士有妖术，并且是有人亲眼所见，看他夜宿旅舍之中，临睡必从荷包里掏出一个小葫芦，倒出黑物二丸，便有二少女与之同寝，天一亮就全不见了。这事不可不问，可是问了，道士却矢口否认，说没那么回子事。查无实据，本人又不承认，旁人也就算了，但纪晓岚有学问，好记性，一下子就想起《辍耕录》中王万里的事，自忖道："那两个女子乃是道士所采生魂也，只要让这道士吃了马肉，必能破了他的妖术！"（纪先生太相信自己的记忆力，其实《辍耕录》说的是吃牛肉狗肉才会破法的。）正好军营中死了匹马，纪晓岚就让手下人找到旅店老板，让他问道士："这里正有些马肉，客官切些吃吧。"不料道士一拧脖子，道："马肉岂可食？"旅店老板汇报上来，就更让纪先生起疑了：不吃马肉是因为心里有鬼；如果无鬼，为何不吃马肉？这种奇怪的推理让纪晓岚深信不疑，认定这道士必是妖人，就决定出面收拾他。

多亏有个好同事叫陈题桥的，他见纪晓岚要惹事，便说："道士携少女，你亲眼见了吗？他不食马肉，你不也是没有看见么。周月惜事，出自陶九成小说，谁知是真是假；而所说的马肉破法，也不知是否灵验。你信传闻之词，据无稽之说，遽兴大狱，似非所宜。""那么此事如何处理呢？""塞外不应稽留杂七杂八的人，只须让有关部门把这道士驱除出境，我看也就够了。"纪晓岚这才打消了以道士立功的念头。

此事后来为将军温福知道了，便对纪、陈二位说："纪晓岚想穷治此事，实为太'过'。如果这道士为重刑所逼，胡说八道起来，供出别的案情，那么事关重大，不可不治，却又无确凿证据，无法根治，那将如何处理？至于陈题桥所说的驱逐出境，则又似太'不及'。倘若他窜至别地，惹了事端，却说曾在乌鲁木齐久住，我们就要担当这责任了。对于形迹可疑之人，关隘例当盘诘搜检，验有实证，就交付相关部门处理；验无实证，则具牒递回原籍，使勿惑民。你们看这种处理是不是更好！"据纪晓岚说，他们二人听了都佩服得五体投地。

形迹可疑是该查，但既然查无实证了，凭什么要把人递解回籍？这理最好不要多讲，人家不把你带回衙门里"依法"臭揍一顿就不错了。纪先生太左，陈先生太右，会当官的人首先要懂得固位保身，这样看来，温福的举措自然算是最合中庸之道了。

孔飞力《叫魂》一书谈到的"割辫收魂"之案大约就发生在此事之后不久，大学者纪晓岚的见识与把游方和尚当妖人抓的愚民们好有一比了。那么梁恭辰所述的"采生案"中的府县司院诸官就比纪晓岚高明吗？只是"采生案"又在"叫魂案"之后十多年才发生，有了那场惊动万岁爷的捣糨糊大案，各级官吏的不予受理，某巡抚有了"当轴者"的批文而受理，然后来个超速度的"斩立决"，其实都有各自的做官诀窍，他们只是在这一点上比纪学士高明罢了。

但也有这种可能：纪大烟袋不过是故弄狡狯，在这段纪事中故意让自己扮成呆鸟，来陪衬温福的高明吧。

二〇〇八年十月

十殿阎罗之谜

从汉魏之际开始,由中国民间方士巫师架构的中国冥府,其主持者一直就是太山府君。至东晋佛教势力逐渐膨胀,僧侣便想插手中国本土的冥事生意。他们一方面把太山府君尽力佛教化,另一方面也有用阎罗王取代太山府君的设想。前者他们做得较为成功,而后者则空有此志而不为民间所接受。在隋朝之前,阎罗王故事仅见于北朝,即北魏杨衒之《洛阳伽蓝记》卷二比丘惠凝死后复活故事,而且是唯一的一例。[1]这个阎罗王不是冥府主者,他的职能是惩罚不守戒律的比丘,这正是阎罗为佛教地狱主者的本职本色。至于南朝,幽冥故事中只能见到佛教化的太山府君,阎罗王在刘宋刘义庆的《宣验记》中仅提了一句"因疾死,见阎罗王,始知佛法可崇",竟然未露一面。倒是梁武帝萧衍有《断酒肉文》一篇,赌誓发咒,说如果自己不守戒律,那就"愿

---

[1] 唐初人唐临撰有《冥报记》,其中倒是记录了一些北朝的幽冥故事,可是一谈到冥府主者,或是"泰山"("大业客僧"),或是"官"("梁甲"),或是"王"("周武帝"),唯一提到"阎罗王"的"眭仁蒨"一篇,已经是唐朝的故事了。

一切有大力鬼神，先当苦治萧衍身，然后将付地狱阎罗王，与种种苦，乃至众生皆成佛尽，弟子萧衍犹在阿鼻地狱中"。这里的阎罗王还是地狱主者，其职掌为惩罚犯戒的僧侣及信徒。[1]

很明显，中国的老百姓除了一部分佛教徒之外，没有人愿意让一个外国凶神把自己捉进冥府受酷刑整治。直到隋唐之际，僧侣以故事传闻的方式让隋朝大将韩擒虎"死作阎罗王"，总算跨出了阎罗中土化的重要一步。那些佛教神祇，佛陀、菩萨不用说了，就是二十诸天、天龙八部，除了二十诸天中的这个"阎摩罗"，可有第二个在中国转化为"人鬼"的？阎罗由不固定的"人鬼"充任，是佛教僧徒向中国民间信仰的一大妥协，因为他不仅入了"中国籍"，还要由中国的天帝任命。

此后阎罗王总算正式成为中国的冥王之一，但从现存的幽冥故事中也可以看到，有唐近三百年中，"阎罗王"这个名头出现的频率并不高，冥间主者除阎罗王外还有称"太山府君"者，称"王"者，称"官"者，虽然他们本质上并没有什么差异，大多是倾向佛教的，但似乎并不情愿用"阎罗王"把冥府主者的名号统一起来。

可是到了唐末、五代之时，形势发生突然变化，一部来路不明的《十王经》不知怎么就冒了出来，一下子把十个阎罗王推到冥府的中心。而且其势力范围迅速地扩张，除了《十王经》的发源地四川之外，从绘《地藏十王图》驰名的画家王乔士所在的吴越，到千年之后发现《十王经图卷》的沙州敦煌，东南至西北数千里，起码占了当时大半个中国。仅仅几十年，竟把太山府君挤

---

[1] 佛教的地狱本来就是为惩罚不守戒律的僧徒而设，如刘宋刘敬叔《异苑》卷五所载沙门慧炽生不能断肉，死后则堕落入饿鬼地狱。

得几乎没了踪影。从此之后直到今天，不管怎么改朝换代，不管幽冥教主是地藏还是东岳，也不管是地藏庵、东岳庙还是城隍庙，只要设有阴司，当家的就非阎罗王莫属了。

一

在中国的幽冥界发生那么大影响的《十王经》，其实是部伪经，而且伪造得不仅文字拙劣，又多与佛教教义相龃龉，甚至肆无忌惮地给佛教抹黑，所以它始终没有为佛教所承认，估计从北宋中叶开始，最晚也不过北宋之末，就渐渐失传了。后来日本发现有《佛说地藏菩萨发心因缘十王经》，据日本学者考证，乃是日本僧徒据中国的《十王经》而改造，人称"伪中之伪"。其实也没伪得那么严重，只是把地藏从《十王经》中的六大菩萨中突出出来，让地藏以幽冥教主的身份统领十王，这正是五代宋初时十王信仰的真实情况。

万幸的是，在20世纪初敦煌藏经洞的大发现中，有数十本《佛说阎罗王授记四众预修生七往生净土经》，简称为《阎罗王授记经》，或者称《佛说预修十王生七经》，使得真正的《十王经》得以为世人所睹。而最为可贵的是，敦煌还发现了数种《十王经图》，带有连环图画性质的《十王经》，题为《阎罗王预修生七往生净土经》。这些经卷抄于五代及宋初，题目多有不同，总有十数种之多，可见辗转抄录中还有即兴改易，但经名大致少不了"预修生七"四字。

此经照例开首一句"如是我闻"，以显示此经不是假冒，而是西来真品。然后说：佛临涅槃时，"诸菩萨摩诃萨、天龙神王、天王帝释、四天大王、大梵天王、阿修罗王、诸大国王、阎罗天子、太山府君、司命司录、五道大神、地狱官典，悉来集会，敬礼世尊"。——要注意的是最后几位，阎罗天子统领着太山府君，而太山府君的下属有司命、司录等。有些人认为"太山府君"是道教之神，由此而认为《十王经》受了道教影响，自是望文生义。正统的道教神系从来就没有过"太山府君"，对于原始道教中的太山司命神，正统道教却是极力洗刷其冥神的性质。太山府君是汉魏之际民间方士参用佛经"太山地狱"之说而创造的，本是中国本土的冥府主者。极力想把太山府君拉进自己圈内的不是道教，而是佛教。早在南朝时，僧徒就想把太山府君夺到自己手中，其理由是"太山者，则阎罗王之统"，即太山地狱本属于阎罗。但这种手段难于成功，于是自六朝以来太山府君多为僧徒攫用，当作佛门在冥界的代理，久已不只为民间巫师独有。至唐初，僧徒又有试图把太山府君归为阎罗王手下者，所谓"阎罗王者如人间天子，太山府君如尚书令录，五道神如诸尚书"，而唐代的不少佛教文献（如冒名梁武帝的《慈悲道场忏法》）已经把"太山府君"当成佛教神祇，排列为"阎罗王、泰山府君、五道大神、十八狱王"了。至于司命、司录，也是中国民间信仰中的掌冥之神，其源头出于星神，是天帝在幽冥界的代理，后来归属于太山府君，此时也随之归于阎罗。正统道教搞的是炼内外丹、羽化升天那一套，至多也不过是祷斗延命，幽冥的事根本不为他们所关心，假冒佛教的《十王经》也与他们毫无关系。至于后来一些没出息的道教徒把《十王经》山寨成"道教十王经"，那是另一回事了。

然后照例是阿难发问：阎罗天子以何因缘而掌管冥府？世尊于是把阎罗的履历讲了一遍，意思不过是：他过去虽然是地狱主，但现在因缘成就，就是应该升任为掌冥的天子。世尊既然说是"因缘成就"了，谁还敢怀疑？于是阎罗王正式从佛教的地狱之主升格为全华夏的冥界之王。

世尊又言：如果有人持读此《十王经》，死后可不生"三途"（即六道轮回中不入地狱、畜生、饿鬼三恶道），不入地狱。

又言：在生之日，杀父害母，破斋破戒，杀猪牛羊鸡狗毒蛇，一切重罪，应入地狱。但若造此经及诸尊像，记在业镜，阎王欢喜，判放其人，生富贵家，免其罪过。此话的本意就是，华夏之人犯了世俗之罪，哪怕是十恶不赦的大罪，只要生前读《十王经》，死后到阎罗王那里报到，不但全都可以赦免，而且可以转生富贵人家。

又言：若预修"生七斋"者，每月二时供养三宝，设十王像祈拜，则由善业童子奏上天曹地府官等，记在名案，死后便得配生快乐之处，不住中阴四十九日，不须亲属追补作斋，自然顺利通过十王。但"生七斋"如果缺了一斋，就不但不能脱过"中阴身"，而且在"过十王"时，就会被扣押于相应的某一王处，迟滞一年，留连受苦。因为此"七七斋"是生前所修，所以叫"预修生七斋"。

世尊说毕，尔时地藏菩萨、龙树菩萨、救苦观世音菩萨、常悲菩萨、陀罗尼菩萨、金刚藏菩萨等六大菩萨俱至如来所，异口同声，赞叹世尊。

然后一十八重地狱主、阎罗天子、六道冥官礼拜发愿道：若有四众（即比丘、比丘尼、优婆塞、优婆夷）造此经，读诵一偈，我当免其一切苦楚，送出地狱，往生天道，不令稽滞，隔宿受苦。

以上为第一幕：是要求信众在生前就造经、诵经、预修生七斋，如此则死后不住中阴身，可脱地狱之苦，往生天道。

下一幕则是此经的主要节目：多亏阎罗天子向世尊说了好话，那些生前没有预修生七斋的，也不是不可补救，"凡夫死后修功德，检斋听说十王名"，那就是新死者依一七至七七作"七七斋"之外，还要加上百日、一年、三年之斋。总共十斋，并须请此十王名字，至期则有一王下来检察作斋情况。也就是说，生前没有预修生七斋的，死后不仅要补上"生七斋"，还要做足"十王供"，又称之为"十王检斋"。

此时由阎罗天子发遣使者，乘黑马，持黑幡，着黑衣，搜捕亡魂有罪者押入冥府，以"中阴身"过十殿阎罗王，请其检斋。何谓"检斋"？就是验收做斋人家的"功德"。做斋人家当然首先要持斋戒，不动荤腥，但这并不是做斋的要点。做斋期间起码还要供佛、饭僧，一般还要请僧人做法事，顶级的则是写经、造像等等。十王检斋就是看看你到底给"我佛如来"贡献了多少，然后登记入册，上报，据此施报于你。说不好听些，就是你给我送礼，我给你办事。每殿根据功德大小以发遣亡魂，或升天，或投生，功德没达到此殿阎王满意的，就到下一殿继续"检斋"。所以十殿阎罗的"检斋"等于一条交纳"功德"的流水线，于是：

第一七日过秦广王。第二七日过初江王。第三七日过宋帝王。第四七日过五官王。第五七日过阎罗王。第六七日过变成王。第七七日过太山王。第八百日过平等王。第九一年过都市王。第十至三年过五道转轮王。

最后是"十斋具足，免十恶罪，放其生天"。生天不是上天，是投入六道轮回之中。

总而言之，在《十王经》中，你不给我供斋，我就把你打入三恶道，缺一斋就扣你一年！我佛如来成了一个敲诈勒索的恶汉，而佛教则成为恐吓威胁人上套的邪教。

二

《十王经》的大致内容即同上述，但最精彩也最能体现《十王经》意图的，则是对经文"十王检斋"部分所做的增补和发挥，也就是"图"和"赞"。如果说《十王经》本经在索取功德上还稍有含蓄，到了图赞中就是"无所不用其极"地不要脸了。"赞"的文笔很幼稚，"图"也有些粗率，但却是极能震撼人心的宣传品。特别值得佩服的是这些插图的作者。他们在画中把亡者家人的心理揣摩得极为透彻，用一幅接一幅的连环图画把这些亡人家属勾引到破财免灾的陷阱中。图赞的创作者对人间官府敲榨勒索的手法，被押犯人的焦虑和煎熬，都能细致入微地表现出来，简直是个通达世情的老辣胥吏。

第一七日过秦广王　赞曰：
一七亡人中阴身，驱羊队队数如尘。
且向初王斋检点，由来未渡奈河津。

按：虽然《十王经》说，生前念了经就可以免入地府，不过谁也不敢确信一定直接生天。所以只要家里有钱，为了让亡魂少受些苦，恐怕还是要老老实实地把十王供做下去。于是亡魂多如尘沙，像赶羊似地来见一殿秦广王。但只是过一过，连名都不点一下，就要供上一斋。

第二七日过初江王　赞曰：

二七亡人渡奈河，千群万队涉江波。

引路牛头肩挟棒，催行鬼卒手擎叉。

按：过二殿初江王，此时没有冥簿，没有业镜，自然也弄不清亡魂的生前善恶，所以一切决定于所检之斋的丰俭。斋供丰盛，功德做足，亡魂就经奈河桥安安稳稳地过河，反之，就要被牛头叉入毒蛇宛转、臭气薰天的奈河水中，自己向对岸挣扎了。

第三七日过宋帝王　赞曰：

亡人三七转恓惶，始觉冥途险路长。

各各点名知所在，群群驱送五官王。

按：到了第三殿才点名，可见从头七开始即可随因缘投生的许诺全是忽悠。

第四七日过五官王　赞曰：

五官业秤向空悬，左右双童业簿全。

转重岂由情所愿，低昂自任昔因缘。

按：第三殿点名后，还要为牛头鬼卒驱赶着，在崎岖不平的阴山道上困顿前行，到第四殿才开始核对生前之业。行善作恶，都已经在冥簿中详细记录着。业秤有多种说法，一种类似于天平，善簿、恶簿各放一头，以此衡量其人之善恶相抵后的结果。另一种则如图所绘，是过去市场上用的秤，用钩子把亡魂钩上，以业簿为秤砣，视秤尾低昂以做判断。

第五七日过阎罗王　赞曰：

五七阎王息诤声，罪人心恨未甘情。

策发仰头看业镜，始知先世事分明。

按：此殿是前殿的延续，凡不肯承认生前罪孽的，有业镜在，一照便把当时实况重放出来，音像俱佳，看你还敢抵赖否！

第六七日过变成王　赞曰：

亡人六七滞冥途，切怕生人执意愚。

日日只看功德力，天堂地狱在须臾。

按：业案已定，就该发遣亡魂了，有升上极乐世界的，有打入铁城地狱上铁床煎烤的，据说都是自己以前世所作所为为依据。既然如此，说做了生七斋就可以消罪的承诺岂不是诳语？这一殿只发遣了一小部分鬼魂，剩下的继续前行。

第七七日过太山王　赞曰：

七七冥途中阴身，专求父母会情亲。

福业此时仍未定，更看男女造何因。

按：这是最后一个七日，可以被亡魂看作最后的一次机会，因为错过之后，等待他的将是越来越长的拘留间隔。听进过拘留所的人说，这段时间最难熬，拘留的时间越长，他们越想自诬以

法 Pel.chin.2003 佛说阎罗王授记四众预修生七往生净土经 （19-1）

法 Pel.chin.2003 佛说阎罗王授记四众预修生七往生净土经 （19-2）

法 Pel.chin.2003　佛说阎罗王授记四众预修生七往生净土经　（19-3）

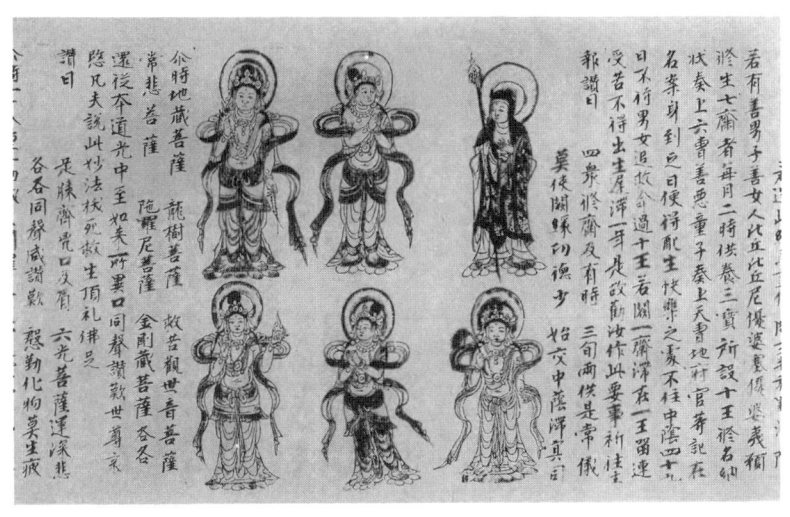

法 Pel.chin.2003　佛说阎罗王授记四众预修生七往生净土经　（19-4）

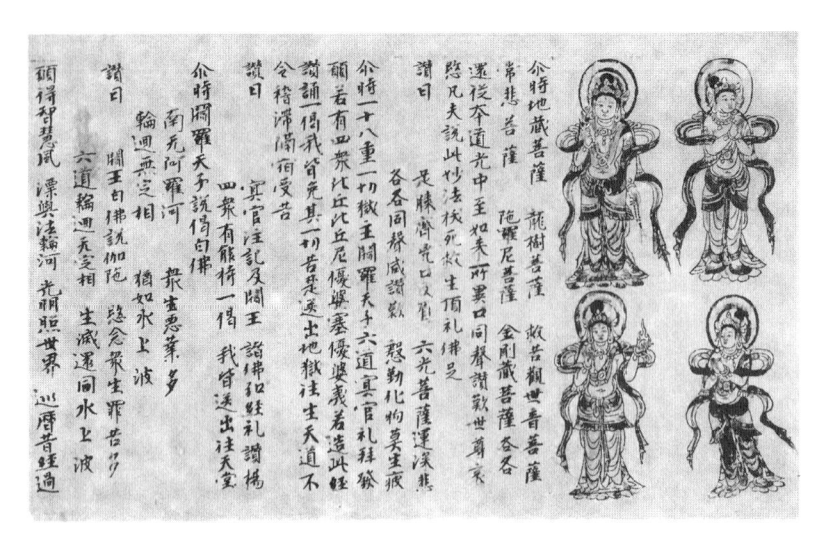

法 Pel.chin.2003 佛说阎罗王授记四众预修生七往生净土经 （19-5）

法 Pel.chin.2003 佛说阎罗王授记四众预修生七往生净土经 （19-6）

法 Pel.chin.2003　佛说阎罗王授记四众预修生七往生净土经　（19-7）

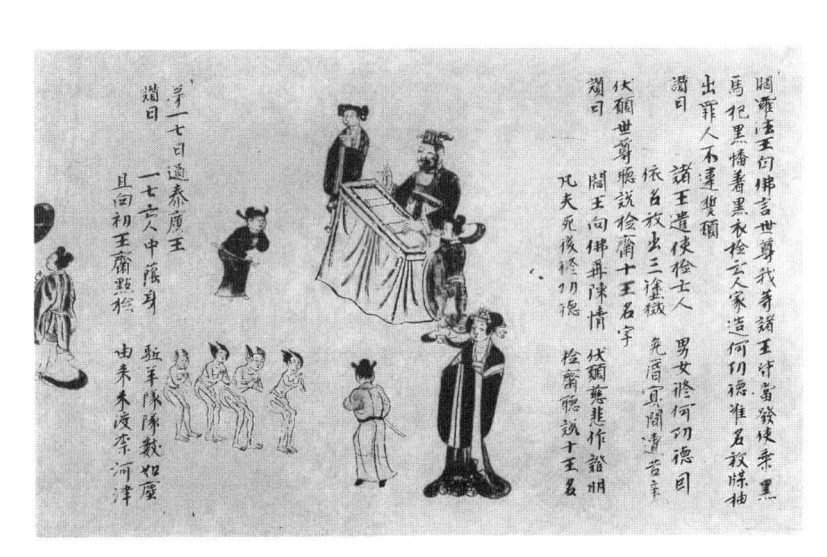

法 Pel.chin.2003　佛说阎罗王授记四众预修生七往生净土经　（19-8）

法 Pel.chin.2003 佛说阎罗王授记四众预修生七往生净土经 （19-9）

法 Pel.chin.2003 佛说阎罗王授记四众预修生七往生净土经 （19-10）

法 Pel.chin.2003 佛说阎罗王授记四众预修生七往生净土经 （19-11）

法 Pel.chin.2003 佛说阎罗王授记四众预修生七往生净土经 （19-12）

法 Pel.chin.2003 佛说阎罗王授记四众预修生七往生净土经 （19-13）

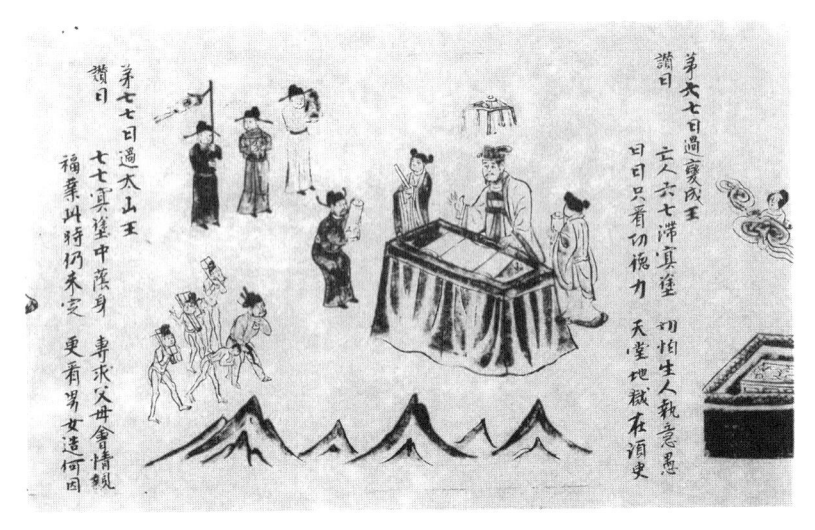

法 Pel.chin.2003 佛说阎罗王授记四众预修生七往生净土经 （19-14）

法 Pel.chin.2003 佛说阎罗王授记四众预修生七往生净土经 （19-15）

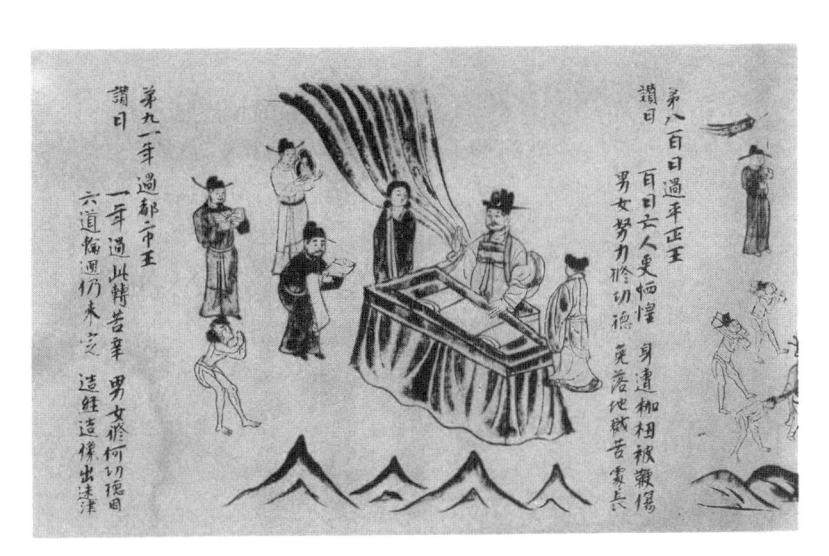

法 Pel.chin.2003 佛说阎罗王授记四众预修生七往生净土经 （19-16）

法 Pel.chin.2003 佛说阎罗王授记四众预修生七往生净土经 （19-17）

法 Pel.chin.2003 佛说阎罗王授记四众预修生七往生净土经 （19-18）

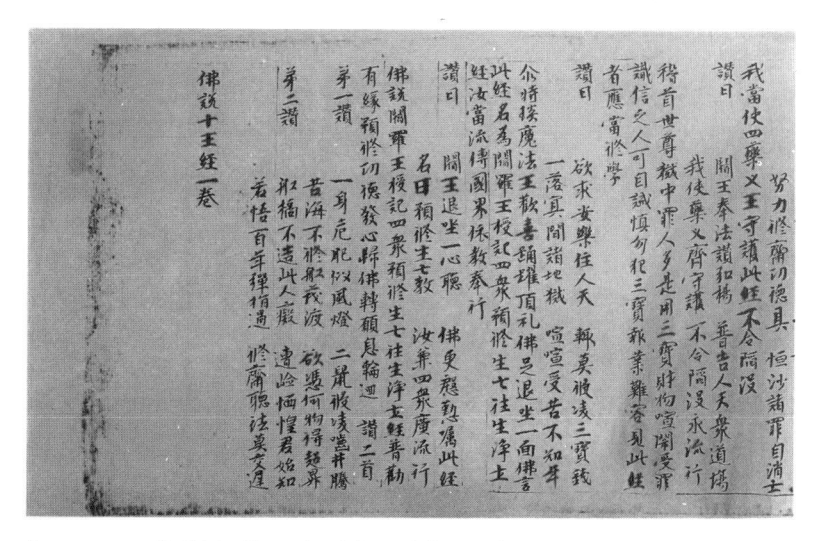

法 Pel.chin.2003 佛说阎罗王授记四众预修生七往生净土经 （19-19）

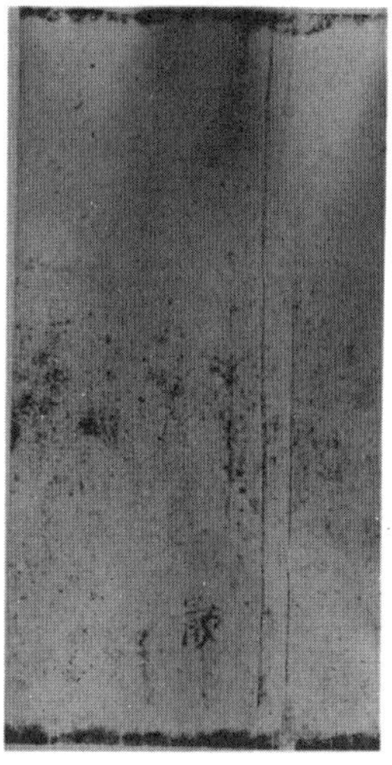

法 Pel.chin.2003 练字杂写

求脱离。所以此时亡魂的家亲要多体谅他们的心情,是何结局,全看你们做的功德大小了。图中冥吏抱着的写经和造像,就标志着七七是亡者亲属们大出血的好日子。

第八百日过平等王　赞曰:

百日亡人更恓惶,身遭枷杻被鞭伤。

男女努力修功德,免落地狱苦处长。

按:七七之后,应该绝大部分亡魂投生去了,留下的已经不多,前途渺茫,更为恓惶。而这时鬼差与罪魂的比例更为接近,也就是说亡魂挨鞭子的机会更多了。

第九一年过都市王　赞曰:

一年过此转苦辛,男女修何功德因。

六道轮回仍未定,造经造像出迷津。

按:过到第九王时,剩下的应该寥寥无几了。而熬了一年的死者家人应该特别焦虑,要抓住最后的机会争取让亡者投生。于是写经,造像,交足了"功德",冥吏请都市王目验,而亡魂终于得到解救。画中鬼魂千恩万谢的神态,如同终于遇到青天大老爷一般。

第十至三年过五道转轮王　赞曰:

后三所历是关津,好恶唯凭福业因。

不善尚忧千日内,胎生产死拯亡人。

按:有的亡魂在头七时就已经托生,有的则要等到一千多天之后。最可叹的是,阴阳相隔,信息不通,所有亡魂的亲属都一面盼着死者尽早托生，一面却只能认为他还在五道转轮王的殿下押着。这场"十王供"绝对不能中途停止，必须坚持到最后，而最后的结果，还是什么都不知道。

另一个版本的《十王经图》中此幅描绘的内容更丰富些，让作"十王供"的亡属明白，折腾了三年，转世做牛马的概率还是很大。怎么办？只有下次多投入些家当吧。但这次也不是全然打了水漂，起码是变成王时关进铁城地狱的都放了出来，投生去做牛做马了。

这些图和赞，与《十王经》本文不尽相合，说是曲解本经，倒不如说是把本经的意旨表达得更露骨，所以实际影响也比本经更大。

三

本来是一个阎罗王，现在突然变成了十个，而且各有分工，这一幽冥界的大变局，其萌芽发生在文献上几乎无迹可寻。处于朝代频繁更替的五代时期，官方对此没有任何关注，就是正统佛教，当时也没有任何相关的文字记录。那么民间呢，总应该留下些故事传说吧？也是同样的没有。十王信仰的全盛期即五代和北宋初，不要说以十王冥府为主题，就是哪怕让十王露一下的幽冥故事也没有。此时最有名的幽冥故事集，由南唐而入宋的徐铉所撰的《稽神录》，里面多谈冥府，就是不谈十王。我们现在所能见到的，只是南宋笔记小说中的零星几则。

由于十王与传统的冥府系统架构不能合榫，偶尔一现的十王故事也与《十王经》的叙述多有牴牾。南宋无名氏《鬼董》卷四有一则云：杭州有一杨老太，死后托梦于女儿，带她同游冥府，"望殿上十人环坐，仪卫尊严，曰：'此十王也。我以生前功德，故能出入其后宫。'"十王在《十王经》中分据十殿，不知为什么却想像成十王坐成一圈开圆桌会议的可笑状，显然这已经不是"检斋"的流水线了。而洪迈《夷坚甲志》卷六"俞一郎放生"条，说俞一郎于绍熙三年为二鬼卒勾入冥府，

> 望殿上十人列坐，著王者之服。问为何所，曰："地府十王也。"判官两人持文簿侍侧。俄押往殿下，检生前所为。王者问："有何善业？可以放还。"

此时十王不是环坐，而是像庙里泥胎似地并排而坐。每王有两个判官侍侧，这就成了十王身后再挤进二十个判官。这种集体办公的格局显然与分段"检斋"极不相称，便只好做出官府审案的样子，却是只能由一王受理，其他九王旁观。可是如果来了十个犯人，难道十王各审一犯，岂不乱成一团？

而《夷坚丁志》卷十五"聂进食厌物"条，则言北京人聂进为青衣人引入冥府，"见三人皆王者服，据案坐"，不说殿上只有一王，是怕人误以为阎罗王只有一位，但也觉得十王坐在一起太挤，便像"三堂会审"似地来个三王并坐。由此可见，十王之说不但为缙绅先生所不道，就是老百姓也不肯用心地编个能说得较圆的故事。

以我之见，《十王经》尽管在五代宋初几十年内改变了幽冥界的格局，但并没有做到真正的深入人心。老百姓对十王也许充满了畏惧，但绝对没有什么好感，也不指望能从他们那里得到对亡魂的怜悯和宽容。老百姓能做的顶多只是按照十王供的仪式

乖乖地甚至麻木地掏钱而已。但由于十王检斋费时既久，耗资又巨，能做得起十王斋供再加上写经造像等功德的，只有非常有钱的人家才能办到。所以尽管《十王经卷》和《地藏十王图》作为豪富的功德而存世不少，但广大的民间百姓很难与十王斋供发生瓜葛。

十王的名号大多是凭空杜撰。南宋沙门志磐所编《佛祖统纪》卷三十三曾经想从典籍中寻找一些根据，以证明《十王经》不完全是胡编滥造，结果他从藏典中考出了六个。但其中三个即五官王、初江王、秦广王，志磐所引的证据都出自《夷坚志》和《提谓经》，而这两本书都是晚于《十王经》几百年的。用南宋的书来考证唐末五代的称呼，算是本末倒置。剩下的三个即阎罗王、平等王和太山王，倒是言出有据，可是平等王是阎罗王的意译，而太山王则是由太山府君变来，也就是说，这三位其实就是一个人，和美猴王又叫孙悟空和齐天大圣一样，这样一来，《十王经》让一个阎罗王占了三把交椅。不信十王之说的《鬼董》作者指责说：“转轮王王四天下，盖人而几于天者，亦非主冥道，乃概列于十王！”此处说的"王四天下"者即"转轮圣王"，见于《阿含经》。《十王经》袭用其名而去掉"圣"字，以用来形容第十殿阎罗其职为"转"六道轮回之"轮"，也算是"言之有理"，但转轮圣王与冥府毫无关系，所以也不能说他是转轮王的前身。后来也有人对十王名号试作解释，说"宋帝王"是指宋朝之帝，"变成王"又作"汴城王"，是宋都汴京之王，"初江王"是指冥中的奈河，这些附会也能说通，但所证明的只是十王名号是胡编而来，与佛教无关。

至于最要紧的问题，一个阎罗怎么就会变成了十个，当然也不是没人考虑。如有人把地狱"十八小王"作为"十王"的起因，在当时即引来别人的质疑和反驳，说《问地狱经》中的地狱十八小王，至多可以作为"十八层地狱"之缘起，却与凌驾于地狱之上的"十殿阎罗"无法对接。

佛经中还有"五阎罗"之说。《法苑珠林》卷四十八引《阎罗王五使经》，云阎罗本为一人，及人死当堕地狱，阎罗"为现五使者而问言"。但此说依然不能看作十王的起因，因为这是阎罗王分五次现出五个不同模样的使者身，并不是同时分身为五使者。

此外佛经还有"双王"之说。《翻译名义集》卷二释"琰魔"："亦云阎魔罗社，此云'双王'。兄及妹皆作地狱主，兄治男事，妹治女事，故曰'双王'。"

阎王既可有二，有五，那也不妨有十。这些都是说阎罗不拘一位，未尝不可以作为生出"十王"的一个缘由，但却解释不了十王出现的根本原因。

明人王逵在《蠡海录》"鬼神类"中言："佛、老有地府十王之说，盖即十干之义。其五称阎罗最尊，位配戊土居中故也。"我真想不出天干之十与地狱十王之间有什么联系，阎罗戊土居中，那其他九王怎么与五行相配？除了王逵的梦话之外，清末人俞樾在《右台仙馆笔记》卷一中又有一段"鬼话"："阳间盛传十殿阎罗，此唐制也。唐分天下为十道，故冥中亦设十殿。"然后俞樾自己又质问这个故事中的鬼："考唐太宗分天下为十道，开元二十一年又分山南江南为东西道，增置黔中道，然则唐制十道为时不久，中叶以后，冥中又当增置阎罗矣，何仍止十殿也？"老夫子是不是以为十个阎罗王还不够，应该与时俱进呢？

王逵、俞樾并不是迂士，但他们之所以说出这些梦话、鬼话，不是因为一时蒙昧，而是他们根本就没有看到过早已失传的《十王经》，所以也只能在"十"字上胡猜。另外，他们也许和宋代以来士大夫一样，压根就没想认真对待十王之说，只是随便那么一想就写下来了而已。

四

其实十王之谜的答案，就在《十王经》本身之中。《十王经》的核心就是"十王检斋"，而谜的破解就在这一"斋"字。

十王检斋分两部分，第一部分是从"头七"到"七七"的"七七斋"。

"七七斋"之说起于《瑜伽师地论》。《法苑珠林》卷九十七言人死之后以中阴身投生转世有五种说法：一云"极促"，死后随即转世。第二说是死后须以中阴身住七日，七日后即可受生，不限时节。第三说中阴身须住四十九日方可受生。第四说要随受生之缘，不限时日。第五说依《瑜伽师地论》，云："若未得生缘，极七日住，死而复生。乃至七七日受死生，自此已后，决得生缘。"其说详见《瑜伽师地论》卷一"本地分中意地第二之一"，其实是综合前四种受生而来，意即中阴身在七日内如遇受生之缘，即入轮回投生。如七日未受生，就再延长七日，如此直到七七四十九日，就没有不得受生的。

"七七斋"以《瑜伽师地论》为依据，造出了《瑜伽师地论》中所没有的节目，那就是亡者家人可以用钱来解决"受生之缘"，一是时间上可以加速受生，二是受生结果可以选择，比如最好转世到富贵人家，最差也别入畜生道。另外，这钱必须要转换成"功德"，哪怕是直接把钱送给和尚，那也叫功德。功德可以赎罪，可以增福，是既保值又掩去铜臭的佛国"通行货币"。具体到"七七斋"，也就是每七天要做一次功德。如果头七功德圆满，按《瑜伽师地论》之说即可受生转世。但转了没转，亡者家人并不知道，二七、三七等等还要继续做下去。和尚自然会告诉你，如果亡人中途转世，剩下的功德就归孝子享用，反正人总是要死的，早晚会用上。

七七斋是佛教与中国特色相结合的产物，最早可以追溯到北魏时期。现在能看到的云冈、龙门石窟大至数丈小则数尺的造像，其中有一部分就可能是七七斋的功德遗迹。但七七斋从北魏到隋唐，从来就没有请阎罗王丢掉地狱的本职工作跑来"检斋"的事。

以我的理解，佛教称供养人为施主，所施的功德自然而然地转为施主的业缘，种瓜得瓜，种豆得豆，这些功德也自然地转为业报，正如当下我们在银行存款，其间或存或取以及所生利息，都是电子系统自然结算，无须到期取钱时再一笔笔拨拉算盘珠。而安排了"检斋"，正如大官们收受贿赂，还要聘一个管理人员当场拆包，称银子，验成色，那吃相也太难看，恐怕和珅也不屑为此吧。《十王经》对"七七斋"的一大有中国特色的"改革"，就是插入了"检斋"，而且负责检斋的是从地狱里调来的阎罗。

于是阎罗把地狱的设备和牛头阿旁一千人马都搬到冥府，从

《十王经图》中就可以看出，又是铁狱火床，又是刀山剑树，那些"中阴身"们就在鞭箠驱赶下抱头哭号。而《十王经》振振有辞地说，是世尊把阎罗从地狱里提调来的，谁也不许表示异议。亡者的家人当然没有异议，只有赶快做功德替死者赎罪添福。如此过了一王又一王，七七四十九天过完，剩下没有投生的中阴身已经不多，按《瑜伽师地经》所言，就应该全部投生转世。因此，七七斋即便是由阎罗王检斋，七个阎罗王也就够了，那么因何缘故而非要设十王不可呢？

首先要明确，《十王经》的宣传重心是什么，也就是要达到什么目的。我认为"十王检斋"只是手段，最初始的目的是推广"七七斋"。不仅因为七七斋才是佛教的东西，而且从经济效益上讲，在四十九天内做完七个斋，要比在一千多天内做十个斋要合算一些。但从北魏开始出现七七斋，几百年来在信众中并没有开拓出多大市场，就是因为它很不适合中国的特殊国情。

于是《十王经》的第二大"改革"就是变七七斋为"十王供"，也就是在七七之后又增加了"百日""一年"和"三年"的斋祭。这个改革比前一个更为重要，因为它解决了一直让"七七斋"不能扩大中国市场的难题。

依中国丧礼，父母亲去世，既殡之后有几个重要祭日。也就是《礼记·杂记》所说的"三月而葬""小祥之祭"和"三年之丧"。

"大夫、士、庶人，三日而殡"。在父母殡殓之前的三天内，孝子要"哭不绝声"。既殡之后，孝子思及父母，不分昼夜，哀至则哭，称"无时之哭"。这个"无时之哭"依礼必须在"三月而葬"之后停止，也就是礼经说的"卒哭"，三月之后再

"无时之哭"就是非礼了。

大夫、士还应该于"三月而葬"之后行"虞礼"。因为入葬是把父母的形体送出,回来时就要把父母精魂接回,这精魂附于木主之上,虞礼就是立木主于家庙,使其虞安。虞安之后再祭祀亡亲,就只须在家庙或祠堂中,而无须到坟墓之前了。当然这只是祭于庙一派的说法,主张祭于墓的并不理这一套,还是要到坟头上哭祭。据《礼记·士虞礼》注"士丧三虞",即士丧父母,要行三次虞礼,以保证亡亲的魂灵确实附于木主之上。三次虞礼之后,距人死也就将近百日了。所以官府给有父母之丧的胥吏放假,就以"百日"为限,过了一百天就应该回衙门当差。这一规矩到唐时修《开元礼》,索性就定为"百日卒哭",百日之后必须正常上班,此后就不能想什么时候哭就什么时候哭了。当然上班前或下班后,可以在家里"朝夕哭"。由此可知,"百日"在中国丧礼中是个重要的节目,对于"士"来说,百日之前在家行孝,百日之后就在职行孝。

"百日卒哭"之后的一个重要祭礼就是"小祥"。父母死后的周年忌日,要行小祥之祭,"祥"者,吉也。祭后要"易服",即把丧服减轻,男子去头,妇人去带,男人再上班就不要戴孝帽子了。吃的也不必那么简易,本来只能喝凉水、啃干粮而不能吃蔬果的,现在可以吃了。如果只是庶民百姓,不严格拘于古礼,则小祥之后,肉食也未尝不可,婚嫁也未尝不可了。但小祥之后仍然是服丧期,不能除丧服,不能参与娱乐活动,而朝廷命官仍然要在家守制。

最后就是"三年之丧"的结束,在亲死之二十五月,也就是第二个周年忌日之后,先有"大祥"之祭,再间隔一月,即二十七个月之后，又有禫祭。禫祭之后，孝子就可以和正常人一样生活了。当然特别"孝"的也可以庐墓六年，甚至终身麻衣蔬食，那是他个人的选择，不能强制别人也当榜样学习的。不仅在道德上而且在法律上带有强制性的就是亲死服丧三年，而这"三年"其实是二十七个月，也就二年多一些。"三年之丧"自天子以达于庶人，均须实行，所谓"亲死而致丧三年，情之至、义之尽也"。但实行起来却各有特别的规定。比如天子不能虚位，便以日易月，一天当一月，二十五天后就行大祥祭。对于朝廷命官，三年服丧期间必须离任守制。至于平民百姓，你让他三年不下田，或者下田时也要服孝，那就不仅要饿死，国家也收不上税了，所以"礼不下庶人"。

以上所说的"百日卒哭"、期年"小祥""三年之丧"，都是写在朝廷功令之中，不执行就是违法的。依佛教之说，七七斋之后亲人的亡魂就已经转世，不管入了六道中的哪一道，已经与孝子无关了。可是不论按朝廷功令还是民间习俗，你在此后的五十天内还要有"无时之哭"，然后还要服完三年之丧，否则政府要找你麻烦，乡邻要议论你的品行，给自己的前途造成很大的风险。对于必行三年之丧的官吏及中产以上人家（穷人是不能指望会办七七斋的），他如果要行七七斋，就等于为父母之灵送行两次，死者的魂灵已经在五十天前入了轮回，即便未成为猫狗牛马，也是别人家的婴儿，你怎么才能在一百天后把它再弄回来送进祠堂家庙？所以对一般人来说，自然是宁肯服三年之孝，也不做七七之斋。

所以要想推行七七斋，就必须把它与三年之丧的冲突解决，也就是说，必须按中国丧礼让孝子三年服满，"情至义尽"了，才能让亡魂进入轮回。经过了几百年，僧徒终于明白，这事除了自己妥协之外别无他法，于是"百日卒哭"变成了"百日过平等王"，"期年小祥"变成了"一年过都市王"，而"三年之丧"变成了"三年过五道转轮王"，只是中国的三年只是二十七个月，《十王经》的三年却是实实在在的一千多天。

这种七七斋向中国礼俗的妥协让步，并非自《十王经》始。早在七七斋甫一推行的北魏，就与中土丧俗混杂而用。《魏书·胡国珍传》载灵太后的父亲胡国珍雅敬佛法，年八十死，"诏自始薨至七七，皆为设千僧斋，令七人出家；百日设万人斋，二七人出家"。这是七七斋首见于史书，国珍信佛，所以用之。但魏孝明帝为一国之主，百日之祭必不能省，所以只能中西杂用。史官书此，是为特例，也是讥其乱制。又《北齐书·孙灵晖传》：灵晖为南阳王高绰之师，绰除大将军，灵晖以王师领大将军司马。后高绰被诛，灵晖停废，"从绰死后，每至七日及百日终，灵晖恒为绰请僧设斋，转经行道。"这也是把七七斋与百日祭混用之例。值得思考的是，这种混用的背景是拓拔氏的非汉族政权。而唐末五代的大混乱中，非汉族军阀及少数民族政权占的份额不小。西北边与中原地区人民的胡汉杂居，风俗的互相渗透，即使不叫"礼崩乐坏"，但汉族礼制确实处在最虚弱的时期。这个大背景就为不伦不类的《十王经》乘虚而入提供了一定的方便之门。

《十王经》其实就是对七七斋的"扩容"。以往是偶尔地把中土丧礼与七七斋混杂而用，此时却是在时间上取得同步，并以"经说"的形式固定为规则。当然这并不意味着七七斋与中国丧俗的融合，只不过自欺欺人地免去一些行七七斋的士人的尴尬而已。其实百日、小祥和三年这三个节目，前两个都不那么重要，只要能保证三年之丧即可。但"七七"与"三年"之间相隔一千天，这手脚做得也太马虎了，只好多加上两个节目，于是"七七斋"就变成了"十王供"。中国的冥府里前所未有地出现了十个阎罗王。

"七七斋"与"三年之丧"之间的障碍是打通了，只是可怜的亡魂为了满足孝子的孝心，要在冥府中多受两年加三百天的折磨，但这样一来，还算是"孝"么？生前做了"生七斋"就可以在死后立即免罪生天的承诺，不是依然与"三年之丧"相冲突么？这样的悖论充满了《十王经》，稍有理智的人想一想就会觉得荒唐。前七王之间每王只相隔七天，后两王之间则要相隔七百多天，对这种刻意但又无可奈何的安排，《鬼董》的作者叹道："抑何疏密之悬绝耶？当是僧徒为此以惑愚民耳。"

愚民也罢，民愚也罢，在唐末全国性大战乱和礼制松懈的大背景下，《十王经》总算取得了意外的成功。有人喜欢用宗教斗争的成败胜负来解释此类现象，其实并不恰当。《十王经》的成功并不是佛教在幽冥界的胜利，佛经被歪曲和篡改了，我佛如来成了十殿阎罗恐吓敲榨信众的总后台，佛教本身的形象也受到了很大的损害，哪里有什么胜利可言？而且我怀疑，《十王经》那么干净彻底地从中国民间消失，不会是自然而然的现象，其间很可能有某种势利在促使它灭绝，而这种势利最可能的就是正统佛教。

《十王经》出现之后，阎罗王成了众所周知的冥府主者，那么可以说成是阎罗王的胜利么？也不能。《十王经》之前，阎罗王和太山府君除了名字不同之外，本质上没什么区别，尽管带有佛教的倾向，但在审理亡魂罪业上总有个公正的样子。而《十王经》中的十殿阎罗，审理冥案的功能淡化了，他们的主要职责就是"检斋"，无耻地从信众身上掠夺最大的利益。即便在"十王检斋"从人们生活中逐渐消退之后，在人的心目中，阎罗王的公正性也逊色于他的残忍，"阎罗""阎王"竟然成了专横好杀没有人性的代名词。

《十王经》的成功只是一小部分僧徒的成功，他们冒用佛教的名义，其实毫无信仰可言，只是一群利用信众的迷信和愚昧，攫取大量金钱的宵小之徒。所以这一投机的成功，其兴盛期至多也不过百年左右。至北宋中期以后，水陆道场兴起，并且为士大夫所首肯，十王斋供也就迅速没落以至消亡。至于阎罗王，虽然成了冥界的"长青树"，但作为代价，他已经更彻底地失去了原本不多的宗教色彩。至明代以后，地府十王作为"东岳"和"城隍"的下属标配，成了世俗专制政权的凶恶爪牙。而此时的十王，除了一殿秦广王掌生死册籍，十殿转轮王掌轮回转世之外，其他八王则分掌八大地狱，再各领十六小地狱，又恢复到地狱主者的本职。至于只管检斋的十王，估计在《十王经》消亡之前就已经被人抛弃了。

无常、皂隶和牛头马面

无常、皂隶、牛头马面，说起来都属于阴间公检法系统，但职业分工却有所不同。简单地说，无常是管捉人的，皂隶是站大堂的，而牛头马面是管监狱的。这三类职务本来不应混淆，可是混淆了也没办法。比如有人敲门，打开门一看，原来是地狱里专管油锅的牛头阿旁，现在却来抓人了，你敢问他要上岗证么？虽然如此，此处却还是要把他们的职责说个明白。

无常

宋元及以前，拘魂的鬼卒没有称作"无常"的，好听些称"使"称"吏"，中性的称"黑衣""黄衣"，不客气的就径直称"鬼"。"无常"是个很有诗意的词汇，"三寸气在千般用，一日无常万事休"，这词儿虽然成了死亡的代称，但说起来总让人有些诗人的哀愁。哪曾想，这么好的一个名字却送给了催命鬼！

称鬼差为"无常",我曾经以为最早的一例见于南宋洪迈的《夷坚志补》卷二"英州太守"一条,但现在看来也有些可疑。那故事说北宋末年的奸相章惇派爪牙林某为英州太守,命其到任后即杀死被谪于英州的元祐党人、苏东坡的好友刘安世。林某到任,立即命人把刘安世寄住的山寺团团包围,放言到三更钟鸣,即亲临下手。刘安世听说了,了不为意,照样吃饱了睡大觉。二更之后,老僧听到钟声又起,以为是三更到了,忙叫醒刘安世,安排他吃"上路"的羹饭。可是饭吃完了,仍不见林某带人行凶。再等下去,才知道当晚林某正要出门,一个跟头栽倒,竟然没气儿了。而方才听到的钟声并不是三更钟,"钟声者,乃无常所击云"。我想这"无常所击"不就是说无常鬼所击么?无常鬼去勾魂之前还要到庙里敲钟,提醒被勾者做些上路的准备,现在很多人都对北宋,特别是北宋末年无限向往,看来那时不仅人间风雅绝世,连追命催死也是如此温柔体贴,党祸的惨烈狠辣也不妨可以视而不见了。

但再一琢磨,原来是我自作多情了。阎罗殿的行政管理条例中根本就没有敲钟提醒这一项,冥府的鬼差更不会向嫌犯滥施人情,事实是,由于林某暴死,寺中为他敲了"无常钟"。

古时,大约是唐宋以来吧,寺庙中有钟,佛教徒有死者,辄赴寺请僧徒撞击,多者数百至上千击,不论昼夜,特别是在静夜,那钟声悠远绵长,让居者旅者都能起"人世无常"之兴,于是这钟就叫"无常钟"。但后来好像并不拘于信不信佛,只要有些财势,庙里都给他敲这丧钟了。如果这样理解对的话,那么宋代就还没有"无常鬼",因为还没找到能证明有无常鬼的例子。

而渐渐地,人死就叫做"无常到"了,"无常到"也连类而及到拘魂的鬼差上门了。到了《水浒传》中，终于出现了一句"未从五道将军去，定是无常二鬼催"。这大约是把"无常"和勾魂鬼差联系到一起的最早的名句了，估计时间，最早也不过元明之际。但这里的"无常二鬼"细想起来有些含糊，说是催命的鬼并不错，却不足以证明拘魂鬼差的尊号就叫"无常"。其实就是明代的小说，也很难见到把鬼差称做"无常"的。但明朝末年《二刻拍案惊奇》第一回中的"即此便是活无常，阴间不数真罗刹"，则确是真的"无常鬼"了。当然，到了清代，无常不但已经正式成为勾魂鬼差的尊号，而且有了特殊的形象和道具，使他与以往外貌无异于董超薛霸的拘魂鬼差有了很大的区别。

钱泳《履园丛话》卷十五"无常鬼"条言无常乃一巨鬼：长数丈，青面，高鼻，红眼，着白衣，手持铁枪。薛福成《庸庵笔记》卷六"狎游客遇无常鬼"条亦言无常身长丈余，白衣高冠，肩挂纸钱。俞樾《右台仙馆笔记》卷十一言二无常装束如公门中人，其身暴长，高过于屋。李庆辰《醉荼志怪》卷二言二大鬼高俱数丈，一衣白，一衣青，凡见者不能幸免，归后不数日辄死。看来都是人云亦云，难免让读惯魏晋六朝志怪小说的读者疑惑：不过捉个亡魂，又不是仪仗队摆威风，要那么高的个子有什么用？老年间的鬼差可是与常人无异的。

但这副尊容的无常与其说是阎罗王的部下，更像是城隍庙的标配，因为这时冥府抓人的事基本上都下放到城隍爷一级，不是钦拿要犯，一般就不会麻烦阎王爷了。府县城隍庙里都塑有黑白二无常的像，高帽瘦身，肩挂纸钱，手持雨伞或蒲扇，一副风尘仆仆的模样。未必是笔记小说中说的青面高鼻红眼的恶鬼，但一脸白粉的哭丧相是必备的，这反映着城隍庙"亲民"的一面，也可以看出目连戏中无常形象的影响。

和人世的出官差一样，无常拘人也必须是二人同行，一是相互照应，二是相互监督，一黑一白，称黑无常、白无常，又有称"七爷八爷"者，称"范谢二将军"者，因地而制宜，但也可以看出老百姓是尽力地巴结套近乎。毛主席说，凡有人群的地方都有左中右之分。无常只有两个，没办法弄成三堆儿，但也能分出左右，就是一个比另一个多些人味儿，或者说一个比另一个更没人味儿。

顺便说一下《玉历宝钞》中的"活无常""死有分"。这是第十殿的两个鬼卒，不但不是勾拿生魂，而是相反，是催亡魂投生。冥王既判鬼魂转世为人，先至醧忘台饮孟婆汤，"诸魂饮毕，各使役卒搀扶从甬道而出，推上麻札苦竹浮桥，下有红水横流之涧。桥心一望，对岸赤石岩前上有斗大粉字四行，曰：'为人容易做人难，再要为人恐更难。欲生福地无难处，口与心同却不难。'鬼魂看读之时，对岸跳出长大二鬼，分开扑至水面。两旁站立不稳，一个是头盖乌纱，体服锦袄，手执纸笔，肩插利刀，腰挂刑具，撑圆二目，哈哈大笑，其名'活无常'。一个是垢面流血，身穿白衫，手捧算盘，肩背米袋，胸悬纸绽，愁紧双眉，声声长叹，其名'死有分'。催促推魂，落于红水横流之内"，然后这些鬼魂就各投娘胎而去了。

这两个东西虽然打扮得与黑白无常差不多，但催死变成了催生，只是《玉历宝钞》作者的随意胡编，与民间的信仰没什么关系。《玉历宝钞》自署作于宋代，很多人也信以为真，其实它只是清代初期的创作，其书中出现了宋代尚未面世的"无常"即是一证。

皂隶

既然城隍如同人世的衙门，衙役即皂隶就是必不可少的了。无常鬼拘魂时，你叫他"七爷八爷"也没用，他是不会稍做通融的。但牵到城隍爷大堂上，皂隶却好像能有些人味了，起码他们有些不同于阎罗下的鬼卒，面貌不那么狰狞，衣着全是人间衙役打扮。而且这些皂隶还有一个特点，他们不少就是由当地的衙役或其他人死后的鬼魂所充任。

清人俞蛟《梦厂杂著》卷八有"王皂隶"一条，言翁水城隍庙泥塑皂隶，面黑而髯，躯肥而短。相传此皂隶生前名叫王福，杀猪为业，一夕梦城隍召为皂隶，因令工匠肖其貌而塑之，数日而卒。这个皂隶自然是官派的，因为他有杀猪的资质，城隍爷就觉得他收拾起治下鬼魂来，就会像杀猪一样心狠手快。

但有的城隍皂隶却带有民选性质，好像连城隍老爷的钧旨都不请示，草民们看到县衙门里某个公差心地良善，人缘好，就提前把他的像塑在城隍庙中，预订了皂隶的位子。人还没死，就被老百姓安排成鬼皂隶，这貌似不祥，其实对这公差来说却是最好的评价。所谓"聪明正直为神"，本是民众的期望，但城隍以上的神道们都是老天爷们内定的，是聪明还是浑蛋，老百姓没发言权。城隍皂隶大约处于公务员和老百姓之间的位置，吃公家饭中地位最低的一级，于是老百姓就认为可以海选了。

而从公差角度来衡量利害，人死之后能有个公事，比做个披枷带锁的幽魂强得太多，于是，有些县衙门的公差也不管什么民意不民意，仗着眼前的势力，先把自己的像塑到城隍庙里占坑了。嘉庆间人慵讷居士《咫闻录》卷四有"泥皂隶破案"一条，记江南的苏州、松江、常州、镇江各府及浙江的嘉兴、湖州二府，凡城隍庙中摆设的皂隶，很多都是阳间得势的衙役，自己掏钱请工匠，把自己的形象塑到城隍爷旁边：塑像头戴高帽，身着皂衣，腰牌写上自己的姓名，就是指望死后可以作阴间皂隶。当时正是"康乾盛世"，衙门里的油水肯定对得起"盛世"二字，所以这些皂隶认为城隍衙门里公差正可以延续生前的威福。但这些城隍皂隶能不能当下去，最后还是看人心所向。常州金匮县，是康熙年间从无锡分出来的新县，以王乔林为知县。金匮和无锡的衙门同在一城，但既然县衙门是两个，那么也要为金匮建一座城隍庙。在装设神像时，有个叫吴太的皂隶，就把自己的像塑在庙中，把姓名写到腰牌上。这吴太平日心极慈祥，"竹板之厚者必磨刮以薄之，枷之重者，必设法以轻之"。后来王乔林去世，人们传说他当了本县城隍，而吴太也相继而亡。城隍庙里的皂隶都不灵应，惟有吴太最灵，有求必应。当地人因为这皂隶有灵，就把他从大堂上移下来，原来是侧身而立的，如今让他和县城隍老爷并排南面而立，直到嘉庆年间，一百多年了，香火一直独盛。而其他那几位皂隶，连香灰都吃不上。

事实证明，不仅是小小的皂隶，包括城隍爷，甚至更大的神道，不管你是怎么挤进庙里的，最后还是老百姓投票。不给你烧香，不给你上供，一句话：就是不信你！于是渐渐的灰头土脸，油彩黯淡，衣冠开绽，宝座坍陷，最后的结果是扔进臭水坑化粪了事。

牛头马面

地狱鬼卒。唐佚名《大唐传载》：贾至常侍平生毁佛，尝假寐厅事，忽见一牛首人，长不满尺，携小锅而燃薪于床前，云："此所谓镬汤者，专罪毁佛人。"这种说法很是怪异，如果一个人不信佛，即不是佛教教门中人，你佛教的地狱鬼卒凭什么管我？耶路撒冷是三大宗教圣地，同城居住着三教教徒，如果三教地狱都出来抓异教徒，岂不可骇复可笑？我一直认为，佛教的地狱只是为佛教中人所设，特别是为那些口中念佛却不守戒律的恶僧、伪僧所设，看《太平广记》中的很多故事，入地狱的往往就是这种假和尚。但佛教传入中国之后，佛教僧侣把地狱中国化，让阎摩罗王由中国人担当，强行把自己的地狱变成凡是中国人都要管、都要下的地狱，真是霸道之极。明末人张岱有一段极有见识的话，今人为地狱所恐吓者大可参考。张岱言明末仿造宣德炉的名家有甘文台者，是信奉伊斯兰的回人。他造炉的秘诀就是用镏过金的铜佛为原料，砸碎融炼后再烧铸。甘文台自言已经毁佛七百余尊，张岱遂道："使回回国别有地狱，则可。"意思是伊斯兰自有地狱，佛教还真没法管他。由此而观，贾至常侍遇到的那个"牛首人"就是个冒牌货。真的牛头是应该只抓假和尚、假信徒的。

牛头人就是佛教地狱中的狱卒，全称是"牛头阿旁"，《五苦章句经》言其标配，是牛头，人手，牛蹄，持铁叉。又有写作"牛头阿婆"的，听着亲热，却容易让人误解成生着牛头的老太太。《大唐传载》中的牛头自带汤锅，登门服务，让贾至洗开水澡的事，其实少见。按冥府的常理，抓人的是阴差或者黑白无常之类，他们不管行刑，行刑是阿旁一伙的职掌。大外交家顾维钧在回忆录中说到他一个长辈，临死前自言见牛头马面来抓，我便不大相信这话。但中国的事往往不讲规矩，阿旁小哥本来是在冥府加工车间的，却硬要到阳世直接采购，就相当于公安抓人后跳过法院，直接送监狱或枪毙，这种作坊习气大约也是难免偶尔发作一次的。东轩主人《述异记》中有个故事说到阴差抓人，到了门口，就从口袋中掏出"牛头马面"的面具戴上。可见这种越俎的事在清朝时就有了先例。

至于马面，其实说准确些就是马头，生着马脑袋的鬼卒。如果只生一张马脸，那便让人误解为只不过某公脸生得较长，未必五官都是马科一类。所以佛书的正式记录是："牛头狱卒，马头罗刹，手执枪矛，驱入城门。"这里说的"城"就是铁城地狱。佛经里记录的冥间景物往往如诗一般恍惚迷离，但其中内蕴也不难悟出。地狱中用铁叉把亡魂叉入油锅甚至叉上刀山，这真是很重的力气活，我们常用"当牛做马"控诉旧社会，可知这劳作的强度之大。所以地狱鬼卒必须由牛头、马头承担。而牛、马二物略通人性，也只是能听懂主人的驱使，不会有更多的思考能力，所以死后分配为阿旁之职，那也是物尽其用。

但在中国的一些冥府故事和图画中，牛头阿旁及其搭档又往往调到冥府的阎王或城隍爷身边去站衙，这已经使冥官更显得威严了，却还有人觉得只站这一对儿排场还不够，便继续添加些别的东西。如明人侯甸《西樵野记》卷一"林镐还魂"条中，言地府鬼卒皆人身，而脑袋则除了牛头、马头之外，还有"或鳖，或鱼"者。其中自以生着王八脑袋的衙役最容易让亡魂破涕为笑，甚至笑得活过来也有可能，所以这设想便不为别的故事所采用。

中国笔记小说中涉及牛头鬼卒中的故事，我以为清人袁枚《子不语》卷五"洗紫河车"为最好，其中言牛头鬼回到冥间的家中，取牛头掷于几上，一假面具也。既去面具，眉目言笑，宛若平人。戴牛头上班，那是工作，而吓人的面具之下，不仅有人面，而且有人心。